Ein Darkover-Roman

»Weit entfernt in der Galaxis
ungefähr 4000 Jahre in der Zukunft
gibt es einen Planeten
mit einer großen roten Sonne
und vier Monden.
Willst Du nicht mitkommen
und ihn mit mir erforschen?«

Marion Zimmer Bradley

Von der Autorin sind außerdem erschienen:

Excalibur – Das Schwert von Avalon
Jenseits von Avalon

Eine Komplettübersicht
aller Darkover-Romane finden Sie am Ende dieses Buches!

Zur Autorin:

Marion Zimmer Bradley, 1930 in den USA geboren, publizierte anfangs vor allem in Zeitschriften und Anthologien. Der Durchbruch gelang ihr 1962 mit *The Planet Savers – Retter des Planeten.* Mit dieser Geschichte war der Grundstein für die Romane um den Planeten *Darkover* gelegt, die innerhalb weniger Jahre zu einem der beliebtesten Fantasy-Zyklen einer riesigen Fangemeinde avancieren sollten. Seit 1962 hat Marion Zimmer Bradley über zwanzig *Darkover*-Romane und unzählige Kurzgeschichten geschrieben sowie eine Reihe Anthologien herausgegeben. 1983 wurde Marion Zimmer Bradley mit ihrem Roman *Die Nebel von Avalon* schließlich weltberühmt.
Sie starb im September 1999 in ihrer Heimatstadt Berkeley, Kalifornien.

Marion Zimmer Bradley

Die Kräfte der Comyn

Ein Darkover-Roman

Aus dem Amerikanischen von
Rosemarie Hundertmarck und Joachim Körber

Knaur

Die amerikanische Originalausgabe erschien 1965 unter dem Titel
Star of Danger bei Ace Books Inc., New York.

Der Verlag dankt Olaf Keith für die Unterstützung
bei der Vorbereitung dieses Buches.

Besuchen Sie uns im Internet:
www.droemer-weltbild.de

Vollständige Taschenbuchausgabe 2001
Droemersche Verlagsanstalt Th. Knaur Nachf., München

Umschlaggestaltung: ZERO Werbeagentur, München
Umschlagabbildung: Agentur Schlück, Garbsen
Satz: Ventura Publisher im Verlag
Druck und Bindung: Nørhaven A/S
Printed in Denmark
ISBN 3-426-60955-X

2 4 5 3 1

1

Es sah überhaupt nicht nach einem fremden Planeten aus. Larry Montray stand auf der langen Rampe, die von dem gigantischen Raumschiff nach unten führte, und die bittere Enttäuschung wehte ihn an wie ein kalter Hauch. Darkover. Hunderte Lichtjahre von der Erde entfernt, eine andere Welt unter einer anderen Sonne – und sie unterschied sich in nichts.

Es war Nacht. Reihen blauweißer Bogenlampen tauchten den Raumhafen unter ihm, diese enorme Fläche mit ihren Betonrampen und Gleitsteigen, fast in Tageshelle. Die verwischten Umrisse der riesigen Sternenschiffe schimmerten durch die Lichter. Treppen und Rampen führten nach oben zu den Hochstraßen und den dunklen Wolkenkratzern am Rand des Hafens. Aber Larry hatte Raumschiffe und Raumhäfen schon auf der Erde gesehen. Das war nichts Neues für einen Jungen, dessen Vater im Zivildienst des Terranischen Imperiums tätig war.

Larry wusste nicht recht, was er von der neuen Welt erwartet hatte – doch bestimmt nicht, dass es hier genau wie auf jedem Raumhafen der Erde aussehen würde!

Er hatte sich so viel zusammengeträumt ...

Natürlich war Larry von klein auf überzeugt gewesen, er werde eines Tages in den Raum gehen. Das Terranische Imperium hatte sich über tausend Welten ausgebreitet, die tausend Sonnen umkreisten, und kein Sohn Terras dachte daran, sein ganzes Leben zu Hause zu bleiben.

Allerdings hatte er sich damit abgefunden gehabt, zumindest noch ein paar Jahre warten zu müssen. In alter Zeit, ehe es Sternenreisen gab, konnte ein Sechzehnjähriger Schiffsjunge auf einem Windjammer werden und die Welt sehen. Und in den Anfängen der Raumfahrt, als die gewaltigen interstellaren Entfernungen Jahre und Jahre in den Abgründen zwischen den Sternen bedeuteten, bemannte man die Schiffe mit Knaben – damit am Ziel der Reise nicht alte Männer ankamen.

Doch diese Zeiten waren vorbei. Jetzt wurde ein Flug über hundert Lichtjahre in ebenso vielen Tagen zurückgelegt, und Männer, nicht Jungen taten auf den Schiffen und in den Handelsstädten des Terranischen Imperiums Dienst. Mit sechzehn war Larry darauf gefasst gewesen zu warten. Nicht glücklich darüber, aber darauf gefasst.

Und dann hatte er die Neuigkeit erfahren. Wade Montray, sein Vater, hatte seine Versetzung zum Zivildienst auf den Planeten Darkover beantragt, weit draußen am Rand der Milchstraße. Larrys Mutter war so früh gestorben, dass er sich nicht einmal mehr an sie erinnern konnte, und andere lebende Verwandte hatte er nicht. Deshalb sollte er seinen Vater begleiten.

Er hatte seine Schulbücherei und sämtliche Bibliotheken der Stadt geplündert, um etwas über Darkover herauszufinden. Viel erfuhr er nicht. Darkover war der vierte Planet eines mittelgroßen dunkelroten Sterns, der am Himmel der Erde unsichtbar und so trübe war, dass er nur in Sternenkatalogen einen Namen besaß. Die Welt war kleiner als die Erde, sie hatte vier Monde, und ihre Kultur war auf einer Stufe ohne viel Technologie oder Wissenschaft stehen geblieben. Die wichtigsten Exportartikel Darkovers waren medizinische Erden und biologische Drogen, Edelsteine, Feinmetalle für Präzisionswerkzeuge und ein paar Luxusgüter – Seide, Pelze, Weine.

Eine kurze Fußnote zu dieser Aufzählung hatte Larry in fast unerträgliche Spannung versetzt: *Obwohl die Eingeborenen*

Darkovers menschlich sind, gibt es dort mehrere Kulturen intelligenter Nichtmenschen.

Nichtmenschen! Auf der Erde sah man sie nicht oft. Selten kam in der Nähe eines Raumhafens einmal ein Jupiterwesen in seinem Methangas-Atemtank vorbeigerollt; der Sauerstoff der Erde war für es genauso giftig wie das Gas für einen Erdenbewohner. Und hin und wieder mochte man einen erregenden Blick auf ein hoch gewachsenes, geflügeltes Menschen-Ding von einer der äußeren Welten erhaschen. Aber aus der Nähe bekam man sie nie zu sehen. Irgendwie gelang es einem nicht, sie sich als *Leute zu* denken.

Larry hatte seinem Vater so lange mit Fragen zugesetzt, bis dieser ärgerlich sagte: »Wie soll ich das wissen? Ich bin doch kein Nachschlagewerk! Ich weiß, dass Darkover eine rote Sonne, ein kaltes Klima und eine Sprache hat, die von den alten Erdsprachen abgeleitet sein soll. Ich weiß, Darkover hat vier Monde, und es gibt dort Nichtmenschen – und das ist alles! Deshalb warte ab, bis du dort bist, und finde es selbst heraus!«

Wenn Dad diesen Blick bekam, war es besser, keine Fragen mehr zu stellen. Deshalb behielt Larry die restlichen für sich. Aber eines Abends, als er in seinem Zimmer seine Besitztümer sortierte und sich entschloss, Stapel von Kinderbüchern, Spielsachen und Krimskrams, der sich in den letzten paar Jahren angesammelt hatte, wegzuwerfen, klopfte sein Vater an die Tür.

»Beschäftigt, Sohn?«

»Komm herein, Dad.«

Wade Montray trat ein und sah zu dem Haufen auf dem Bett hin. »Gute Idee. Auch heutzutage darf man nicht mehr als ein paar Pfund Gepäck mitnehmen. Ich habe hier etwas für dich – habe es im Transfer-Zentrum gefunden.« Er reichte Larry ein flaches Päckchen, und als Larry es umdrehte, entdeckte er, dass es ein Satz Bänder für seinen Recorder war.

»Sprachbänder«, erklärte sein Vater, »weil du doch so gern alles über Darkover lernen möchtest. Natürlich kämst du mit Standard ganz gut durch – rund um den Raumhafen und in der Handelsstadt spricht es jeder. Die meisten Leute, die nach Darkover gehen, machen sich die Mühe mit der Sprache nicht, aber ich dachte, du hättest vielleicht Interesse daran.«

»Danke, Dad. Ich fange noch heute Abend mit dem Lernen an.«

Sein Vater nickte. Er war ein ernster Mann, groß und ruhig mit dunklen Augen – Larry vermutete, sein eigenes rotes Haar und seine grauen Augen stammten von der Mutter her, an die er sich nicht mehr erinnern konnte –, und in letzter Zeit hatte er nicht oft gelächelt. Aber jetzt lächelte er Larry zu. »Es kann nie schaden. Ich habe festgestellt, dass es einem hilft, wenn man mit den Menschen in ihrer eigenen Sprache redet, statt sich darauf zu verlassen, dass sie unsere beherrschen.«

Er schob die Bänder zur Seite und setzte sich auf Larrys Bett. Das Lächeln verschwand, und er war wieder ernst.

»Sohn, macht es dir wirklich nichts aus, die Erde zu verlassen? Ich habe mir immer wieder gesagt, es sei nicht fair, wenn ich dich aus deiner Heimat wegreiße und an den Rand des Nichts bringe. Deswegen hätte ich fast darauf verzichtet, den Versetzungsantrag zu stellen. Noch jetzt ...« Er zögerte. »Larry, wenn du möchtest, kannst du immer noch hier bleiben. Ich lasse dich dann in ein paar Jahren nachkommen, sobald du mit Schule und College fertig bist.«

Larry wurde plötzlich die Kehle eng.

»Du willst mich zurücklassen? Auf der Erde?«

»Hier gibt es gute Schulen und Universitäten, Sohn. Niemand weiß, welche Art von Ausbildung du im Hauptquartier auf Darkover bekommen wirst.«

Larry starrte seinen Vater an, die Lippen fest zusammengepresst, damit sie nicht zitterten. »Dad, willst du mich nicht bei dir haben? Wenn du – wenn du mich loswerden willst, werde ich bestimmt kein Theater machen. Aber ...« Er verstummte und schluckte schwer.

»Sohn! Larry!« Sein Vater ergriff seine Hände und hielt sie eine Minute lang ganz fest. »Sag das nicht wieder, ja? Ich habe deiner Mutter versprochen, du würdest eine gute Ausbildung erhalten. Und nun zerre ich dich halbwegs durchs Universum, nehme dich mit auf ein verrücktes Abenteuer, nur weil mich die Ferne lockt und ich nicht wie ein vernünftiger Mensch hier bleiben will. Es ist selbstsüchtig von mir zu gehen, und noch schlimmer, dass ich dich mitnehmen möchte!«

Larry erklärte bedächtig: »Dann werde ich wohl mitkommen müssen, Dad. Denn ich will auch nicht wie so ein Mensch, den du vernünftig nennst, immer an einem Fleck bleiben. Dad, ich *möchte* mit. Konntest du dir das nicht denken? Ich habe mir nie im Leben etwas so sehr gewünscht!«

Wade Montray holte tief Atem. »Ich hoffte, du würdest es sagen – und wie ich es gehofft habe!« Er schob die Bänder in einen Stapel von Larrys Kleidern und stand auf.

»Gut, Sohn. Dann widme du dich der Sprache. Es muss mehr als eine Art von Ausbildung geben.«

Als Larry den Sprachbändern lauschte und seine Zunge in den merkwürdig fließenden Tönen der darkovanischen Redewendungen übte, wuchs seine Erregung. Diese Sprache enthielt fremdartige neue Konzepte und Gedanken und Andeutungen von Dingen, die ihn fesselten. Ein Sprichwort beflügelte seine Phantasie besonders: *Es ist falsch, wenn du einen Drachen an die Kette legst, nur um Fleisch zu braten.*

Gab es Drachen auf Darkover? Oder ging diese Redensart auf eine Sage zurück? Welche Bedeutung hatte sie? Dass es, wenn man einen Feuer speienden Drachen hatte, gefährlich sei, ihn für sich arbeiten zu lassen? Oder sollte damit ausgedrückt werden, es sei töricht, etwas Großes und Wichtiges für eine kleine, nebensächliche Arbeit einzusetzen? Larry war, als öffne sich ihm hier ein Spalt in eine neue Welt und er sehe wie durch einen Schimmer unbekannte Tiere, Farben und Vorstellungen.

Tag für Tag steigerten sich seine Erwartungen, bis sie die Fähre zu dem gewaltigen Raumhafen bestiegen und dann an Bord des Schiffes gingen. Das Sternenschiff war riesig und merkwürdig wie eine fremde Stadt, aber die Reise selbst war eine Enttäuschung gewesen. Sie unterschied sich nicht sehr von einer Kreuzfahrt auf einem Ozeandampfer, abgesehen davon, dass man keinen Ozean zu sehen bekam. Die meiste Zeit musste man in der Kabine oder in einem der überfüllten Aufenthaltsräume bleiben. Man bekam Spritzen und Immunisierungen gegen alles unter der Sonne – unter *jeder* Sonne, berichtigte Larry sich –, so dass er die ersten zwei Wochen mit einem schmerzenden Arm herumlief.

Interessant waren nur ein paar Stunden zu Beginn der Fahrt, gleich nachdem sie die Sonne der Erde hinter sich gelassen hatten. Da wurde für jeden, der nicht immer noch mit der Beschleunigungskrankheit kämpfte, eine Führung durch das Schiff veranstaltet. Die Mannschaftsunterkünfte, das hohe Navigationsdeck mit seinen Räumen voller stiller, brütender Computer, die Roboter, die hinter Bleiglasschilden alle notwendigen Reparaturen am Antrieb ausführten, hatten Larry fasziniert. Mittels einer Fernsehkamera hatte er sogar in die Antriebskammern selbst hineinsehen dürfen. Sie waren natürlich radioaktiv, und auch die Mitglieder der Besatzung betraten sie nur in den ernstesten Notfällen. Am schönsten von allem war der einzige ihm gewährte Blick von der Kapitänsbrücke gewesen – die Glaskuppel mit ihrem plötzlich erscheinenden Panorama von hundert Millionen glitzernden Sternen. Einen Moment fühlte sich Larry, der sich gegen das Glas drückte, verloren, sehr klein und allein in dieser Wildnis von gigantischen, flammenden Sonnen und Welten, die sich auf ewig vor der endlosen Dunkelheit drehten. Dann musste er den Nachfolgenden Platz machen und ging, benommen und mit schwimmenden Augen.

Der Rest der Fahrt war langweilig gewesen. Immer stärker hatte Larry sich Tagträumen über die neue Welt am Ende der Reise hingegeben. Schon der Name *Darkover* hatte seinen eigenen Zauber. Er sah vor sich eine riesige rote Sonne tief an einem trüben Himmel, dazu vier Monde in seltsamen Farben. Er dachte sich phantastische und unmögliche Gestalten für die geheimnisvollen Nichtmenschen aus, die sich bei der Landung um das Raumschiff drängen würden. Als es soweit war, dass sie in ihre Kabinen geschickt wurden, um sich für die lange Abbremsung anzuschnallen, fieberte er vor Erregung.

Er verfolgte die Landung auf dem Fernsehschirm. Sie näherten sich dem Planeten in seinem Schleier aus wirbelnden orangefarbenen Abendwolken, die dann in der Dunkelheit auf der Nachtseite verschwanden. Ein Prickeln überlief Larry, als einer der kleinen schillernden Monde in das Aufnahmefeld der Kamera schwamm. Welcher mochte es sein? Wahrscheinlich Kyrrdis, blaugrün schimmernd wie der Flügel eines Pfaus. Die Namen der Monde waren ein verzaubernder Sirenengesang: Kyrrdis, Idriel, Liriel, Mormallor. *Wir sind da,* dachte Larry, *wir sind wirklich da.*

Diszipliniert bei aller Ungeduld wartete er auf die Lautsprecherdurchsage, die den Passagieren erlaubte, die Gurte zu lösen, ihre Siebensachen einzusammeln und sich zum Ausgang zu begeben. Sein Vater neben ihm schwieg, und sein Gesicht verriet nichts. Larry fragte sich, wie jemand so gleichmütig sein könne, aber da er sich nicht durch kindisches Ungestüm blamieren wollte, hielt auch er den Mund. Seine Blicke hingen an der Metalltür, die sich auf die fremde Welt öffnen würde.

Als der Mann in der schwarzen Lederuniform begann, die Verschlüsse zu öffnen, schüttelte es Larry geradezu vor Aufregung. Ein rötliches Glühen sickerte durch die erste Spalte der Tür. *Die rote Sonne? Der Himmel Darkovers?*

Doch hinter der Tür war es Nacht, und das rötliche Glühen kam von den Schweißapparaten der behelmten Arbeiter, die auf einem nahe gelegenen Landeplatz die Hülle eines anderen großen Schiffes reparierten. Larry trat auf die Rampe hinaus, und die Enttäuschung warf ihn beinahe um. Das war nichts als ein Raumhafen wie auf der Erde auch!

Sein Vater, hinter ihm auf der Rampe, berührte seine Schulter und schalt freundlich: »Nun bleib nicht gaffend stehen, Sohn, dein neuer Planet wird nicht weglaufen. Ich weiß, wie aufgeregt du sein musst, aber lass uns jetzt hinuntergehen.«

Mit einem tiefen Seufzer setzte Larry sich in Bewegung. Er hätte sich gleich denken können, dass es eine Enttäuschung werden würde, wie meistens, wenn man ein Phantasiegebäude errichtet hatte.

Später musste er über sich selbst lachen, wenn er an die Desillusionierung dieses Morgens dachte. Im Augenblick war die Enttäuschung jedoch so groß, dass er sie beinahe schmecken konnte. Der Beton fühlte sich nach Wochen der ungewissen Schwerkraft im Raumschiff hart und ungewohnt an. Ein bisschen schwankend, um das Gleichgewicht wieder zu finden, beobachtete Larry summende Frachtkarren, die auf dem Feld herumschwirrten, und Männer in schwarzen und gräulichen Leder-Uniformen mit den Insignien des Terranischen Imperiums, die das harte blaue Licht der Bogenlampen widerspiegelten. Hinter den Lichtern bildeten hohe Gebäude eine dunkle Linie.

Sein Vater zeigte in die Richtung. »Die terranische Handelsstadt. Wir haben Zimmer im Hauptquartier. Komm, wir stellen uns besser in der Schlange an; es ist eine Menge Papierkram zu erledigen.«

Larry fühlte sich nicht schläfrig – auf dem Sternenschiff mit seinem künstlichen Zeitzyklus war es Tag gewesen –, aber er gähnte, als sie endlich damit fertig waren, ihre Pässe und Beglaubigungsschreiben vorzuzeigen und ihr Gepäck vom Zoll abzuholen. Auf dem Rückweg von einem der Schalter blickte er zufällig nach oben – und hielt den Atem an. Die Dunkelheit hatte sich gelichtet. Der Himmel über ihnen, schwarz beim Verlassen des Raumschiffs, zeigte jetzt ein leuchtendes Perlgrau. Im Osten fächerten sich breite karminrote Streifen auf und tanzten durch die Gräue wie Nordlichter. Sie zitterten, als sähe man sie durch Eis. Dann erschien ein roter Rand am Horizont und wurde nach und nach zu einer gewaltigen, unmöglichen roten Sonne aufgeblasen. Blutrot. Riesig. Geschwollen. Sie wirkte überhaupt nicht wie eine Sonne, eher wie ein großes Neon-Zeichen. Die Farbe des Himmels durchlief von Grau über Rosa das Spektrum zu einem verblüffenden Lila-Blau. Unter dieser Beleuchtung sah der Raumhafen fremdartig und finster aus.

Mit zunehmender Helligkeit erkannte Larry hinter den Wolkenkratzern eine Bergkette – hohe, scharfzähnige Gipfel mit Klippen und Eisfällen, die rot in der Sonne leuchteten. Ein blassblauer Kristall von einem Mond hing noch auf der Schulter eines der Berge. Larry blinzelte, starrte, drehte sich immer wieder nach dieser unmöglichen Sonne um. Es war sehr kalt; man konnte sich nicht vorstellen, dass diese Sonne den Himmel erwärmte, wie es die Sonne der Erde tat. Und doch war sie eine große, rote Kohle, ein gewaltiges glühendes Feuer in der Farbe von ...

»Blut. Ja, es ist eine blutige Sonne«, sagte jemand in der Schlange hinter Larry. »Davon hat sie ihren Namen. Sie sieht ja auch ganz so aus.«

Larrys Vater wandte den Kopf und sagte ruhig: »Erzeugt einen düsteren Eindruck, ich weiß. Nun, mach dir nichts draus, in der Handelsstadt ist das Licht genau wie auf der Erde, und früher oder später wirst du dich daran gewöhnen.« Larry wollte protestieren, aber sein Vater gab ihm keine Zeit dazu. »Ich muss mich noch einmal anstellen. Du kannst ebenso gut dort drüben warten. Es hat keinen Sinn, dass du dir ebenfalls die Beine in den Bauch stehst.«

Gehorsam verließ Larry seinen Platz. Sie waren mittlerweile auf ihrem Weg von einem Schalter zum anderen mehrere Ebenen hochgestiegen und befanden sich weit oberhalb der Fläche, wo die Raumschiffe in ihren Gruben lagen. Etwa hundert Fuß von Larry entfernt war ein hoher offener Torbogen. Was mochte hinter dem Raumhafen liegen? Neugierig ging er darauf zu.

Der Torbogen öffnete sich auf einen weiten Platz, leer im roten Morgenlicht. Er war mit altertümlichen, ungleichmäßigen Steinen gepflastert. In der Mitte sprudelte eine schwach rosa angehauchte Fontäne. Am anderen Ende des Platzes erkannte Larry – und ein bisschen von der alten Aufregung durchzuckte ihn – eine Reihe von merkwürdig geformten Gebäuden mit geschwungenen Steinfassaden und hohen rautenförmigen Fenstern. Das Licht spielte merkwürdig über die Buntglas-Prismen, die in die Fenster eingelassen waren.

Ein Mann überquerte den Platz. Er war der erste Darkovaner, den Larry sah, ein gebeugter, grauhaariger Mann in weiten, beuteligen Hosen und einem gegürteten Überhemd, das mit Pelz gefüttert zu sein schien. Er warf einen missmutigen Blick auf den Raumhafen, ohne Larry wahrzunehmen, und schlurfte weiter.

Zwei oder drei weitere Männer kamen vorbei. Wahrscheinlich, so dachte Larry, waren es Arbeiter auf dem Weg zur Frühschicht. Zwei Frauen in langen, pelzbesetzten Kleidern traten aus einem der Häuser. Eine fegte das Kopfsteinpflaster des Bürgersteigs mit einem komischen flaumigen Besen. Die andere trug kleine Tische und Bänke nach draußen. Männer schlenderten heran. Einer setzte sich an einem der Tischchen nieder und gab einer der Frauen ein Zeichen. Nach einer Weile brachte sie ihm zwei Schüsseln, aus denen weißer Dampf in die frostige Luft stieg. Ein starker, angenehmer Geruch wie nach Bitterschokolade erinnerte Larry, dass er fror und Hunger hatte. Das Essen roch gut, und er wünschte sich, etwas darkovanisches Geld in der Tasche zu haben. Versuchsweise rief er sich Sätze aus der erlernten Sprache ins Gedächtnis. Bestimmt wäre er fähig, sich etwas zu essen zu bestellen. Der Mann an dem Tisch entnahm der einen Schüssel so etwas wie Makkaroni-Stücke, stippte sie in die andere Schüssel und aß sie sehr sauber mit den Fingern und einem Gerät, das wie ein einzelnes chinesisches Essstäbchen aussah.

»Was starrst du da an?«, fragte jemand. Larry fuhr zusammen, blickte hoch und sah einen Jungen vor sich stehen, der etwas jünger war als er selbst. »Woher kommst du, *Tallo*?«

Erst bei dem letzten Wort wurde Larry bewusst, dass der fremde Junge ihn in der darkovanischen Sprache angeredet hatte, die ihm durch die Bänder schon so vertraut war. *Ich kann sie also verstehen! Tallo* – das war das Wort für Kupfer; vermutlich bedeutete es *Rotkopf.* Der fremde Junge hatte ebenfalls rote Haare, sie flammten, gerade abgeschnitten, um ein hübsches, dunkles Gesicht. Er war nicht ganz so groß wie Larry. Seine Kleidung bestand aus einem rostfarbenen Hemd, einer Lederweste mit Verschnürung und kniehohen Lederstiefeln über einer eng sitzenden Hose. Mehr überraschte Larry die Tatsache, dass am Gürtel des Jungen in einer abgewetzten Lederscheide ein kurzer Stahldolch hing.

Endlich fragte Larry zögernd auf Darkovanisch: »Redest du mit mir?«

»Mit wem sonst?« Die Hände des Jungen, die in dicken dunklen Handschuhen steckten, wanderten wie in Gedanken zu dem Heft seines Messers. »Was starrst du da an?«

»Ich habe mir nur den Markt angesehen.«

»Und woher hast du diese lächerlichen Kleider?«

Larry ärgerte sich über die Grobheit. »Jetzt hör mal zu! Warum stellst du mir all diese Fragen? Ich trage die Sachen, die ich habe – und lächerlich sind höchstens deine«, setzte er kriegerisch hinzu. »Was willst du überhaupt von mir?«

Der fremde Junge blickte erschrocken drein. Er blinzelte. »Dann habe ich mich geirrt? Ich habe noch nie – wer bist du?«

»Mein Name ist Larry Montray.«

Der Junge mit dem Messer runzelte die Stirn. »Das begreife ich nicht. Entschuldige, aber – gehörst du zufällig zum Raumhafen? Ich will dich nicht beleidigen, nur ...«

»Ich bin gerade mit der *Pantomime* angekommen«, sagte Larry.

»Das erklärt es«, meinte der Fremde langsam. »Aber du sprichst die Sprache so gut, und du siehst aus wie – du musst meinen Fehler verzeihen, er war natürlich.« Eine volle Minute lang musterte er Larry. Dann brach plötzlich ein Damm: »Ich habe bisher noch nie mit einem Außenweltler gesprochen! Wie ist es, wenn man im Raum reist? Stimmt es, dass es viele Sonnen wie diese hier gibt? Wie sehen die anderen Welten aus?«

Bevor Larry antworten konnte, hörte er die scharf erhobene Stimme seines Vaters: »Larry! Wo steckst du?«

»Ich bin hier!« Larry merkte, dass er da, wo er stand, im Schatten des Torbogens versteckt war. »Nur eine Minute ...« Er wandte sich zu dem fremden Jungen zurück, aber überrascht und verärgert stellte er fest, dass der Darkovaner ihm den Rücken gedreht hatte und sich schnellen Schrittes entfernte. Er verschwand in der dunklen Öffnung einer engen Straße jenseits des Platzes. Larry sah ihm gedankenverloren nach.

Sein Vater trat rasch auf ihn zu.

»Was hast du gemacht? Dir nur den Platz angesehen? Das kann sicher nichts schaden, aber ...« Er schien erregt zu sein. »Mit wem hast du gesprochen? Mit einem der Eingeborenen?«

»Nur mit einem Jungen meines Alters«, antwortete Larry. »Dad, er glaubte ...«

»Das ist jetzt egal«, schnitt ihm sein Vater ziemlich heftig das Wort ab. »Wir müssen unser Quartier aufsuchen und uns einrichten. Du wirst Darkover früh genug kennen lernen. Komm jetzt.«

Larry folgte ihm, verwirrt und verletzt, dass sein Vater so kurz angebunden war. Es sah Dad gar nicht ähnlich. Doch seine erste Enttäuschung über Darkovers Farblosigkeit war plötzlich verschwunden.

Dieser Junge hat mich für einen Darkovaner gehalten. Und das trotz der Kleidung, die ich trage. An meiner Aussprache konnte er keinen Unterschied erkennen.

Er blickte beinahe sehnsüchtig auf das verschwindende Panorama Darkovers hinter dem verbotenen Tor zurück. Sie bogen jetzt in eine Straße mit Häusern ein, die genauso wie die auf der Erde waren, und Larrys Vater seufzte – vor Erleichterung?

»Ganz wie zu Hause. Wenigstens wirst du hier nicht allzu viel Heimweh bekommen.« Er überprüfte die Nummern auf einer Karte, die er in der Hand hielt, und schob eine Tür auf. »Unsere Zimmer sind in diesem Gebäude.«

Die Beleuchtung drinnen war so eingestellt wie auf der Erde zur Mittagszeit, und die Wohnung – fünf Räume im vierten Stock – hätte die sein können, die sie auf der Erde verlassen hatten. Die ganze Zeit, während sie auspackten, Essen an den Spendern wählten und die Zimmer erkundeten, war Larrys Kopf voll von neuen und seltsamen Gedanken.

Was hatte es für einen Sinn, auf einer fremden Welt zu leben, wenn man sein Möglichstes tat, sein Haus, die Möbel, sogar das *Licht* so zu gestalten wie daheim? Warum blieben Leute mit dieser Einstellung nicht auf der Erde?

Okay, wenn die anderen es so haben wollten, sollte es ihm recht sein. Er aber würde von Darkover mehr als das sehen.

Er würde sich ansehen, was jenseits des Tores lag. Die neue Welt war schön und fremd – und er konnte es kaum erwarten, sie zu entdecken.

Heimweh? Für was hielt Dad ihn?

2

Larry schob die schwere Stahltür von Block B des Hauptquartiers zurück und trat in den kalten, schneidenden Wind des Hofes zwischen den Gebäuden hinaus. Erschauernd blieb er stehen und blickte zum Himmel auf. Die große rote Sonne hing niedrig und senkte sich langsam auf den Horizont zu, wo dünne Eiswolken sich zu Bergen in Karmin und Scharlach und Purpur verdichteten.

Hinter ihm bibberte Rick Stewart hörbar und zog seinen Mantel enger zusammen. »Brrr, ich wünschte, es gäbe eine Passage zwischen den Blöcken! Und ich kann bei diesem Licht überhaupt nichts sehen. Lass uns hineingehen, Larry.« Er wartete ungeduldig. »Was starrst du da an?«

»Nichts.« Larry zuckte die Schultern und folgte dem anderen Jungen in Block A, dem Wohngebäude. Wie konnte er sagen, dass dieser kurze tägliche Gang zwischen Block B – wo die Schulen für den Raumhafen-Nachwuchs vom Kindergarten bis zu den Vorbereitungskursen auf die Universität untergebracht waren – und Block A seine einzige Chance darstellte, sich Darkover anzusehen?

Drinnen in der kühlen gelben Normalbeleuchtung entspannte Rick sich. »Du bist komisch«, meinte er im Aufzug zu ihrem Stockwerk. »Ich hätte gedacht, das Licht draußen würde deinen Augen wehtun.«

»Nein, mir gefällt es. Zu gern würde ich draußen Entdeckungen machen.«

»Sollen wir zum Raumhafen hinuntergehen?« Rick lachte. »Dort gibt es nichts zu sehen als Sternenschiffe, und für mich ist das ein alter Hut, aber ich nehme an, für dich sind sie immer noch interessant.«

Larry verdross Ricks überlegener, amüsierter Ton. Rick war drei Jahre auf Darkover – und gab offen zu, dass er den Raumhafen noch nie verlassen hatte. »Nein«, antwortete Larry ihm. »Ich möchte in die Stadt – feststellen, wie es da aussieht.« Seine aufgestaute Verärgerung machte sich plötzlich Luft. »Seit drei Wochen bin ich auf Darkover, und ich könnte ebenso gut noch auf der Erde sein. Sogar hier in der Schule lerne ich die gleichen Dinge wie zu Hause! Die Geschichte Terras, die Anfänge der Raumerkundung, Standard-Literatur, Mathematik ...«

»Na klar«, sagte Rick. »Du glaubst doch nicht, dass terranische Bürger hier bleiben würden, wenn ihre Kinder keine anständige Ausbildung bekämen? Eine, die sie zum Besuch jeder Universität des Imperiums berechtigt?«

»Das weiß ich. Aber wenn wir schon auf diesem Planeten leben, sollten wir ein bisschen über ihn wissen, oder nicht?«

Von neuem zuckte Rick die Schultern. »Ich wüsste wirklich nicht, warum.« Sie kamen in die Zimmer, die Larry mit seinem Vater teilte, und legten ihre Schulbücher und Mäntel ab. Larry trat an den Essensspender – das in der zentralen Küche zubereitete Essen wurde mittels Druckluft durch ein Rohr geschickt und ihr Konto mit der Rechnung belastet –, wählte für sich etwas zu trinken und einen Imbiss und fragte Rick, was er haben wolle. Die Jungen machten es sich gemütlich und aßen hungrig.

»Du bist wirklich komisch«, wiederholte Rick. »Was kümmert dich dieser Planet? Wir werden nicht das ganze Leben lang hier bleiben. Was soll es uns also nützen, wenn wir etwas über ihn lernen? Die Kenntnisse, die wir uns auf den Schulen des Terranischen Imperiums erwerben, werden auf jedem Imperiumsplaneten anerkannt, wohin man uns auch schicken mag. Was mich betrifft, werde ich in die Raum-Akademie eintreten, sobald ich achtzehn bin – und weiß der Himmel, das ist

Grund genug, mich hinter Navigation und Mathe zu klemmen!«

Larry kaute einen Cracker. »Mir kommt es einfach albern vor«, verteidigte er entschlossen seine Meinung, »auf einer Welt wie dieser zu leben und nichts über sie zu erfahren. Warum bleiben die Leute nicht auf der Erde, wenn ihre Kultur die einzige ist, auf die es ankommt?«

Rick lachte nachsichtig. »Ist dies dein erster fremder Planet? Oh, das erklärt es. Wenn du ein paar mehr gesehen hast, wird dir aufgehen, dass es dort nichts gibt als einen Haufen Barbaren und Außenweltler. Warum soll sich jemand, der nicht gerade Archäologe oder Historiker werden will, den Kopf mit Einzelheiten vollstopfen?«

Larry konnte nicht antworten. Er versuchte es erst gar nicht. Stattdessen aß er seinen Cracker auf und öffnete sein Buch über Navigation. »Ist das hier die Stelle, bei der du Probleme hast?«

Doch während sie die Köpfe zusammensteckten, interstellare Umlaufbahnen berechneten und Kollisionskurven zeichneten, dachte Larry mit brennender Sehnsucht an die Welt da draußen – die Welt, die er, so wie es jetzt aussah, niemals kennen lernen würde.

Rick schien das nichts auszumachen. Keinem der Jungen hier in der Handelsstadt schien es etwas auszumachen. Sie waren Terraner, und alles außerhalb der Terranischen Zone war fremd – und nichts konnte sie weniger interessieren. Sie führten das gleiche Leben, wie sie es auf jedem Imperiumsplaneten geführt hätten, und sie wollten es gar nicht anders haben.

Sie waren sogar überrascht – nein, vom Donner gerührt – gewesen, als sie erfuhren, dass er die darkovanische Sprache gelernt hatte. Sie konnten sich nicht vorstellen, warum. Einer der Lehrer hatte eine Spur von Verständnis bewiesen; er hatte

Larry gezeigt, wie man die komplizierten Buchstaben des darkovanischen Alphabets schrieb, und ihm sogar ein paar Bücher in darkovanischer Sprache geliehen. Aber für so etwas war nicht viel Zeit. Größtenteils bekam Larry den gleichen Unterricht wie auf der Erde. Darkover, selbst das Licht von Darkovers roter Sonne, wurde von Mauern und gelber erdtypischer Beleuchtung ausgesperrt, und die Engstirnigkeit des Personals in der Terranischen Zone stellte eine noch stärkere Barriere dar.

Als Rick gegangen war, räumte Larry seine Bücher weg, setzte sich hin und dachte mit finsterem Gesicht nach, bis sein Vater hereinkam.

»Wie war's heute, Dad?«

Die Arbeit seines Vaters faszinierte ihn, aber Wade Montray pflegte nicht viel darüber zu sprechen. Larry wusste, dass sein Vater im Zollbüro arbeitete und seine Aufgabe, allgemein gesprochen, darin bestand, darauf zu achten, dass keine Schmuggelware von Darkover in die Terranische Zone oder umgekehrt gebracht wurde. Für Larry klang das interessant, obwohl sein Vater betonte, es unterscheide sich nicht besonders von der Arbeit, die er auf der Erde getan habe.

Heute schien er jedoch etwas gesprächiger zu sein.

»Wie ist es, sollen wir uns etwas zum Abendessen wählen? Ich hatte heute zu viel zu tun, um eine Essenspause einzulegen. Wir hatten allerhand Aufregung im Büro. Einer der Stadt-Ältesten kam zu uns, wütend wie eine nasse Katze. Er behauptete, einer unserer Männer habe Waffen in die Stadt gebracht und wir müssten der Sache nachgehen. Und was war geschehen? Irgendein dummer Darkovaner Junge hatte einem der Raumhafen-Wachen eine Menge Geld dafür geboten, dass er ihm seine Pistole verkaufe und sie als verloren melde. Wie sich bei der Vernehmung des Mannes herausstellte, hatte er genau das auch getan. Natürlich verlor er seinen Dienstgrad und wird Darkover mit dem nächsten abgehenden Raumschiff verlassen. Dieser Vollidiot!«

»Warum, Dad?«

Wade Montray stützte das Kinn auf die Hände. »Du weißt nicht viel über die Geschichte Darkovers, nicht wahr? Sie haben da einen so genannten Vertrag, unterzeichnet vor Tausenden von Jahren. Er ächtet jede Waffe außer solchen, die den Mann, der sie benutzt, in die gleiche Gefahr bringt wie den Mann, den er damit angreift.«

»Ich glaube, das verstehe ich nicht ganz, Dad.«

»Dann pass auf. Wenn du ein Schwert oder ein Messer benutzen willst, musst du nahe an dein Opfer herangehen – und soviel du weißt, kann es ebenfalls ein Messer haben und in seinem Gebrauch geschickter sein als du. Aber Gewehre, Schocker, Laser, Atombomben – die kannst du ohne jedes Risiko, selbst verletzt zu werden, einsetzen. Jedenfalls schlossen die Darkovaner den Vertrag ab, und bevor sie erlaubten, dass das Terranische Imperium hier zu Handelszwecken einen Raumhafen baute, mussten wir ihnen gusseiserne Garantien geben, dass wir helfen würden, Schmuggelware von Darkover fern zu halten.«

»Das kann ich ihnen nicht verübeln«, sagte Larry. Er hatte von den frühen planetaren Kriegen auf der Erde erzählen gehört.

»Wie dem auch sei, der Bursche, der die Pistole von unserem Raumhafen-Wachmann kaufte, besitzt eine Sammlung seltener alter Waffen, und er schwört, er wollte mit dem Neuerwerb nichts weiter tun, als ihn dort einzureihen – aber sicher kann da niemand sein. Manchmal gelangt tatsächlich Schmuggelware über die Grenze, ganz gleich, wie aufmerksam wir sind. Jedenfalls hat es mir viel Mühe gemacht, die Pistole aufzuspüren. Dann musste ich die Reise von zwei Studenten unserer medizinischen Schulen ins Hinterland organisieren, wo sie Krankheiten studieren sollen. Wir wollen dafür ein paar Darkovaner bei uns ausbilden. Ihre medizinische Wissenschaft taugt nicht viel, und sie haben eine sehr hohe Meinung von unseren Ärzten. Einfach ist es trotzdem nicht. Die abergläubischeren Eingeborenen haben ein Vorurteil gegen alles Terranische. Und die Darkovaner der höheren Kasten wollen nichts mit uns zu tun haben, weil sie es für unter ihrer Würde halten, sich mit Fremden einzulassen. Sie betrachten uns als Barbaren. Ich habe heute mit einem ihrer Aristokraten gesprochen, und er benahm sich, als hätte ich einen üblen Geruch.« Wade Montray seufzte.

»Sie betrachten uns als Barbaren«, meinte Larry nachdenklich, »und wir hier in der Terranischen Zone betrachten sie als Barbaren.«

»So ist es. Und es scheint keine Lösung zu geben.«

Larry legte seine Gabel hin und platzte heraus: »Dad, wann bekomme ich eine Chance, etwas von Darkover zu sehen?« Er musste seiner Enttäuschung einmal Luft machen. »In dieser ganzen Zeit habe ich nichts gehabt als am ersten Tag den Blick durch das Tor des Raumhafens!«

Sein Vater lehnte sich zurück und betrachtete ihn forschend.

»Wünschst du es dir so sehr?«

Larry machte eine Untertreibung daraus. »Ja.«

Sein Vater seufzte. »Es ist nicht einfach. Den Darkovanern gefällt es nicht besonders, Terraner hier zu haben. Es wird von uns mehr oder weniger erwartet, dass wir uns auf unsere eigenen Handelsstädte beschränken.«

»Aber warum?«

»Das ist schwer zu erklären.« Wade Montray schüttelte den Kopf. »Vor allem fürchten sie unseren Einfluss. Natürlich sind nicht alle so, aber die Mehrzahl.«

Larrys Gesicht verdüsterte sich, und sein Vater setzte langsam hinzu: »Ich könnte mich um die Erlaubnis bemühen, dich auf eine Reise zu einer der anderen Handelsstädte mitzunehmen, dann würdest du das Land dazwischen sehen. Was die Altstadt vor dem Raumhafen betrifft – nun, das ist ein ziemlich übles Viertel, obwohl alle hier eintreffenden Raumfahrer ihren Landurlaub dort verbringen. Man ist dort an Erdenbewohner gewöhnt, aber viel zu sehen gibt es nicht.« Wieder seufzte er. »Ich weiß, was du empfindest, Larry. Auf den Markt kann ich dich wohl einmal mitnehmen, wenn dich das von dem Verlangen befreit, etwas außerhalb der Terranischen Zone zu sehen.«

»Wann? Gleich?«

Sein Vater lachte. »Dann hol dir einen warmen Mantel. Nachts wird es kalt.«

Die Sonne hing als große rote Kugel niedrig über dem Rand der Welt. Sie durchquerten den Irrgarten der offiziellen Gebäude in der Terranischen Zone und kamen am Rand der Rampen hinaus, die zum Raumhafen hinunterführten. Doch sie stiegen nicht zu den Schiffen hinab, sondern gingen auf der höchsten Ebene weiter. Sie kamen an das Tor, wo Larry damals gestanden und auf die Stadt hinausgeblickt hatte. Nur ließen sie es jetzt hinter sich und näherten sich einem zweiten Tor am äußersten Rand des Raumhafens.

Dies Tor war größer und von schwarz gekleideten Männern mit Pistolenhalftern bewacht. Beide Posten erkannten Wade Montray wieder und nickten ihm zu, und Vater und Sohn traten auf den offenen Platz hinaus.

»Versäumen Sie die Sperrstunde nicht, Mr. Montray. Alles Zonen-Personal, das nicht im Dienst ist, muss um Mitternacht unserer Zeit innerhalb der Tore sein.«

Montray nickte. Seite an Seite überquerten sie den Platz. »Wie kommst du mit dem neuen Schlafzyklus zurecht, Larry?«

»Mir macht das nichts.« Darkover hatte eine Rotationsperiode von achtundzwanzig Stunden, und Larry war bekannt, dass manche Leute Schwierigkeiten hatten, sich an die längeren Tage und Nächte anzupassen. Ihm war es sofort gelungen.

Der Platz zwischen dem Raumhafen und der darkovanischen Stadt von Thendara lag als weite Fläche unter dem letzten roten Licht der Abendsonne. Auf einer Seite wurde er von den Bogenlampen des Raumhafens erhellt, auf der anderen von gedämpfteren Lichtern in rötlicher Farbe. Eine Reihe von Läden begrenzte ihn, und Darkovaner und Erdenbewohner gingen vor ihnen hin und her. Die ausgestellten Waren zeigten eine bestürzende Vielfalt: Pelze, Töpfereien, polierte und verzierte Messer mit glänzenden Scheiden, alle Arten von Obst und Süßigkeiten. Aber als Larry stehen blieb, um sie sich anzusehen, sagte sein Vater mit leiser Stimme: »Das sind nur die Geschäfte für die Touristen, die vom Raumhafen kommen. Der alte Markt wird dich bestimmt mehr interessieren. Hierhin kannst du jederzeit gehen.«

Sie bogen in eine Nebenstraße ab, gepflastert mit ungleichmäßigen Katzenköpfen, die zu schmal für Fahrzeuge irgendwelcher Art war. Montray ging schnell, als wisse er, wohin er wolle, und Larry dachte nicht ohne Groll: *Er ist hier schon gewesen. Er weiß Bescheid. Und nie ist ihm der Gedanke gekommen, dass ich all dies auch gern sehen würde.*

Die Häuser zu beiden Seiten waren niedrig und zum größten Teil aus Stein erbaut. Sie schienen sehr alt zu sein. Alle hatten viele große Fenster, in denen dickes, durchscheinendes Bunt- oder Mattglas zu Mustern zusammengesetzt war, so dass man von draußen nicht hineinsehen konnte. Die Ställe zwischen den Häusern waren aus Flechtwerk oder Holz, und dazu kam eine Vielzahl von Außengebäuden. Larry hätte gern gewusst, wie die Häuser innen aussahen. Aus einem wehte ihm ein starker Geruch nach bratendem Fleisch entgegen, und hinter einem anderen hörte er die Stimmen von spielenden Kindern. Ein Mann auf einem kleinen bräunlichen Pferd ritt langsam die Straße hinunter. Larry fiel auf, dass er das Pferd ohne Gebiss und Zügel nur mit einem Haltestrick und dem Zaum lenkte.

Die enge Straße verbreiterte sich und mündete auf einen viel größeren offenen Platz, voll von Marktständen, bunten Zelten und kleinen Stein-Kiosken. Laternen spendeten ein mattes Licht. Am Rand des Marktes waren Pferde und Karren angebunden. Larry betrachtete sie neugierig.

»Pferde?«

Montray nickte. »Die Darkovaner stellen keinerlei Fahrzeuge für den Oberflächentransport her. Wir haben versucht, sie für Automobile und Hubschrauber zu interessieren, aber sie behaupten, sie hätten keine Lust, Straßen zu bauen, und in Eile sei sowieso niemand. Es ist eine barbarische Welt, Larry. Das habe ich dir doch gesagt. Unter uns«, er senkte die Stimme, »ich glaube, viele Einwohner hätten gern einiges von unseren Maschinen und Produkten. Doch die Leute an der Spitze wollen ihre Welt so erhalten, wie sie ist. Ihnen gefällt sie so besser.«

Larry hielt fasziniert Umschau. »Ich fände es auch furchtbar, wenn dieser Markt in ein großes, mechanisiertes Shopping-Center umgewandelt würde. Die auf der Erde sind hässlich.«

Sein Vater lächelte. »Wenn du damit leben müsstest, würdest du die Schattenseiten erkennen. Du bist wie alle jungen Leute, du romantisierst das Alte. Glaub mir, die darkovanischen Machthaber sind nicht romantisch. Es ist nur einfacher für sie, wenn alles auf ihre Art weiterläuft, wenn sie die Leute zwingen können, alles so zu tun, wie es immer getan worden ist. Nun, lange wird das nicht mehr dauern.« Er schien davon überzeugt zu sein. »Sobald das Terranische Imperium den

Leuten zeigt, was eine galaxisweite Zivilisation zu bieten hat, verlangen sie nach Fortschritt.«

Ein hoch gewachsener Mann mit hartem Gesicht, eingehüllt in einen langen Mantel, warf ihnen einen scharfen, zornigen Blick aus kalten blauen Augen zu, senkte dann dichte Wimpern und ging an ihnen vorbei. Larry sah zu seinem Vater hoch.

»Dad, dieser Mann hat gehört, was du sagtest, und es ärgerte ihn.«

»Unsinn«, erwiderte sein Vater. »So laut habe ich gar nicht gesprochen, und nur wenige Darkovaner verstehen terranische Sprachen. Das gehört alles zusammen. Sie treiben Handel mit uns, aber sie wollen nichts mit unserer Kultur zu tun haben.« Er blieb in einer Gasse zwischen den Ständen stehen. »Siehst du hier irgendetwas, das du gern hättest?«

Blau und weiß glasierte Schüsseln, kleine und größere, standen nebeneinander, dahinter eine ähnliche Reihe mit grünen und braunen. Am nächsten Stand wurden Messer und Dolche verschiedener Sorten verkauft, und Larry musste an den darkovanischen Jungen denken, der ein Messer im Gürtel getragen hatte. Er nahm eins auf und befingerte es. Als sein Vater die Stirn runzelte, lachte er auf und legte es zurück. Was sollte er damit anfangen? Terraner trugen keine Schwerter!

Eine alte Frau hinter einer niedrigen Theke beugte sich über einen großen irdenen Topf mit dampfendem, brodelndem Fett. Sie drehte Teigstreifen und ließ sie in das Öl fallen. Das Holzkohlenfeuer unter dem Topf glühte wie die rote Sonne und strahlte auf die Stelle, wo der Junge stand, willkommene Hitze ab. Die Teigstreifen wanden sich wie kleine Goldfische und wurden knusprig und braun. Die Frau fischte sie heraus, und Larry bekam plötzlich Hunger. Er hatte seit jenem ersten Tag nicht mehr Darkovanisch gesprochen, aber sobald er den Mund öffnete, merkte er, dass die Lernbänder gute Arbeit geleistet hatten, denn er wusste genau, was er sagen musste und wie er es sagen musste.

»Bitte, was kosten Eure Kuchen?«

»Zwei Sekals pro Stück, junger Herr«, antwortete die Frau. Larry kramte in seiner Tasche nach Kleingeld und verlangte ein halbes Dutzend. Sein Vater legte am nächsten Stand eine Schriftrolle nieder und kam zu ihm.

»Sie schmecken sehr gut«, sagte er. »Ich habe sie probiert. So ähnlich wie Krapfen.«

Die alte Frau legte die Kuchen auf ein sauberes grobes Tuch, ließ das süß duftende Öl abtropfen und bestreute sie mit einem hellen Zeug. Sie wickelte sie in ein Blatt aus bräunlichen Fasern und reichte Larry das Päckchen.

»Euer Akzent ist merkwürdig, junger Herr. Kommt Ihr von den Cahuenga-Bergen?« Sie hob ihr faltiges altes Gesicht, und Larry entdeckte voll Schreck, dass die Augen der Frau weiß und ziellos waren; sie war blind. *Aber seiner Sprache nach hatte sie ihn für einen echten Darkovaner gehalten!* Er gab eine unverbindliche Antwort, bezahlte die Kuchen und biss hungrig hinein. Sie waren heiß, süß und knusprig und mit etwas bestäubt, das wie gemahlener Kandiszucker schmeckte.

Sie schlenderten die dämmerige Budengasse hinunter. Hin und wieder begegneten sie Uniformierten vom Raumhafen oder auch Zivilisten, aber die meisten Männer, Frauen und Kinder auf dem Markt waren Darkovaner, und sie betrachteten die Terraner, Vater und Sohn, mit leicht feindseliger Neugier.

Larry dachte: *Alle starren uns an. Ich wünschte, ich könnte mich wie ein Darkovaner kleiden und mich unter sie mischen, so dass sie gar keine Notiz von mir nähmen. Dann würde ich erfahren, wie sie wirklich sind.* In düsteren Gedanken kaute er seinen Krapfen. Dann blieb er stehen und sah sich eine Auslage von kurzen Messern an.

Der Darkovaner in dem Stand sagte zu Larrys Vater: »Ist Euer Sohn noch nicht alt genug, um Waffen zu tragen? Oder erlaubt ihr Terraner euren jungen Männern nicht, Männer zu sein?« Sein Lächeln wirkte listig und irgendwie herablassend, und Larrys Vater runzelte die Stirn und blickte gereizt drein.

»Können wir gehen, Larry?«

»Ganz wie du willst, Dad.« Larry war die Lust vergangen. Was hatte er eigentlich erwartet? Sie machten kehrt und gingen durch die Gasse zurück.

»Was hat der Mann gemeint, Dad?«

»Auf Darkover wärst du bereits volljährig – alt genug, ein Schwert zu tragen. Und man würde es für selbstverständlich halten, dass du dich, wenn nötig, damit verteidigst«, antwortete Wade Montray kurz.

Mit einem Schlag versank die rote Sonne. Sofort faltete die Dunkelheit ihre Schwingen über den Himmel. Dünne, wirbelnde Nebelschwaden fegten die Marktstraßen entlang. Larry erschauerte in seinem warmen Mantel, und sein Vater schlug den Kragen hoch. Die Lichter des Marktes flackerten, umtanzt von undeutlichen Farbflecken.

»Deshalb nennt man den Planeten Darkover«, erklärte Larrys Vater. Schon war er halb unsichtbar im Nebel. »Bleib dicht bei mir, sonst verirrst du dich noch. In wenigen Minuten wird sich der Nebel jedoch in Regen verwandeln.«

In dem dichten Nebel und dem unsteten Licht nahm etwas Gestalt an und kam langsam auf sie zu. Anfangs wirkte es wie ein hoch gewachsener Mann, gegen die Kälte mit einem Kapuzenmantel vermummt. Dann rieselte es Larry kalt das Rückgrat hinunter. Der hochschultrige Körper unter dem Mantel war nicht menschlich. Ein Paar grüner Augen, leuchtend wie die einer Katze im Lampenlicht, stach in ihre Richtung. Der Nichtmensch näherte sich ihnen langsam. Larry war halb hypnotisiert von diesen durchbohrenden Augen und fast unfähig, sich zu bewegen.

»Zurück!« Sein Vater riss ihn grob aus dem Weg. Larry stolperte, fiel, warf einen Arm hoch, um das Gleichgewicht wieder zu finden. Die Hand streifte den Mantel des Fremden ...

Ein heftiger stechender Schmerz schleuderte ihn gegen die Steinwand. Es war, als habe er von einem nackten elektrischen Draht einen Schlag bekommen. Sprachlos vor Schmerz rappelte Larry sich auf. Der Nichtmensch glitt ohne Hast davon. Wade Montray war in dem flackernden Licht totenblass.

»Larry! Sohn, bist du verletzt?«

Larry rieb sich die Hand; sie war taub und prickelte. »Ich glaube nicht. Aber was war das für ein Geschöpf?«

»Ein *Kyrri.* Sie besitzen elektrische Schutzfelder, so wie einige Fischarten auf der Erde.« Montrays Gesicht war finster. »Jahrelang habe ich nicht einen in einer menschlichen Stadt gesehen.«

Larry blickte, immer noch benommen, der entschwindenden Gestalt mit Respekt und einer merkwürdigen Ehrfurcht nach. »Eins ist sicher, ich werde mich nie wieder einem in den Weg stellen«, stieß er hervor.

Der Nebel lichtete sich, und feiner, eisiger Regen begann zu fallen. Ohne zu sprechen, eilte Wade Montray auf den Raumhafen zu. Larry musste schnell ausschreiten, um an seiner Seite zu bleiben. Das war ihm nur recht, denn es war bitterkalt, und das rasche Gehen hielt ihn warm. Doch er wunderte sich, warum sein Vater so still war. Hatte er einfach Angst gehabt? Es schien mehr dahinterzustecken.

Montray sprach erst wieder, als sie sich in ihrer eigenen Wohnung in Block A befanden und die Wärme und das helle gelbe Licht sich um sie schlossen wie ein vertrautes Kleidungsstück. Larry legte seinen Mantel ab und hörte seinen Vater seufzen.

»Hat das deine Neugier ein bisschen befriedigt, Larry?«

»Danke, Dad.«

Montray ließ sich in einen Sessel fallen. »Das heißt: Nein. Nun, ich nehme an, du kannst das Touristenviertel und den Markt allein besuchen, wenn du möchtest. Nur wandere lieber nicht zu viel allein herum.«

Sein Vater wählte am Spender ein heißes Getränk für sich und kehrte, daran nippend, zurück. Langsam erklärte er: »Ich möchte dich nicht an die Kette legen, Larry. Ich will ehrlich mit dir sein, ich wünschte, du wärst nicht mit dieser höllischen Neugier geschlagen. Ich hätte es lieber, du könntest wie die anderen Jungen hier sein – zufrieden, ein Erdenmensch zu bleiben. Das würde mir eine Last von der Seele nehmen. Aber ich werde dir nicht verbieten, auf Erkundungen auszugehen, wenn das dein Wunsch ist. Du bist gewiss alt genug, um zu wissen, was du willst. Wärst du hier aufgewachsen, würdest du als erwachsener Mann gelten – alt genug, ein Schwert zu tragen und Duelle auszufechten.«

»Woher weißt du das, Dad?«

Sein Vater sah ihn nicht an. Das Gesicht der Wand zugekehrt, sagte er: »Ich habe ein paar Jahre hier verbracht, bevor du geboren wurdest. Ich hätte nie zurückkehren sollen. Das war mir klar. Jetzt sehe ich ...«

Er brach unvermittelt ab, und ohne ein weiteres Wort ging er in sein Schlafzimmer. Larry sah ihn an diesem Abend nicht wieder.

3

Falls Larrys Vater gehofft hatte, dieser flüchtige Blick auf Darkover habe Larry die Sehnsucht nach der Welt außerhalb der Terranischen Zone genommen, irrte er sich. Es hatte Larrys Neugier angestachelt, ohne sie zu befriedigen.

Schließlich hat er mir nicht verboten, die Terranische Zone zu verlassen, versicherte Larry sich trotzig jedes Mal, wenn er das Tor des Raumhafens durchschritt und in die Stadt ging. Er wusste, sein Vater billigte es nicht, doch sie sprachen nie darüber.

Allein und zu Fuß erkundete er die fremde Stadt. Anfangs blieb er in der Nähe des Raumhafens, in Sicht der Landmarke, die das Leuchtfeuer des Hauptquartiers darstellte. Erdenbewohner waren ein vertrauter Anblick, und die Darkovaner dieses Viertels achteten wenig auf den hoch gewachsenen, rothaarigen jungen Terraner. Einige der Ladenbesitzer, die festgestellt hatten, dass er ihre Sprache beherrschte, neigten dazu, freundlich zu sein.

Ermutigt von diesen Expeditionen, wurde Larry allmählich kühner. Hin und wieder wagte er sich aus dem Raumhafen-Distrikt hinaus, drang in eine besonders verlockende Nebenstraße vor, überquerte einen unbekannten Hof oder Platz.

Einen Nachmittag verweilte er eine Stunde lang an der Tür einer Schmiede und sah zu, wie der Schmied eins der kleinen, kräftigen darkovanischen Pferde mit leichten, starken Hufeisen versah. So etwas gab es auf der Erde heutzutage nicht mehr. Pferde waren seltene Tiere, und man bekam sie nur in Zoos und Museen zu Gesicht.

Ab und zu wurde ihm bewusst, dass ihm neugierige oder feindselige Blicke folgten. Terraner waren in der Stadt nicht übermäßig beliebt. Aber er war auf der Erde, einer ruhigen Welt mit einer guten Polizei, aufgewachsen, und wusste kaum, was Furcht ist. Ganz bestimmt, so dachte er, war er auf öffentlichen Straßen bei Tageslicht sicher!

Nachdem er dem Schmied bei der Arbeit zugesehen hatte, suchte er jenes Viertel immer wieder auf, fasziniert von dem Anblick. Eines Tages folgte er einer besonders interessanten Straße, die von Gärten voller merkwürdiger Blumen und Bäume mit niedrig hängenden Zweigen gesäumt wurde, und überquerte einen Hof nach dem anderen. Plötzlich wurde ihm bewusst, dass er nicht auf den Weg geachtet hatte. Die Straße hatte mehrere Biegungen gemacht, und er war sich nicht mehr ganz sicher, aus welcher Richtung er gekommen war. Er sah sich um, aber die hohen Häuser hier verbargen das Leuchtfeuer des Raumhafens. Larry wusste nicht mehr, wohin er sich wenden sollte.

Er geriet nicht in Panik. Sicher brauchte er nur ein Stückchen umzukehren oder weiterzugehen, um in einen Teil der Stadt zu geraten, den er kannte.

Er entschloss sich zum Weitergehen. Die Gartenstraße war plötzlich zu Ende, und er fand sich in einem Viertel wieder, wo er noch nie gewesen war. Es war allem, was er bisher gesehen hatte, so unähnlich, dass er sich im Ernst fragte, ob er in einen nichtmenschlichen Bezirk hineingestolpert sei. Die Sonne stand niedrig am Himmel, und Larry begann nun doch, sich ein bisschen zu sorgen. Würde er den Weg nach Hause finden?

Er sah sich um und versuchte, sich in dem verblassenden Licht zu orientieren. Die Straßen waren hier krumm und unregelmäßig. Die Häuser standen dicht zusammen. Sie hatten Strohdächer, waren fensterlos und dunkel und aus Steinen erbaut, die mit einer Art grobem Zement vermörtelt waren. Die

Straße schien leer zu sein, und doch hatte Larry, als er stehen blieb und sich umblickte, das beunruhigende Gefühl, jemand beobachte ihn.

»Komm, komm«, sagte er laut zu sich selbst, »fang nicht an, dir Sachen einzubilden.«

Er musste vernünftig überlegen. Der Raumhafen lag im Osten der Stadt, also musste er der Sonne den Rücken kehren und sich immer in diese Richtung halten.

Jemand beobachtet mich. Ich spüre es.

Langsam drehte er sich um und orientierte sich. Wenn er diese Straße nahm und weiter nach Osten ging, konnte er den Raumhafen unmöglich verfehlen. Es mochte ein langer Weg sein, aber schon bald würde er in eine ihm vertraute Gegend kommen. *Vor dem Dunkelwerden, hoffe ich.* Beim Einbiegen in die enge Straße sah er nervös zurück. Waren das Schritte hinter ihm?

Er befahl sich, mit den Phantastereien aufzuhören. *Hier wohnen Leute. Es ist ihr gutes Recht, die Straße hinunterzugehen, also was ist dabei, wenn jemand hinter mir ist? Außerdem ist gar keiner da.*

Da erkannte er, dass er sich in einer Sackgasse befand. Die Straße mündete auf einen kleinen offenen Platz und endete vor einer niedrigen Steinmauer und den kahlen Hintereingängen von zwei Häusern. Larrys Gesicht verfinsterte sich. Am liebsten hätte er geflucht. Er musste es von neuem versuchen, verdammt! Bald ging die Sonne unter, und wenn er im Dunkeln herumirrte, war er wirklich in einer üblen Situation. Er drehte sich um – und erstarrte.

Von der anderen Seite des Platzes her kamen mehrere undeutliche Gestalten auf ihn zu. In dem purpurnen Licht wirkten sie groß und überwältigend, und sie schienen sich ihm mit einem bestimmten Vorsatz zu nähern. Larry wollte sich wieder in Marsch setzen, dann zögerte er. Sie bezogen eine bestimmte Position – ja, sie schnitten ihm den Rückweg zu der Stelle ab, von der er gekommen war.

Jetzt konnte er sie deutlich sehen. Es waren Jungen und junge Männer, sechs oder acht, etwa von seinem eigenen Alter oder etwas jünger, sie trugen schäbige darkovanische Kleidung, das schlecht geschnittene Haar hing ihnen auf die Schultern, und alle Gesichter zeigten höhnische Bosheit. Sie sahen wie Schlägertypen und ganz und gar nicht freundlich aus, und Larry wäre beinahe in Panik geraten. Streng ermahnte er sich: *Das ist nur eine Bande von Jungen. Die meisten sehen jünger aus, als ich es bin. Warum sollten sie hinter mir her sein – oder überhaupt ein Interesse an mir haben? Soviel ich weiß, kann es der hiesige Jugendclub auf dem Weg zu einer Abendveranstaltung sein!*

Er nickte grüßend und schritt auf sie zu, darauf vertrauend, dass sich die Gruppe teilen und ihn durchlassen werde. Stattdessen schlossen sich die Reihen plötzlich, und Larry musste stehen bleiben, um nicht mit dem Anführer zusammenzustoßen, einem großen, stämmigen Burschen von sechzehn.

Larry fragte auf Darkovanisch: »Wollt ihr mich bitte vorbeigehen lassen?«

»He, er spricht unsere Sprache!« Der Dialekt des Stämmigen war so rau, dass Larry die Wörter kaum erkannte. »Und was macht ein *Terranan* von hinter den Mauern hier draußen in der Stadt?«

»Was hast du hier überhaupt zu suchen?«, fiel einer der jungen Männer ein.

Larry nahm sich mit aller Kraft zusammen, um ja keine Angst zu zeigen, und antwortete mit ausgesuchter Höflichkeit. »Ich habe einen Spaziergang durch die Stadt gemacht und mich verirrt. Wenn einer von euch mir sagen könnte, welchen Weg ich zum Raumhafen nehmen muss, wäre ich ihm dankbar.«

Diese kleine Ansprache wurde mit schrillen Lachsalven begrüßt.

»He, er hat sich verlaufen!«

»Ist das nicht furchtbar!«

»Hör mal, *Chiyu*, glaubst du, der oberste Chef vom Raumhafen wird dich mit einer Lampe suchen kommen?«

»Der arme kleine Junge, ganz allein im Dunkeln draußen!«

»Und nicht einmal groß genug, ein Messer zu tragen! Weiß deine Mama, dass du spazieren gegangen bist, Kleiner?«

Larry gab keine Antwort. Allmählich bekam er es schrecklich mit der Angst zu tun. Vielleicht begnügten sie sich damit, ihn zu verhöhnen – vielleicht aber auch nicht. Diese darkovanischen Straßenjungen mochten noch Kinder sein – aber sie trugen bösartige lange Messer, und ganz offensichtlich waren sie Schläger. Larry maß den Anführer mit seinen Blicken und fragte sich, ob er es mit ihm aufnehmen könne, wenn es zu einem Kampf kam. Durchaus möglich – diese große Bulldogge war fett und außer Kondition. Ausgeschlossen war es jedoch, dass er sich gegen die ganze Bande auf einmal verteidigte.

Trotzdem wusste er, dass er verloren war, sobald er Furcht verriet. Wenn sie ihn nur aufzogen, mochte ein kühnes Auftreten sie vertreiben. Er ballte die Fäuste, weil er hoffte, seiner Stimme mit dieser Geste Festigkeit zu verleihen, und trat vor die Bulldogge.

»Geh mir aus dem Weg.«

»Ich schlage vor, du *schlägst* mich aus dem Weg, Terraner!«

»Okay«, sagte Larry zwischen zusammengebissenen Zähnen, »du hast es nicht anders gewollt, Fettsack.«

Mit einem schnellen, harten Schlag trieb er seine Faust in das Kinn des großen Burschen. Dieser stieß einen überraschten Schmerzenslaut aus, aber seine eigenen Fäuste flogen hoch und landeten einen Tiefschlag in Larrys Magen. Der Schock ebenso wie der Schmerz warf Larry zurück. Er taumelte und konnte sich nur mit Mühe vor dem Fallen bewahren, und er rang nach Atem.

Der große Bursche trat ihn. Dann war auf einmal die ganze Bande über ihm, Worte brüllend, die er nicht verstand. Sie bildeten einen Kreis um ihn, und jedes Mal, wenn er das Gleichgewicht wieder fand, schubsten und knufften sie ihn und rückten immer näher. Larry atmete in wütenden Schluchzern.

»*Einer* von euch soll gegen mich kämpfen, ihr Feiglinge, dann werdet ihr sehen ...«

Ein Tritt traf seine Schienbeine, ein Ellenbogen seinen Magen. Er fiel in die Knie. Eine Faust knallte ihm ins Gesicht, und er spürte Blut aus seiner Lippe sprudeln. Kaltes Entsetzen packte ihn, als ihm einfiel, dass niemand in der Terranischen Zone wusste, wo er war, und dass er möglicherweise nicht zur zusammengeschlagen, sondern umgebracht werden würde.

»Weg von ihm, ihr schmutzigen Gossenratten!«

Das war eine neue Stimme. Klar und verächtlich durchschnitt sie das höhnische Geschrei. Vor Verblüffung japsend, drängten die Straßenjungen zurück. Larry wurde plötzlich nicht mehr bedrängt. Er kam langsam auf die Knie hoch, wischte sich das blutige Gesicht ab und blinzelte in das Licht von Fackeln.

Zwei große Männer, grün gekleidet, hielten die Fackeln, aber das Licht und aller Augen richteten sich auf den jungen Mann zwischen ihnen.

Er war hoch gewachsen und rothaarig; er trug eine gestickte Lederjacke und einen kurzen Pelzmantel, und seine Hand lag auf dem Heft eines Messers. Seine Augen, von kaltem Grau, flammten, und seine Stimme knallte wie eine Peitsche:

»Neun ... zehn gegen einen, und dieser eine hat sich immer noch kräftig gegen euch verteidigt! Das beweist also, dass die Terraner Feiglinge sind, wie?«

Sein Blick richtete sich auf Larry. Er winkte ihm. »Steh auf.«

Der fette Junge zitterte tatsächlich. Er senkte den Kopf und winselte: »Lord Alton ...«

Der Neuankömmling brachte ihn mit einer Geste zum Schweigen. Die kleineren Bandenmitglieder blickten verdrossen oder eingeschüchtert drein. Der junge Mann in dem Pelzmantel tat einen Schritt auf Larry zu. Ein kaltes Lächeln umspielte seine Lippen.

»Ich hätte mir denken können, dass du es bist«, sagte er. »Es ist unsere Pflicht, den Frieden in der Stadt zu wahren, aber mir scheint, du hast den Ärger herausgefordert. Was hast du hier gemacht?«

»Spazierengegangen«, antwortete Larry. »Hab' mich verlaufen.« Ihn verdross die kühle, arrogante Autorität in der Stimme des Neuankömmlings. Er warf den Kopf zurück, schob das Kinn vor und sah dem fremden Jungen gerade ins Gesicht. »Ist das ein Verbrechen?«

Der Junge in dem Pelzmantel lachte auf, und da erkannte Larry das Lachen und das Gesicht wieder. Es war der unverschämte Rotkopf, dem er an seinem ersten Tag auf Darkover begegnet war, der Junge, der ihn am Raumhafentor angesprochen hatte.

Der Darkovaner betrachtete das Häufchen von Straßenjungen, die sich zurückgezogen hatten und sich gegenseitig unruhig mit den Schultern stießen. »Jetzt seid ihr wohl nicht mehr mutig? Keine Bange, ich bin nicht gekommen, um euren Kampf zu beenden. Aber ihr könntet ihm einen Sinn geben.« Er sah zu Larry hin, dann wieder zurück zu der Bande. »Wählt einen von euch – einen von seiner Größe –, und dieser *eine* soll sich mit ihm schlagen.« Larry musternd, setzte er nachdenklich hinzu: »Es sei denn, du hast Angst zu kämpfen, Terraner. Dann werde ich dich mit meiner Leibgarde nach Hause schicken.«

Larry empörte dieser Vorschlag. »Ich nehme es mit fünf von

ihnen auf, wenn es ein fairer Kampf ist!«, erklärte er wütend, und der Darkovaner warf den Kopf mit einem scharfen Lachen zurück.

»Einer ist reichlich. Also gut, ihr Helden«, fuhr er die Bande an, »wählt euren Champion. Oder wagt sich keiner von euch an einen Terraner heran, wenn nicht das ganze Rattenpack hinter ihm steht?«

Die Straßenjungen drängten sich zusammen. Sie schielten argwöhnisch zu Larry, den beiden großen Gardisten und dem jungen Aristokraten hinüber. Dann herrschte lange Schweigen. Der Darkovaner lachte ganz leise.

Schließlich spuckte einer der Bande, ein magerer junger Mann, fast sechs Fuß groß, auf die Pflastersteine. Er hatte einen abgebrochenen Zahn und ein langes, gelbliches, böses Gesicht.

»Ich werde gegen den ...« – Larry verstand das Schimpfwort nicht – »... kämpfen. Ich fürchte mich vor keinem Terraner von hier bis zu den Hellers!«

Larry ballte die Fäuste und betrachtete seinen neuen Gegner. Er mochte etwa ein Jahr älter sein als er. So groß und dünn, wie er war, und mit seinen riesigen Fäusten sah er nach einem unangenehmen Kunden aus. Auch dieser Kampf würde nicht leicht für ihn werden.

Der Junge stürzte sich auf ihn und landete eine Reihe heftiger Schläge, bevor Larry mit einem einzigen kontern konnte. Larry wurde zurückgetrieben. Eine Faust wurde ihm ins Auge, die andere ans Kinn geschmettert. Er hatte Mühe, auf den Füßen zu bleiben. Das Rudel feuerte seinen Gefährten mit Zurufen an. Das machte Larry wütend. Mit gesenktem Kopf griff er an und brachte eine Faust an das Kinn seines Gegners hoch. Dem harten Schlag folgte ein schneller Punch auf die Nase, aus der Blut zu strömen begann. Blindlings schlug der Straßenjunge auf Larry ein. Larry, dessen Zorn endlich geweckt war, begegnete den wild schwingenden Armen mit Leichtigkeit. Ihm ging auf, dass der Rowdy zwar die größere Reichweite hatte, aber nicht wusste, was er tat. Er konnte noch einen oder zwei Tiefschläge landen, doch Larry, der sich alles ins Gedächtnis rief, was er über Boxen wusste, zwang ihn langsam weiter und weiter zurück, trat ihm auf die Zehen, warf ihn aus dem Gleichgewicht, hämmerte auf Nase und Kinn des Jungen ein. Dann versuchte sein Gegner es mit einem Clinch. Er packte Larry um die Mitte, rang mit ihm und versuchte, sein Knie hochzubringen. Larry fuhr ihm mit dem Ellenbogen ins Gesicht, riss sich los und traf mit einem einzigen harten Hieb sein Auge.

Der Straßenjunge schwankte, fiel und krachte der Länge nach auf die Pflastersteine.

»Los!«, befahl Larry wütend. »Steh auf und kämpfe!«

Der Rowdy regte sich. Er mühte sich halbwegs auf die Knie, schwankte von neuem und brach zusammen.

Larry holte tief Atem. Seine aufgerissene Lippe schmeckte nach Blut, sein Auge war verletzt, seine Rippen waren blaugeschlagen, und seine Fäuste, von deren Knöcheln die Haut abgeschunden war, fühlten sich an, als habe er eine Ziegelmauer damit bearbeitet.

Der darkovanische Aristokrat winkte einem seiner Leibwächter, der sich über den bewusstlosen Straßenjungen beugte.

»Und jetzt, ihr Helden – macht euch rar!« Aus seiner Stimme klang beißende Verachtung. Einer nach dem anderen verschwanden die Jungen in den sich herabsenkenden Schwaden der Dunkelheit.

Larry stand da mit schmerzenden Knöcheln, bis sich auf dem Platz niemand mehr befand als er selbst, der darkovanische Junge und die beiden schweigenden Gardisten.

»Danke«, sagte er dann.

»Du brauchst mir nicht zu danken«, erwiderte der darkovanische Junge brüsk. »Du hast dich gut gehalten. Ich wollte sehen, wie du abschneiden würdest.« Plötzlich lächelte er. »Soweit es mich betrifft, hast du dir die Freiheit der Stadt verdient. Ich habe schon mehrere Tage ein Auge auf dich, weißt du.«

Larry starrte ihn an. »Was?«

»Meinst du, ein rothaariger Terraner kann sich an Orten herumtreiben, wohin sich noch nie ein anderer Terraner gewagt hat, ohne dass die halbe Stadt es weiß? Und dann kommt so etwas an die Ohren der *Comyn.*«

Comyn ... Larry kannte das Wort nicht.

Der Junge fuhr fort: »Meiner Überzeugung nach war es nur eine Frage der Zeit, bis du in Schwierigkeiten geraten würdest, und ich wollte sehen, ob du dich dabei benimmst wie der typische Terraner ...« – wieder schwang in seiner Stimme eine Spur von Verachtung mit – »... der seine Angreifer mit Feiglingswaffen zu verscheuchen sucht oder nach der Polizei um Hilfe schreit. Noch nie hat ein Terraner seine Angelegenheiten selbst geregelt.« Er grinste. »Aber du hast es getan.«

»Ohne deine Hilfe wäre es mir nicht gelungen.«

Der Junge schüttelte abwehrend den Kopf. »Ich habe keinen Finger gerührt. Ich habe nur dafür gesorgt, dass die Regelung auf ehrenhafte Weise geschah – und soweit es mich betrifft, kannst du von jetzt an in der Stadt herumlaufen, wo du willst. Mein Name ist Kennard Alton. Und deiner?«

»Larry Montray.«

Kennard neigte den Kopf und sprach eine darkovanische Höflichkeitsphrase. Dann grinste er wieder.

»Meines Vaters Haus ist nur ein paar Schritte von hier entfernt, und ich bin heute Nacht dienstfrei. So, wie du aussiehst, kannst du unmöglich in die Terranische Zone zurückkehren!« Zum ersten Mal wirkte er so jung, wie er war, und der förmliche Ernst ging in jungenhaftem Gelächter unter. »Deine Leute würden vor Schreck den Verstand verlieren – und wenn deine Mutter und dein Vater ebenso ängstlich sind wie meine Eltern, steht dir ein warmer Empfang bevor! Jedenfalls kommt du am besten mit mir nach Hause.«

Ohne auf Larrys Antwort zu warten, drehte er sich um und winkte seiner Leibgarde. Larry folgte ihm wortlos und unterdrückte mühsam seine Aufregung. Was wie eine schlimme Situation ausgesehen hatte, verwandelte sich in ein Abenteuer. Er war tatsächlich in ein darkovanisches Haus eingeladen worden.

Kennard ging zu einem der hohen Häuser voran. Ein großer, mit einer niedrigen Mauer eingefasster Garten umgab es, eine Steintreppe führte zur Eingangstür hinauf. Kennard machte eine merkwürdige Handbewegung, und die Tür schwang auf. Er drehte sich um.

»Tritt ein in Frieden und sei willkommen, Terraner.«

Der Augenblick schien eine formelle Erwiderung zu verlangen, aber Larry konnte nur sagen: »Ich danke dir.« Er trat in die weite Halle eines hell erleuchteten Hauses, blinzelte und sah sich neugierig und staunend um.

Irgendwo spielte irgendwer ein Saiteninstrument, das wie eine Harfe klang. Der Boden unter seinen Füßen bestand aus durchscheinendem Stein, die Wände waren von leuchtenden, dünnen Vorhängen bedeckt. Ein hoch gewachsener, bepelzter Nichtmensch mit grünen, intelligenten Augen kam herbei und nahm Kennards Mantel, und auf ein Zeichen nahm er auch Larrys zerrissenes Jackett.

»Es ist der Empfangsabend meiner Mutter, deshalb wollen wir sie nicht stören«, sagte Kennard und setzte, sich an den Nichtmenschen wendend, hinzu: »Sag meinem Vater, dass ich oben einen Gast habe.«

Larry folgte Kennard eine lange Treppe hinauf. Kennard

öffnete eine dunkle Tür, summte einen tiefen Ton, und sofort füllte sich der Raum mit hellem Licht und Wärme.

Es war ein schönes Zimmer mit niedrigen Couches und Sesseln, einem Gestell für Messer und Schwerter an der Wand, einem ausgestopften Vogel, der wie ein Adler aussah, einem gerahmten Gemälde, ein Pferd darstellend, und auf einem kleinen hohen Tisch etwas, das einem Schach- oder Damebrett mit an beiden Seiten aufgestellten kristallenen Figuren glich. Der Raum war luxuriös, aber trotzdem nicht ordentlich. Verschiedene Kleidungsstücke lagen verstreut umher, und auf einem Tisch häuften sich Gegenstände, die Larry nicht zu identifizieren vermochte. Kennard öffnete eine weitere Tür und sagte: »Hier. Dein Gesicht ist ganz voll Blut, und deine Kleider sind schmutzig. Säubere dich ein bisschen, und dann kannst du vorerst etwas von meinen Sachen anziehen.« Er kramte hinter einem Paneel herum und warf Larry ein paar merkwürdig geschnittene Kleidungsstücke zu. »Komm wieder her, wenn du präsentabel bist.«

Das Zimmer war ein luxuriöses Bad, gefliest in einem Dutzend Farben und geometrischen Mustern. Die Armaturen waren Larry fremd, aber nach ein paar Versuchen fand er einen Warmwasserhahn und wusch sich Gesicht und Hände. Das warme Wasser tat seinem verletzten Gesicht gut. Ein Blick in einen langen Spiegel verriet ihm, dass er bei dem Überfall durch die Bande und dem anschließenden Zweikampf übel zugerichtet worden war. Allmählich wurde er ein bisschen unruhig. Was würde sein Vater sagen?

Nun, er hatte das darkovanische Leben aus der Nähe sehen *wollen,* und darüber, dass er zu spät nach Hause kam, wollte er sich Sorgen machen, wenn es soweit war. Sicher hatte Dad Verständnis, wenn er ihm alles erklärte. Larry vertauschte seine zerrissenen und schmutzigen Sachen gegen die, die Kennard ihm geliehen hatte, eine weiche Wollhose und eine pelzgefütterte Weste. Dann betrachtete er sich im Spiegel. Also bis auf sein kurz geschnittenes rotes Haar hätte er irgendein junger Darkovaner sein können! Wenn er jetzt darüber nachdachte, fiel ihm ein, dass er außer Kennard noch keinen rothaarigen Darkovaner gesehen hatte. Aber es musste welche geben!

Als er herauskam, hatte Kennard es sich in einem der Sessel bequem gemacht. Vor ihm stand ein Tischchen mit mehreren dampfenden Schüsseln. Er winkte Larry, sich hinzusetzen.

»Ich bin immer ausgehungert, wenn ich vom Dienst komme. Greif zu.« Er zögerte, sah Larry neugierig an. Larry ergriff die Schüssel und das Essstäbchen, und Kennard lachte. »Gut, du kannst damit umgehen. Ich war mir nicht sicher.«

Das Essen war gut, mit Reis oder Graupen gefüllte Fleischröllchen. Larry aß hungrig und stippte seine Röllchen in die scharfe, fruchtige Soße, wie Kennard es tat. Endlich stellte er die Schüssel hin und erkundigte sich: »Du sagtest, dass du mich bei meinen Wanderungen durch die Stadt beobachtet hast. Warum?«

Kennard griff nach einer Schüssel mit kleinen, knusprigen, klebrigen Dingen, nahm eine Hand voll und reichte sie Larry, bevor er antwortete. »Ich weiß nicht recht, wie ich es sagen soll, ohne dich zu beleidigen.«

»Mach schon«, forderte Larry ihn auf. »Sieh mal, wahrscheinlich hast du mich davor gerettet, schwer verletzt, wenn nicht umgebracht zu werden. Sag alles, was du willst. Ich werde versuchen, mich nicht beleidigt zu fühlen.«

»Das geht nicht gegen dich. Niemand in Thendara will Unfrieden. Es sind hier in der Stadt schon Terraner zusammengeschlagen oder ermordet worden. Für gewöhnlich haben sie es sich selbst zuzuschreiben. Damit meine ich nicht dich – diese Straßenjungen sind Ratten, die völlig harmlose Leute angreifen. Andere Terraner haben jedoch tatsächlich Unheil gestiftet, und unsere Leute behandelten sie, wie sie es verdienten. So sollte es geregelt werden – ein Friedensstörer wurde bestraft, und die Angelegenheit ist erledigt. Nur wollt ihr Terraner das einfach nicht akzeptieren. Jedes Mal, wenn einem eurer Leute etwas passiert, ganz gleich, was er verbrochen hat, kommen eure Raumsoldaten und stochern in der Sache herum, machen Skandal, bestehen auf langen Untersuchungen und Befragungen und Strafen. Auf Darkover setzt man voraus, dass ein Mann, der Manns genug ist, Hosen statt Röcke zu tragen, sich selbst schützen kann, und kann er es nicht, ist es Aufgabe seiner Familie. Unseren Leuten fällt es schwer, eure Sitten zu verstehen. Aber wir haben einen Friedensvertrag mit den Terranern abgeschlossen, und verantwortungsbewusste Leute hier in der Stadt wollen keinen Ärger. Deshalb versuchen wir, Vorfälle dieser Art zu verhindern – wenn wir es auf ehrenhafte Weise tun können.«

Larry kaute geistesabwesend das süße Gebäck. Es war ein mit Früchten gefülltes Pastetchen. Allmählich erkannte er den Kontrast zwischen seiner eigenen Welt – ordentlich, mit unpersönlichen Gesetzen – und Darkover mit einem harten und individuellen Ehrenkodex, nach dem jeder Mann für sich selbst einstand. Wenn beide Welten zusammenstießen ...

»Aber es war mehr als das«, berichtete Kennard. »Ich war neugierig auf dich, schon seit dem ersten Tag, als ich dich auf dem Raumhafen sah. Die meisten Terraner ziehen es vor, hinter euren Mauern zu bleiben – sie machen sich nicht einmal die Mühe, unsere Sprache zu lernen! Warum bist du anders?«

»Ich weiß es nicht. Ebenso wenig weiß ich, warum sie so sind. Es ist – nun, nennen wir es einfach Neugier.« Etwas anderes fiel Larry ein. »Dann bist du also nicht *zufällig* vorbeigekommen? Du hattest mich im Auge behalten?«

»Nicht ständig. Dass ich in diesem Moment vorbeikam, war reines Glück. Ich war dienstfrei und wollte nach Hause gehen und hörte den Tumult auf dem Platz. Und ob ich nun im Dienst bin oder nicht, das ist Teil meiner Aufgabe.«

»Deiner Aufgabe?«

Kennard erklärte: »Ich bin Kadetten-Offizier in der Stadtgarde. Alle Jungen meiner Familie fangen als Kadetten an, wenn sie vierzehn Winter alt sind, und arbeiten drei Tage im Zyklus als Friedensoffiziere. Meistens habe ich nur die Gardisten zu überwachen und die Dienstlisten zu prüfen. Welche Art von Arbeit tust du?«

»Bis jetzt noch keine. Ich gehe zur Schule«, antwortete Larry verlegen und kam sich sehr jung vor. Dieser selbstbewusste Junge, nicht älter als er, tat bereits die Arbeit eines Mannes – er vertrödelte nicht seine Zeit und wurde nicht als Schulknabe behandelt!

»Und dann musst du deine Vollzeit-Arbeit beginnen, ohne irgendeine Übung gehabt zu haben? Wie seltsam«, meinte Kennard.

»Nun, mir kommt euer System seltsam vor.« Es ärgerte Larry ein bisschen, dass Kennard die darkovanische Art ohne weiteres als die richtige hinstellte, und Kennard grinste ihn an.

»Tatsächlich hatte ich noch einen Grund für den Wunsch, dich kennen zu lernen – und wenn das heute nicht passiert wäre, hätte ich früher oder später irgendwie dafür gesorgt. Ich bin wild darauf, alles über Raumreisen und die Sterne zu erfahren! Und ich habe nie eine Chance gehabt, etwas darüber zu lernen! Sag mir – wie finden die großen Schiffe ihren Weg zwischen den Sternen? Was bewegt die Schiffe? Haben die Terraner wirklich Kolonien auf hunderten Welten?«

»Eine Frage auf einmal!«, lachte Larry. »Und vergiss nicht, ich bin noch Schüler!« Aber er begann, Kennard die Navigation zu erklären. Kennard hörte fasziniert zu und stellte eine Frage nach der anderen über die Raumschiffe und die Sterne.

Larry beschrieb gerade, wie er ein einziges Mal die Antriebskammern auf dem Sternenschiff besichtigt hatte, als die Tür aufging und ein sehr großer Mann eintrat. Wie Kennard hatte er rotes Haar, das an den Schläfen leicht ergraut war. Seine tief liegenden, ernsten Augen blickten scharf wie die eines Falken. Er trug eine rote, gestickte Jacke und machte den Eindruck eines aufrechten, gut aussehenden und außerordentlich distinguierten Mannes. Kennard stand schnell auf, und Larry tat es ihm nach.

»Das ist also dein Freund, Kennard?« Der Mann verbeugte sich formell vor Larry. »Willkommen in unserem Heim, mein Junge. Kennard erzählte mir, dass du ein wackerer Bursche bist und dir die Freiheit der Stadt errungen hast. Bitte, betrachte es ebenso als dein Recht, jederzeit unser Haus zu betreten. Ich bin Valdir Alton.«

»Larry Montray, *z'par servu.*« Larry verbeugte sich, wie er es bei Kennard gesehen hatte, und benutzte die höchsten Respekt ausdrückende darkovanische Formel: »Zu Euren Diensten, Sir.«

»Ihr erweist uns Gnade.« Der Mann lächelte und ergriff seine Hand. »Ich hoffe, du wirst oft zu uns kommen.«

»Das würde ich sehr gern, Sir.«

»Du sprichst ausgezeichnet Darkovanisch. Selten findet man einen von euch, der uns auch nur diese kleine Höflichkeit erweist, unsere Sprache so gut zu lernen«, sagte Valdir Alton.

Larry fühlte sich verpflichtet zu protestieren. »Mein Vater spricht sie noch besser als ich, Sir.«

»Dann ist er weise«, erwiderte Valdir.

»Vater«, fiel Kennard aufgeregt ein. Auf der Straße mochte er ein gesetzter Soldat sein, aber hier, sah Larry, war er ein Junge wie Larry auch. »Vater, Larry hat versprochen, mir Bücher über die Raumfahrt und das Imperium zu leihen! Und sich, wenn möglich, die Erlaubnis zu verschaffen, mir den ganzen Raumhafen zu zeigen!«

»Was Letzteres betrifft, darfst du nicht enttäuscht sein, wenn die Erlaubnis verweigert wird«, warnte Valdir die Jungen und lächelte nachsichtig. »Man könnte annehmen, du seist ein Spion. Die Bücher hingegen werden willkommen sein; ich möchte sie mir selbst gern ansehen. Ich kann ein bisschen Terra-Standard lesen.«

»Ich war mir nicht sicher, ob Kennard es kann«, gestand Larry, »und deshalb habe ich an Bücher gedacht, die hauptsächlich Zeichnungen und Fotos enthalten.«

»Danke«, lachte Kennard. »Ich *kann* unsere Schrift lesen, wenn ich muss – gut genug für Dienstlisten und dergleichen –, aber die Arbeit eines Gelehrten liegt mir nicht! Oh, ich bringe es durchaus fertig, meinen Namen zu schreiben, nur warum soll ich mir die Augen für die Jagd verderben, indem ich etwas lerne, das jeder öffentliche Schreiber für mich tun kann? Doch wenn es Bilder sind – die sind es wert, betrachtet zu werden!«

Zu verblüfft, um sich Gedanken darüber zu machen, ob es höflich sei, platzte Larry heraus: »Du kannst nicht einmal Darkovanisch lesen? Also, ich kann es!«

»Wirklich?« Kennard war ehrlich überwältigt. »Ich hielt dich für noch zu jung, um Waffen zu tragen – und du liest zwei Sprachen und kannst sie auch schreiben! Dann bist du Gelehrter von Beruf?«

Larry schüttelte den Kopf.

»Aber wie alt bist du denn, wenn du bereits lesen kannst?«

»Vor drei Monaten bin ich sechzehn geworden.«

»Ich werde im Dunklen Monat sechzehn«, sagte Kennard. »Ich dachte, du seist jünger.«

Valdir Alton, der Süßigkeiten aus einer der Schüsseln naschte, unterbrach. »Es sollte mir Leid tun, wenn ich es an Gastfreundlichkeit mangeln ließe, Lerrys ...« – er sprach Larrys

Namen mit darkovanischem Akzent aus – »... aber es ist spät, und die Sperrstunde auf dem Raumhafen wird streng eingehalten. Ich glaube, Kennard, du musst deinen Gast nach Hause begleiten lassen – oder möchtest du die Nacht hier verbringen, Lerrys? Wir haben reichlich Platz für Gäste, und es wäre uns eine Freude.«

»Ich danke Euch, Sir, aber es ist besser, ich gehe nach Hause. Mein Vater würde sich bestimmt Sorgen machen. Wenn mir jemand den Weg beschreibt ...«

»Meine Leibgarde wird dich hinbringen«, sagte Kennard.

»Komm recht bald wieder. Morgen und übermorgen habe ich Dienst, aber – am Tag darauf? Willst du kommen und den Nachmittag bei mir verbringen?«

»Gern«, versprach Larry.

»Zieh am besten diese Sachen an«, riet Valdir ihm. »Mit deinen eigenen, fürchte ich, kann man nur noch den Fußboden aufwischen. Die da sind abgelegte Kleidungsstücke von Kennards Bruder; du brauchst sie nicht zurückzugeben.«

Kennard begleitete ihn an die Tür und wiederholte seine herzliche Einladung. Von dem schweigenden Gardisten eskortiert, erreichte Larry schnell den Raumhafen. In Gedanken immer noch bei seinem Abenteuer, erschrak er furchtbar, als der Wachtposten ihn mit einem scharfen Ruf anhielt.

»Was hast du hier zu dieser späten Stunde zu suchen? Es wird niemand mehr außer dem Raumhafen-Personal eingelassen!«

Jetzt erst fiel Larry ein, dass er darkovanische Kleidung trug. Er zeigte seinen Ausweis vor, und der Wachtposten starrte ihn an. »Zum Henker, was hat dieser Aufzug zu bedeuten, Junge? Und du bist wirklich spät dran; noch eine halbe Stunde, und ich hätte dich beim Kommandanten melden müssen. Weißt du nicht, dass es gefährlich ist, bei Nacht herumzustreifen?« Er entdeckte Larrys geschundene, rote Knöchel, sein langsam blau werdendes linkes Auge. »Heiliger Josef, du siehst aus, als hättest du es herausgefunden. Ich wette, du kriegst eine Abreibung, wenn dein Dad dich sieht!«

Das fürchtete Larry allmählich auch. Aber ihm blieb nichts übrig, als sich seinem Schicksal zu stellen.

Es war es wert gewesen, ganz gleich, was Dad sagte. Sogar Prügel war es wert gewesen, wenn es so schlimm kommen sollte.

4

Es wurde schlimmer, als er es sich vorgestellt hatte.

Als er die Wohnung in Block A betrat, sah er seinen Vater mit dem Interkom in der Hand und hörte seine scharfe, konzentrierte Stimme mit Untertönen von Sorge.

»... ging nach der Schule weg und ist nicht wieder aufgetaucht; ich habe bei allen seinen Freunden nachgefragt. Der Posten am Westtor sah ihn gehen, aber nicht zurückkommen ... Ich möchte nicht den Eindruck eines Schwarzsehers erwecken, Sir, aber wenn er in die Altstadt gewandert ist – Sie wissen selbst, was da geschehen kann. Ja, ich weiß das, Sir, und ich übernehme die volle Verantwortung, dass ich es habe geschehen lassen; es war töricht von mir. Glauben Sie mir, das sehe ich jetzt ein ...«

Larry sagte zögernd: »Dad ...?«

Montray fuhr zusammen und hätte die Kappe des Interkoms beinahe fallen gelassen.

»Larry! Bist du das?«

Dann sprach er ins Interkom: »Vergessen Sie es. Er ist gerade eingetroffen. Ja, ich weiß, ich werde mich darum kümmern ... Na gut, Larry, komm dahin, wo ich dich genau sehen kann.«

Larry gehorchte und machte sich auf ein Unwetter gefasst. Im Wohnzimmer fiel das Licht auf sein verletztes Gesicht, und Montray wurde blass.

»Larry, dein Gesicht! Sohn, was ist passiert? Bist du in Ordnung?« Schnell trat er zu ihm, fasste ihn bei den Schultern und drehte ihn zur Lampe. Larry versteifte sich und versuchte sich loszumachen.

»Nicht wichtig, Dad, ich bin in eine Schlägerei geraten. Eine

Bande von Rowdys.« Er setzte schnell hinzu: »Das sieht schlimmer aus als es ist.«

In Montrays Gesicht arbeitete es, und er wandte sich für einen Augenblick ab. Als er Larry wieder ansah, war sein Gesicht beherrscht und entschlossen, seine Stimme ruhig. »Erzähle es mir.«

Larry begann die Geschichte und versuchte zu verharmlosen, was er hatte einstecken müssen. Sein Vater unterbrach ihn barsch. »Du hättest umgebracht werden können! Das weißt du, nicht wahr?«

»Aber ich bin nicht umgebracht worden. Und wirklich, Dad, es ist ein unglaublicher Glücksfall, dass ich mit Kennard zusammentraf und alles. Das war doch ein bisschen Ärger wert – Dad, was hast du denn nur, was ist denn?«

Montray sagte: »Es war ein Fehler von mir, dass ich dich allein in die Stadt gelassen habe. Das ist mir jetzt klar. Und es ist Schluss damit. Es hätte sehr ernste Folgen haben können. Larry, dies ist ein Befehl: Du wirst die Terranische Zone nicht wieder verlassen – niemals und unter keinen Umständen.«

Erschrocken und entsetzt starrte Larry seinen Vater an; er konnte es kaum glauben. »Das kann nicht dein Ernst sein, Dad!«

»Doch.«

»Du hast mir ja noch nicht einmal zugehört! Etwas in der Art wird nie wieder passieren! Kennard sagt, ich habe die Freiheit der Stadt, und sein Vater hat mich eingeladen wiederzukommen ...«

»Ich habe es gehört«, schnitt sein Vater ihm das Wort ab, »aber du hast einen Befehl erhalten, Larry, und ich habe nicht die Absicht, weiter darüber zu diskutieren. Du wirst die Terranische Zone nicht wieder verlassen – niemals mehr. Nein ...« – Er hob die Hand, als Larry zu protestieren begann – »... kein Wort mehr, nicht eines. Geh und wasch dein Gesicht, tu etwas auf diese Platzwunden, und leg dich ins Bett. Wird's bald?«

Larry öffnete den Mund und schloss ihn wieder. Es hatte überhaupt keinen Sinn, sein Vater hörte ihm nicht zu. Kochend vor Wut stampfte er in sein Zimmer.

Es sah Dad nicht ähnlich, ihn so zu behandeln – wie ein kleines Kind, das herumkommandiert wird! Für gewöhnlich war Dad vernünftig. Larry wusch sein verletztes Gesicht und bemalte seine abgeschundenen Knöchel mit einem antiseptischen Mittel, und dabei tobte er innerlich. Das konnte Dad ihm nicht antun – nicht nach all der Mühe, die es ihn gekostet hatte, akzeptiert zu werden!

Dann entschloss er sich, bis morgen früh zu warten. Dad hatte sich Sorgen um ihn gemacht. Gab er ihm Gelegenheit, noch einmal darüber nachzudenken, ließ sich vielleicht vernünftig mit ihm reden. Larry ging zu Bett, immer noch voll von aufgeregten Gedanken an seinen neuen Freund und die Möglichkeiten, die sich ihm jetzt eröffneten – die Chance, das wirkliche Darkover kennen zu lernen, nicht die Welt des Raumhafens und der Touristen, sondern die seltsame, farbige Welt, die in all ihrer Fremdartigkeit und Schönheit jenseits davon lag.

Dad *musste* seinen Standpunkt begreifen!

Das tat er jedoch nicht. Larry fing am Frühstückstisch von neuem damit an, aber Montrays Gesicht war finster und abweisend. Es hätte jeden eingeschüchtert, der weniger entschlossen als Larry war.

»Ich sagte, ich will nicht darüber diskutieren. Du hast deinen Befehl erhalten, und damit ist die Sache erledigt.«

Larry biss sich auf die Unterlippe und betrachtete wütend seinen Teller. Schließlich hob er, flammend vor Entrüstung, den Kopf und sah seinen Vater herausfordernd an.

»Das lasse ich mir nicht gefallen, Vater.«

Montray runzelte die Stirn. »Was hast du gesagt?«

Larry hatte ein ganz scheußliches Gefühl unter dem Gürtel. Noch nie hatte er sich seinem Vater offen widersetzt, seit er ein Kind von vier oder fünf gewesen war. Aber er gab nicht nach.

»Dad, ich will nicht respektlos sein, aber du kannst mich nicht so behandeln. Ich bin kein Kind mehr, und wenn du so etwas sagst, habe ich zumindest das Recht auf eine Erklärung.«

»Du wirst tun, was dir gesagt worden ist, sonst ...« Montray bezwang sich. Er legte die Gabel hin und beugte sich vor, das Kinn auf den Händen, die Augen zornig. Doch er sagte nur: »Na gut. Hier ist die Erklärung. Nimm einmal an, du wärst gestern Abend schlimm verletzt oder getötet worden.«

»Aber ich ...«

»Lass mich ausreden! Irgendein dummer Junge geht auf Erkundungen aus, und es ruft einen interplanetaren Zwischenfall hervor. Wärst du in wirkliche Schwierigkeiten geraten, Larry, hätten wir die gesamte Macht, das gesamte Prestige des Terranischen Imperiums einsetzen müssen, nur um dich daraus zu befreien. In dem Fall aber – besonders, wenn wir Gewalt anwenden und Terranische Waffen hätten benutzen müssen – würden wir alles an Goodwill und Duldsamkeit verlieren, was wir in Jahren aufgebaut haben. Wir müssten wieder ganz von vorn anfangen. Sicher, käme es zum Kampf, würden wir siegen. Aber wir wollen Zwischenfälle *vermeiden*, nicht Siege erringen, die uns mehr kosten, als wir dadurch gewinnen. Glaubst du ehrlich, dass es das wert ist?«

Larry zögerte.

»Nun, glaubst du es?«

»Eigentlich nicht, wenn du es so darstellst«, antwortete Larry langsam. Im Geist verglich er die Erklärung seines Vaters mit dem, was Kennard gesagt hatte: wie die Darkovaner es übelnahmen, wenn die ganze Macht Terras aufgeboten wurde, nur um sich in etwas einzumischen, das eine Privatsache zwischen einem Unruhestifter und den Leuten, die er geschädigt hatte, hätte sein sollen. Es ging auch daraus hervor, dass die Terraner ganz Darkover zur Verantwortung gezogen hätten, falls Larry etwas geschehen wäre, nicht nur die paar jungen Tunichtgute, die die Tat begangen hatten.

Er überlegte, wie er seinem Vater das erklären konnte. Montray ließ ihm keine Zeit. »So ist die Situation. Du unternimmst keine Ausflüge auf eigene Faust mehr. Und bitte, keine Widerworte. Ich habe nicht die Absicht, darüber noch weiter mit dir zu diskutieren. Du weißt jetzt Bescheid.« Er schob seinen Teller zurück und stand auf. »Ich muss zur Arbeit.«

Larry blieb allein am Frühstückstisch zurück, und in ihm brannte ein dumpfer Groll. Also hatte Kennard doch Recht. Anscheinend mussten ganz Darkover und das ganze Terranische Imperium mit hineingezogen werden.

In seinem Kopf pochte es, er konnte mit seinem blauen Auge kaum sehen, und seine Knöchel waren so geschwollen, dass es ihm schwer fiel, eine Gabel zu handhaben. Er entschloss sich, nicht zur Schule zu gehen, und verbrachte den Großteil des Vormittags in bitteren Gedanken auf dem Bett liegend. Das bedeutete das Ende seines Abenteuers. Was blieb ihm? Die langweilige Welt des Hauptquartiers und des Raumhafens, identisch mit der, die er auf der Erde verlassen hatte. Er hätte ebenso gut dort bleiben können!

Larry suchte die Bücher heraus, die er Kennard versprochen hatte. Nicht einmal sein Versprechen konnte er halten! Und Kennard würde denken, sein Wort sei nichts wert. Wie sollte er seinen darkovanischen Freund von der Strafe, die über ihn verhängt worden war, benachrichtigen? Kennard und Kennards Vater hatten ihn als Freund in ihr Haus aufgenommen – und er konnte nicht einmal sein Wort halten!

Bisher hatten sie von den Terranern nicht viel gehalten –

und jetzt würde ihre Meinung bestätigt werden, dass man Terranern nicht trauen durfte.

Der Tag schleppte sich hin. Am nächsten Tag ging er zur Schule und bog Fragen nach seinem blauen Auge mit der Geschichte ab, er sei im Dunkeln über einen Stuhl gefallen. Doch am Tag darauf, als sich die Stunde näherte, zu der er den Altons seinen Besuch versprochen hatte, wurden seine Gewissensqualen immer stärker.

Verdammt noch mal, er hatte es *versprochen.*

Beim Frühstück hatte sein Vater nach einem Blick in sein finsteres Gesicht kurz gesagt: »Es tut mir Leid, Larry. Es ist nicht angenehm für mich, dir etwas zu verweigern, das du dir so sehr wünschst. Eines Tages, wenn du älter geworden bist, wirst du vielleicht verstehen, warum ich es tun musste. Bis dahin hast du mein Urteil zu akzeptieren.«

Er denkt, er könne mein Interesse an Darkover abwürgen, einfach indem er mir verbietet, die Terranische Zone zu verlassen, dachte Larry böse. *Er weiß gar nichts über Darkover – oder mich!*

Langsam verstrichen die Stunden. Larry überlegte, ob er ein letztes Mal an seinen Vater appellieren sollte, und verwarf die Idee. Wade Montray erteilte ihm selten einen Befehl, aber hatte er es einmal getan, nahm er ihn nicht wieder zurück, und Larry war sich klar darüber, dass die Einstellung seines Vaters zu diesem Thema nicht zu erschüttern war.

Aber es war nicht fair – es war nicht recht, und es war nicht richtig! Wie es früher oder später allen jungen Leuten geht, kam Larry zu der schmerzlichen Erkenntnis, dass Eltern nicht immer im Recht sind – ja, dass sie manchmal total im Unrecht sein können!

Er glaubt, auch wenn er im Unrecht ist, gehorchen muss ich ihm doch! Und das ist ja die Gemeinheit. Was könnte ich denn sonst tun?

Ich kann ihm den Gehorsam verweigern. Der Gedanke kam ihm so plötzlich, als sei er ihm bisher völlig fremd gewesen.

Er war seinem Vater noch nie vorsätzlich ungehorsam gewesen. Die Vorstellung bereitete ihm Unbehagen.

Aber diesmal bin ich im Recht, und er ist im Unrecht, und wenn er das nicht sieht, ich sehe es. Ich bin eine Verpflichtung eingegangen, und wenn ich mein Wort breche, wird das zwei Darkovaner – und dazu wichtige Leute! – davon überzeugen, dass Terraner nicht viel wert sind.

Das ist ein Fall, bei dem ich Dad ungehorsam sein *muss.* Danach will ich jede Strafe auf mich nehmen, die er über mich verhängt. Ich werde mein Kennard und seinem Vater gegebenes Wort nicht brechen. Ich werde ihnen erklären, warum ich vielleicht nicht wiederkommen kann, aber ich werde sie nicht beleidigen, indem ich einfach verschwinde und ihnen nicht einmal mitteile, warum ich mich nie mehr habe sehen lassen.

Kennard hat mich davor gerettet, zusammengeschlagen und möglicherweise sogar getötet zu werden. Ich habe ihm etwas versprochen, das er haben möchte – die Bücher –, und diese Bücher schulde ich ihm.

Es quälte ihn, dass er seinem Vater ungehorsam sein wollte. Und doch fühlte er tief in seinem Inneren, dass er im Recht war.

Wenn ich auf Darkover geboren wäre, sagte er zu sich selbst, würde ich als Mann betrachtet, alt genug, die Arbeit eines Mannes zu tun, alt genug, meine eigenen Entscheidungen zu fällen – und die Folgen zu tragen. Es kommt ein Augenblick im Leben, wo man selbst entscheiden muss, was Recht und was Unrecht ist, und nicht mehr fraglos akzeptieren darf, was ältere Leute sagen. Dad mag nach dem, was er weiß, Recht haben, aber er kennt nicht die ganze Geschichte, und ich kenne sie. Und ich muss tun, was ich für richtig halte.

Warum war ihm dabei nur so unwohl zu Mute? Die Erkenntnis, dass er einen Entschluss gefasst hatte, den er nie mehr rückgängig machen konnte, schmerzte plötzlich. Er wurde vielleicht bestraft wie ein Kind, wenn er zurückkam, aber es stand fest, dass er sich nie mehr als Kind fühlen würde. Das lag nicht nur an dem Akt des Ungehorsams – den brachte auch ein Kind fertig. Der Grund war, dass er ein für alle Mal zu dem Schluss gekommen war, seinen Vater nicht mehr an seiner Stelle über Recht und Unrecht entscheiden zu lassen. Wenn er in Zukunft seinem Vater gehorchte, würde er es tun, weil er darüber nachgedacht hatte und als erwachsener Mensch zu dem Schluss gekommen war, dass er gehorchen wollte.

Es tat ihm weh, und doch kam er nicht auf den Gedanken, seine Meinung zu ändern. Er war sich klar darüber, was er tun wollte. Nun musste er sich überlegen, wie er es tun wollte.

Sein Vater hatte erwähnt, dass die ganze Terranische Zone hineingezogen werden könnte, wenn er, Larry, in Schwierigkeiten geriet. Das war eine ernste Sache und musste bedacht werden. Larry wollte ganz sicher sein, dass er diese Gefahr ausgeschlossen hatte.

Dann fiel ihm ein: *Ich könnte für einen Darkovaner gelten, abgesehen von meiner Kleidung. Nach meiner Aussprache hat man mich schon für einen Darkovaner gehalten. Wenn ich nicht als Terraner gekleidet bin, kann es meinetwegen nicht zu einem Zwischenfall kommen.*

Und, setzte er mit grimmiger Entschlossenheit zu sich selbst hinzu, *wenn mir etwas zustößt, werden die Terraner nicht hineingezogen. Ich allein werde die Verantwortung dafür tragen.*

Schnell zog er seine eigenen Sachen aus und jene an, die Kennard ihm gegeben hatte. Er warf einen kurzen Blick in den Spiegel. Ein Teil seines Ichs stellte ironisch fest, dass ihm die Maskerade Spaß machte. Es war aufregend, ein Abenteuer.

Die andere Hälfte war sich in allem Ernst bewusst, dass er auf den Schutz des Imperiums verzichtete, wenn er vorsätzlich alles ablegte, was ihn als Terraner identifizieren konnte. Jetzt war er auf sich selbst gestellt. Er würde in der Stadt nur den Schutz haben, den seine beiden Hände und seine Kenntnis der Sprache ihm geben konnten.

Als sei ich tatsächlich ein gebürtiger Darkovaner und ganz selbständig!

Er hatte halb und halb damit gerechnet, am Tor aufgehalten zu werden, doch er kam anstandslos hindurch und ging hinaus in die Stadt.

Es war die Stunde, zu der die Arbeiter nach Hause zurückkehrten, und die Straßen waren überfüllt. Larry ging hindurch, ohne einen Blick auf sich zu ziehen. Eine seltsame, atemberaubende Aufregung wuchs unter seinen Rippen und explodierte in ihm. Mit jedem Schritt schien er irgendwie die Person, die er gewesen war, weiter zurückzulassen. Ihm war, als sei seine augenblickliche Kleidung keine Maskerade, als habe er vielmehr eine tiefere Schicht seines Wesens entdeckt und lebe mit ihr. Die blasse kalte Sonne stand hoch am Himmel und warf purpurne Schatten auf die engen Straßen und Gassen. Larry fand seinen Weg durch die Außenbezirke der Stadt mit dem Instinkt einer Katze. Fast tat es ihm Leid, als er das entfernte Viertel erreichte, in dem das Haus der Altons stand.

Der Nichtmensch, den er bereits kannte, öffnete ihm die Tür. Kennard stand im Flur, und Larry fragte sich, ob der darkovanische Junge auf ihn gewartet habe.

»Du hast es geschafft!«, rief Kennard mit befriedigtem Grinsen. »Erst hatte ich das Gefühl, es werde dir nicht gelingen, aber als ich heute Nachmittag nachsah, wurde mir klar, du würdest auf jeden Fall kommen.«

Die Worte waren verwirrend. Larry versuchte, einen Sinn

darin zu erkennen, und kam zu dem Schluss, es müsse sich um eine darkovanische Redensart handeln, die er nicht ganz begriff. Er sagte: »Eine Weile habe ich auch gedacht, ich könne nicht kommen«, ließ es dabei jedoch bewenden.

Der Nichtmensch trat auf ihn zu. Unwillkürlich zuckte Larry zurück, denn er dachte an die Begegnung auf dem Markt. Kennard beruhigte ihn schnell: »Du brauchst keine Angst vor dem *Kyrri zu* haben. Es stimmt, dass sie Funken von sich geben, wenn ein Fremder sie berührt, aber er wird dir jetzt, wo er dich kennt, nicht mehrweh tun. Sie sind seit Generationen Diener unserer Familie.«

Larry erlaubte dem Nichtmenschen, ihm den Mantel abzunehmen, und betrachtete das Wesen neugierig. Es ging aufrecht und war vage menschenähnlich, doch mit langem, gräulichem Fell bedeckt. Es hatte lange Greiffinger und ein Gesicht wie ein Gibbon. Larry hätte gern gewusst, woher die *Kyrri* stammten und welche merkwürdigen Beziehungen zwischen Menschen und Nichtmenschen bestanden. Ob er es jemals erfuhr?

»Ich habe dir die versprochenen Bücher mitgebracht«, sagte er zu Kennard, und Kennard griff freudig danach. »O fein! Aber ich will sie mir später ansehen. Wir brauchen nicht hier in der Halle herumzustehen. Kannst du Pfeile werfen? Sollen wir eine Runde spielen?«

Larry stimmte mit Freude zu. Kennard erklärte ihm das Spiel in einem Raum zu ebener Erde, groß und hell mit durchscheinenden Wänden, der offensichtlich derartigen Zwecken diente. Die Pfeile waren leicht und perfekt ausbalanciert und mit roten und grünen Federn von irgendeinem exotischen Vogel versehen. Sobald Larry sich an ihr Gewicht und ihre Flugeigenschaften gewöhnt hatte, stellte er fest, dass er Kennard durchaus gewachsen war. Aber sie spielten ohne rechten Eifer. Kennard unterbrach hin und wieder, um in den Büchern zu blättern, fasziniert die vielen Fotos zu betrachten und endlose Fragen über die Raumfahrt zu stellen.

Wieder war eine solche Pause im Spiel eingetreten, als die Vorhänge, die den Raum abschlossen, zurückrauschten und Valdir Alton eintrat, gefolgt von einem anderen Mann, einem hoch gewachsenen Darkovaner. Das Haar, das aus der hohen, ernsten Stirn zurückgestrichen war, leuchtete kupferfarben bis auf zwei weiße Streifen an den Schläfen. Er trug einen gestickten Mantel von eigentümlichem Zuschnitt. Die Jungen erhoben sich, und Kennard, dem man seine Überraschung ansah, machte dem Fremden eine tiefe, formelle Verbeugung. Der Neuankömmling sah scharf zu Larry hin, und da Larry nicht unhöflich erscheinen wollte, verbeugte er sich ebenfalls.

Der Mann antwortete darauf mit einer feststehenden Floskel und nickte beiden Jungen freundlich zu. Aber dann betrachtete er Larry noch einmal, zog die Brauen zusammen, wandte sich Valdir zu und fragte: »Terraner?«

Valdir sprach nicht, die beiden Männer sahen sich nur an. Der Fremde nickte, kam durchs Zimmer und blieb vor Larry stehen. Wie unter Zwang blickte Larry zu ihm auf, unfähig, die Augen von diesem durchdringenden Starren abzuwenden. Ihm war, als werde er gewogen, aussortiert, ausgequetscht, als durchdränge der suchende Blick des alten Mannes seine geborgten Kleider und träfe bis auf die fremden Knochen unter dem Fleisch, bis auf seine geheimsten Gedanken und Erinnerungen. Es war, als werde er hypnotisiert. Er erschauerte, und plötzlich war er wieder fähig wegzusehen, der Mann lächelte auf ihn herab, und die grauen Augen waren freundlich.

Über die Köpfe der Jungen hinweg sagte er zu Valdir: »Also deshalb hast du mich hergebracht, Valdir? Lass nur; ich habe selbst Söhne. Stelle mich deinem Freund vor, Kennard.«

Kennard sagte: »Lord Lorill Hastur, einer der Ältesten des Rats.«

Larry hatte seinen Vater diesen Namen mit Ärger, aber auch mit einem gewissen Maß an Achtung aussprechen hören. Er dachte: *Hoffentlich kommt es durch meine Anwesenheit hier jetzt nicht doch noch zu Schwierigkeiten,* und einen Sekundenbruchteil lang bedauerte er beinahe, dass er gekommen war. Das Gefühl verging sofort wieder. Die Spannung im Raum ließ merklich nach. Valdir ergriff eins der Bücher, die Larry für Kennard mitgebracht hatte, und wandte die Seiten interessiert um. Lorill Hastur trat zu ihm und sah ihm über die Schulter, entfernte sich wieder und begann, die Pfeile zu prüfen. Er hob den Arm und schleuderte einen genau ins Ziel. Valdir legte das Buch hin und blickte zu Larry hoch.

»Ich war sicher, dass du es schaffen würdest, heute zu kommen.«

»Ich wollte es. Aber vielleicht wird es mir nicht noch einmal möglich sein«, antwortete Larry.

Valdir kniff sinnend die Augen zusammen. »Zu gefährlich?«

»Nein«, erklärte Larry, »das stört mich nicht. Nur möchte mein Vater nicht, dass ich in die Stadt gehe.« Er brach ab; er wollte nicht über seinen Vater sprechen oder den Eindruck erwecken, er beschwere sich über seines Vaters Unvernunft. Das ging nur seinen Vater und ihn selbst an, keinen Außenseiter. Von neuem machte der Konflikt ihn traurig. Kennard gefiel ihm so viel besser als alle Freunde, die er im Hauptquartier gewonnen hatte, und doch musste er diese Freundschaft aufgeben, noch bevor er eine Chance gehabt hatte, sie zu vertiefen. Er nahm einen der Pfeile, drehte ihn in den Händen, warf ihn auf das Brett und verfehlte das Ziel. Lorill Hastur richtete von neuem den Blick auf ihn.

»Warum hast du es riskiert, bestraft zu werden, weil du heute in die Stadt gegangen bist, Larry?«

Erst später machte sich Larry Gedanken darüber, dass der

Älteste seinen Namen kannte und von dem inneren Konflikt wusste, der ihn gezwungen hatte, sich zu entscheiden. Im Augenblick kam es ihm ganz natürlich vor, dass dieser alte Mann mit den forschenden Augen über ihn informiert war. Trotzdem wollte er nichts sagen, was unloyal gegen seinen Vater gewesen wäre.

»Ich hatte keine Möglichkeit, es ihm zu erklären, sonst hätte er eingesehen, warum ich gehen musste.«

»Und ein Wortbruch wäre eine Beleidigung gewesen«, stellte Lorill Hastur ernst fest. »Zum Ehrenkodex eines Mannes gehört es, dass er seine eigenen Entscheidungen trifft.«

Er lächelte den Jungen zu und ging, ohne sich offiziell zu verabschieden. Valdir wollte ihm folgen, wandte sich aber noch einmal Larry zu.

»Du bist hier jederzeit willkommen.«

»Ich danke Euch, Sir. Ich fürchte nur, es wird mir nicht wieder möglich sein. Nicht etwa, dass ich nicht gern kommen würde.«

Valdir lächelte. »Ich respektiere deine Wahl. Und doch habe ich das Gefühl, dass wir uns in Kürze wieder sehen werden.« Nun verließ er ebenfalls das Zimmer.

Mit Kennard allein, fand Larry die Zeit, sich zu wundern. »Wieso wusste er so viel über mich?«

»Der Hastur-Lord? Er ist natürlich Telepath. Was sonst?«, erwiderte Kennard nüchtern, die Nase in einem Buch mit Bildern, die im tiefen Raum aufgenommen waren. »Was für eine Kamera wird dafür benutzt? Ich kann einfach nicht begreifen, wie eine Kamera funktioniert.«

Während Larry seinem Freund die Prinzipien des lichtempfindlichen Films erklärte, dachte er amüsiert und überrascht: *Natürlich Telepath!* Und für Kennard war das normal, und ein Gegenstand wie eine Kamera war etwas Exotisches und Seltsames. Es kam nur auf den Standpunkt an.

Viel zu früh sagte ihm die untergehende Sonne, dass es Zeit war zu gehen. Er widerstand Kennards Drängen, noch zu bleiben. Sein Vater sollte sich seiner Abwesenheit wegen nicht ängstigen. Außerdem war in sein Gedächtnis etwas wie eine Drohung eingegraben – wenn er vermisst wurde, würde sein Vater dann die Maschinerie des Terranischen Imperiums in Gang setzen, um ihn aufzuspüren und seine Freunde in Schwierigkeiten zu bringen? Kennard ging ein Stückchen mit ihm. An der Straßenecke blieb er stehen und sah ihn ganz traurig an.

»Ich möchte dir nicht Lebewohl sagen, Larry«, begann er. »Ich mag dich. Ich wünschte ...«

Larry nickte. Er war ein bisschen verlegen, aber er teilte das Gefühl. »Vielleicht sehen wir uns doch wieder.« Er streckte die Hand aus. Kennard zögerte lange genug, dass Larry sich erst beleidigt fühlen wollte und dann fürchtete, die darkovanische Etikette irgendwie verletzt zu haben. Gleich darauf nahm der darkovanische Junge Larrys Hand entschlossen in seine beiden Hände. Noch jahrelang wusste Larry nicht, wie selten eine solche Geste in der darkovanischen Kaste war, zu der die Altons gehörten. Kennard erklärte leise: »Ich sage nicht Lebewohl. Nur – viel Glück!«

Er drehte sich schnell um und ging, ohne noch einmal zurückzublicken.

Larry wanderte durch den sich niedersenkenden Nebel in Richtung Heimat. Er schritt durch die dunklen Schluchten der Straßen, und seine Füße bewahrten ihn auf dem ungleichmäßigen Pflaster automatisch vor dem Fallen. Ein undefinierbarer Kummer erfüllte ihn, als sähe er all dies mit der Schärfe eines Abschieds für immer. Ihm war, als habe das Leben ihm eine Tür in eine glänzende Welt geöffnet und sie gleich wieder zugeworfen, so dass seine Umgebung durch den Kontrast dumpfer wirkte als zuvor.

Plötzlich verließ ihn die Traurigkeit. Das war ja nur ein Übergang. Er würde nicht immer ein Junge bleiben. Einmal kam die Zeit, wo er frei und selbständig war und alle Welten erkunden konnte, die er sich aussuchte – und Darkover war nur eine von vielen. Er hatte heute einen Vorgeschmack von der Freiheit eines Mannes bekommen – und eines Tages würde sie ihm ganz gehören.

Larry hob den Kopf und überquerte sicheren Schrittes den Platz vor dem Raumhafen. Er hatte seinen Spaß gehabt und würde hinnehmen, was auch geschehen mochte. Das war es wert gewesen.

Larry betrat die Wohnung im Hauptquartier und hatte das merkwürdige Gefühl, etwas, das bereits geschehen war, noch einmal zu erleben. Sein Vater wartete auf ihn, einen unergründlichen Ausdruck im Gesicht.

»Wo bist du gewesen?«

»In der Stadt. In dem Haus von Kennard Alton.«

Montrays Gesicht verzog sich vor Zorn, aber seine Stimme klang ruhig und ernst.

»Erinnerst du dich, dass ich dir verboten habe, die Terranische Zone zu verlassen? Du willst mir doch nicht erzählen, du habest es vergessen?«

»Ich hatte es nicht vergessen.«

»Mit anderen Worten, du bist absichtlich ungehorsam gewesen.«

Larry antwortete nur: »Ja.«

Offensichtlich kostete es Montray Mühe, seinen Zorn zu beherrschen. »Und warum, wenn ich es doch verboten hatte?«

Larry überlegte kurz, bevor er antwortete. Suchte er nur nach Entschuldigungen für das, was er hatte tun wollen? Dann war er wieder ganz sicher, richtig gehandelt zu haben.

»Dad, ich hatte ein Versprechen gegeben, und ich hielt es für Unrecht, mein Wort aus keinem besseren Grund zu brechen, als weil du mir verboten hattest, in die Stadt zu gehen. Es war etwas, das ich tun musste, und du behandelst mich wie ein Kind. Ich habe versucht, dafür zu sorgen, dass niemand hineingezogen werden würde, falls mir etwas zustieße. Du nicht und das Terranische Imperium nicht.«

Nach langem Schweigen sagte sein Vater: »Und du meintest, diese Entscheidung selbst treffen zu müssen. Gut, Larry, ich bewundere deine Ehrlichkeit. Trotzdem weigere ich mich, dir das Recht zuzugestehen, meine Befehle aus Prinzip zu ignorieren. Du weißt, ich bestrafe dich nicht gern. Aber betrachte dich vorläufig als unter Hausarrest stehend. Du wirst unsere Wohnung außer für die Schule unter gar keinem Vorwand verlassen.« Er machte eine Pause. Ein freudloses Lächeln umspielte seine Lippen. »Wirst du mir gehorchen, oder soll ich die Wachen informieren, dass sie dich nicht durchlassen dürfen, ohne es zu melden?«

Larry zuckte unter der Härte der Strafe zusammen, aber sie war gerecht. Sein Vater konnte von seinem Standpunkt aus gar nicht anders handeln. Er nickte, ohne aufzublicken.

»Ganz, wie du sagst, Dad. Du hast mein Wort.«

Montray erklärte ohne Sarkasmus: »Du hast mir bewiesen, dass dir dein Wort etwas bedeutet. Ich will dir vertrauen. Hausarrest, bis ich entscheide, dass ich dir die Freiheit zurückgeben kann.«

Die nächsten Tage waren trostlos; keiner unterschied sich von dem vorhergehenden. Die Verletzungen im Gesicht und an den Händen heilten, und sein darkovanisches Abenteuer verblasste, als habe es vor langer Zeit stattgefunden. Der Hausarrest nahm ihm sogar Dinge, die er vorher gar nicht zu schätzen gewusst hatte – die Freiheit, auf dem Raumhafen und in der terranischen Stadt herumzuwandern, Freunde zu besuchen, Läden zu betreten. Doch niemals zweifelte Larry daran, richtig gehandelt zu haben. Er litt unter den ihm auferlegten Beschränkungen, aber er bereute die Tat nicht, mit der er sie verdient hatte.

Zehn Tage waren vergangen, und Larry begann sich zu fragen, wann sein Vater das über ihn ergangene Urteil aufheben werde, als der Befehl vom Kommandanten kam.

Sein Vater war eines Abends gerade nach Hause gekommen, da summte das Interkom, und als Montray den Hörer auflegte, sah er gleichzeitig wütend und besorgt aus.

»Dein idiotischer Streich hat wahrscheinlich Folgen gehabt«, sagte er ärgerlich. »Das war das Büro des Legaten in der Verwaltung. Du und ich sollen uns heute Abend beide dort melden – und es war ein Vorrangsbefehl.«

»Dad, wenn das Ärger für dich bedeutet, tut es mir Leid. Du musst ihnen sagen, dass du mir verboten hattest zu gehen – und wenn du es nicht sagst, tu ich es. Ich werde die ganze Verantwortung auf mich nehmen.« Erst jetzt wurde es Larry wirklich klar, dass seine Tat Konsequenzen nicht nur für ihn allein haben mochte. *Aber das ist nicht meine Schuld – das liegt nur daran, dass die Verwaltung unvernünftig ist. Warum soll Dad für etwas getadelt werden, das ich getan habe?*

Er war noch nie im Verwaltungsgebäude gewesen, und als sie sich dem großen weißen Wolkenkratzer näherten, der den ganzen Komplex des Raumhafens überragte, ließ ihn die Spannung fast vergessen, dass er herbestellt worden war, um sich Vorwürfe anzuhören. Das gewaltige Gebäude, schimmernd vor weißem Metall und Glas, die breiten Flure und der Panorama-Blick aus jedem Korridorfenster über die darkovanische Stadt und die Berge dahinter nahmen ihm fast den Atem. Das Büro des Legaten lag hoch oben und ganz im Licht der untergehenden roten Sonne. Larry trat in den hellen, ringsum verglasten Raum, und ihn durchzuckte der Gedanke:

Er sieht mehr von dieser Welt, als er irgendjemanden wissen lassen möchte.

Der Legat war ein untersetzter Mann, dunkel und ergrauend, mit nachdenklichen Augen und einem ständigen Stirnrunzeln. Trotzdem besaß er Würde und etwas, das Larry sofort an Lorill Hastur denken ließ. *Was mag das sein? Ist es nur, dass beide daran gewöhnt sind, Macht auszuüben, Entscheidungen zu treffen, mit denen andere Menschen leben müssen?*

»Commander Reade – mein Sohn Larry.«

»Setzen Sie sich.« Das war einwandfrei ein Befehl, keine Einladung. »Sie sind also in der Stadt herumgestreift? Erzählen Sie mir davon – erzählen Sie mir alles, was Sie dort getan haben.«

Sein Gesichtsausdruck ließ sich nicht deuten, er verriet keinen Zorn, aber auch keine Freundlichkeit. Er behielt sich sein Urteil vor. Und er sprach mit einer solchen Autorität, als erwarte er, Larry werde sich überschlagen, um ihm zu gehorchen, und nach zehn Tagen, die er verdrossen im Hauptquartier herumgesessen hatte, war Larry nicht besonders demütig zu Mute.

»Ich wusste nicht, dass es gegen irgendwelche Vorschriften verstieß, Sir. Und ich habe niemandem Schaden zugefügt, und auch mir ist nichts passiert.«

Reade gab einen unergründlichen Laut von sich. »Das lassen Sie besser mich entscheiden. Berichten Sie einfach darüber.«

Larry erzählte die ganze Geschichte, wie er Tag für Tag durch die Stadt gewandert war, wie er mit der Schlägerbande zusammengeraten war und wie Kennard Alton eingegriffen hatte. Schließlich sprach er von seinem letzten Besuch im Haus der Altons und betonte, dass er ohne seines Vaters Wissen und Zustimmung gegangen war. »Deshalb machen Sie

Dad keine Vorwürfe, Sir. Er zumindest hat kein Gesetz gebrochen.«

Montray fiel schnell ein: »Trotzdem, Reade, ich übernehme die Verantwortung. Er ist mein Sohn, und ich werde dafür sorgen, dass er es nicht noch einmal tut.«

Reade winkte ihm zu schweigen. »Das ist nicht das Problem. Wir haben vom Rat gehört – im Auftrag Altons. Anscheinend fühlen sie sich tief beleidigt.«

»Was? Warum?«

»Weil Sie Ihrem Sohn die Erlaubnis verweigert haben, diese Freundschaft fortzusetzen, als hielten Sie sie für ungeeignet, mit Ihrem Sohn zu verkehren.«

Montray drückte die Hände an die Schläfen und sagte müde: »O mein Gott.«

»Genau«, stellte Reade mit leiser Stimme fest. »Die Altons sind wichtige Leute auf Darkover – Aristokraten, Mitglieder des Rats. Fühlen sie sich von Terra vor den Kopf gestoßen, kann das Ärger geben.«

Plötzlich explodierte der Legat vor Zorn. »So oder so, zur Hölle mit dem Bengel! Wir sind nicht bereit für eine Episode dieser Art. Wir hätten selbst daran denken und Vorbereitungen dafür treffen sollen, und jetzt, wo uns die Gelegenheit in den Schoß fällt, sind wir kaum im Stande, Nutzen daraus zu ziehen! Wie alt ist der Junge?«

Montray gab Larry ein Zeichen, selbst zu antworten, und Reade grunzte. »Sechzehn, so? Hier gelten die Jungen in dem Alter als Männer – das dürfen wir nicht vergessen! Was meinen Sie, junger Larry? Haben Sie die Absicht – haben Sie je daran gedacht, in den Dienst des Imperiums zu treten?«

Verwirrt von der Frage, antwortete Larry: »Das habe ich von jeher vor, Commander.«

»Nun, hier ist Ihre Chance.« Er schob ein Stück Papier über

den Tisch. Es war dick und gerändelt und mit darkovanischer Schrift bedeckt, den geraden, viereckigen Lettern der Stadt-Sprache. »Wie ich hörte, können Sie dies Zeug lesen. Gott weiß, warum Sie sich die Mühe gemacht haben, es zu lernen, aber uns kommt es zupass. Buchstabieren Sie es sich später zusammen, wenn Sie die Zeit dazu haben. Zufällig kann ich es auch lesen, obwohl die meisten Leute in der Verwaltung sich die Mühe, die Sprache zu lernen, *nicht* machen. Es ist eine Einladung von den Altons an Sie, Larry, den Sommer mit Kennard auf ihrem Landgut zu verbringen – und dass sie den Brief an die Verwaltung geschickt haben, ist als Ohrfeige gedacht, denn sie mögen die terranische Art nicht, jede Kleinigkeit durch verschiedene Kanäle zu leiten.«

Montrays Gesicht verdunkelte sich, als sei eine Jalousie über seine Augen gefallen. »Unmöglich, Reade. Ich weiß, was Sie im Sinn haben, und ich werde dabei nicht mitmachen.«

Reades Ausdruck veränderte sich nicht. »Sie sehen doch ein, in welche Lage uns das bringt. Der Junge ist auf die ungeheuren Möglichkeiten, die es uns eröffnet, nicht vorbereitet, aber trotzdem müssen wir die Chance wahrnehmen. Wir können es uns einfach nicht leisten, die Einladung abzulehnen. Um Gottes willen, wissen Sie es denn nicht? Fünfzehn Jahre lang haben wir uns um die Erlaubnis bemüht, dass irgendjemand die Güter im Hinterland besuchen darf! Es ist das erste Mal seit Jahren, dass irgendein Terraner diese Chance bekommt, und wenn wir sie verschmähen, mag eine zweite wieder Jahre auf sich warten lassen.«

Montray verzog den Mund. »Oh, es hat schon mehrere gegeben.«

»Ja, ich weiß.« Reade ging nicht weiter darauf ein, sondern wandte sich Larry zu. »Verstehen Sie, warum Sie diese Einladung annehmen müssen?«

Plötzlich sah Larry mit der Deutlichkeit einer Halluzination die hohe Gestalt Valdir Altons vor sich und hörte ihn so laut, als befinde er sich bei ihnen in diesem weißen terranischen Raum, sagen: *Ich habe das Gefühl, wir werden uns in Kürze wieder sehen.* Es war so real, dass Larry den Kopf schüttelte, um den anomal intensiven Eindruck zu vertreiben.

Reade drängte: »Sie werden doch annehmen?«

Verspätet wurde Larry von Aufregung überwältigt. Er sollte Darkover sehen – nicht nur die Stadt, sondern die wirkliche Welt, weit entfernt von der Terranischen Zone, unberührt von Terra! Der Gedanke erfüllte ihn mit ein bisschen Angst und gleichzeitig mit wilder Freude. Aber ein letzter Rest von Vorsicht ließ ihn fragen: »Würde es Ihnen etwas ausmachen, mir zu sagen, warum Sie mich unbedingt brauchen, Sir? Ich dachte, die Terraner scheuten sich vor dem – Fraternisieren mit Darkovanern.«

»Wir scheuen es nur, wenn es Probleme mit sich bringt«, erwiderte Reade. »Aber seit Jahren versuchen wir, etwas in dieser Art zu arrangieren. Ich habe den Verdacht, die andere Seite hielt uns für etwas zu eifrig und fürchtete, wir führten etwas im Schilde. Larry, ich kann es sehr einfach erklären. Zuerst einmal wollen wir darkovanische Aristokraten nicht beleidigen. Doch es geht um mehr. Dies ist das erste Mal, dass Darkovaner in einer Machtposition einem Terraner Freundschaft erwiesen haben. Sie treiben Handel mit uns, sie tolerieren uns hier, aber sie wollen mit uns persönlich nichts zu tun haben. Jetzt ist eine Bresche in diese Mauer geschlagen. Sie haben die einzigartige Gelegenheit, eine Art Botschafter für Terra zu sein. Ihnen vielleicht zu beweisen, dass man uns nicht fürchten muss. Und außerdem ...« Er zögerte. »Nur sehr wenige Terraner haben von diesem Planeten mehr gesehen, als die Darkovaner uns sehen lassen wollten. Sie sollten sich alles, was Sie sehen, ganz genau merken, denn irgendetwas, dessen

Wichtigkeit Sie nicht einmal wahrnehmen, könnte für uns alles bedeuten.«

Das durchschaute Larry sofort.

»Fordern Sie mich auf, meine Freunde zu *bespitzeln?*«, fragte er empört.

»Nein, nein«, wehrte Reade schnell ab. Larry hatte das deutliche Gefühl, dass Reade ihn für etwas zu klug hielt. »Sie sollen nur die Augen offen halten und uns mitteilen, was Sie gesehen haben. Wahrscheinlich rechnen sie sowieso damit, dass Sie es tun.«

Montray, der unruhig im Büro auf und ab ging, unterbrach. »Es gefällt mir nicht, dass mein Sohn als Schachfigur der Machtpolitik benutzt werden soll, ob nun von Darkovanern, die sich bei uns anbiedern wollen, oder vom Terranischen Imperium, das Informationen über Darkover sucht!«

»Sie übertreiben, Montray. Sehen Sie mal, zumindest ein paar von der höheren darkovanischen Kaste sind möglicherweise Telepathen. Wir könnten den Jungen gar nicht als Spion bei ihnen einschmuggeln, selbst wenn wir es wollten. Es ist nichts weiter als eine Chance, ein bisschen mehr über sie zu lernen.«

Er appellierte direkt an Larry: »Sie sagen, Sie mögen diesen darkovanischen Jungen gut leiden. Wäre es nicht sinnvoll, wenn freundschaftliche Beziehungen zwischen Ihnen und ihm entständen?«

Der Gedanke war Larry auch schon gekommen. Er nickte. Montray meinte widerstrebend: »Es gefällt mir immer noch nicht. Aber ich kann nichts dagegen tun.«

Reade sah ihn an, und Larry erschrak, als ein Ausdruck des Triumphes und Machtbewusstseins über des Mannes Gesicht huschte. *Der genießt das!*, dachte Larry. Und dann fragte er sich staunend, wieso er auf diese Art in den Mann hineinsah. Er war überzeugt, dass er mehr über Commander Reade wusste, als Reade ihn wissen lassen wollte. Über Larrys Kopf weg sagte Reade leise zu Wade Montray: »Wir müssen es auf diese Weise machen. Ihr Sohn ist alt genug, und er hat keine Angst – stimmt doch, nicht wahr, Larry? Deshalb brauchen wir den Altons nur noch mitzuteilen, er sei stolz und fühle sich geehrt, dass er sie besuchen dürfe – und den Zeitpunkt.«

Wieder in ihrer eigenen Wohnung in Block A fluchte Larrys Vater beinahe eine Viertelstunde lang ununterbrochen halblaut vor sich hin. »Und jetzt siehst du, in was du dich hineingeritten hast«, schloss er böse. »Larry, es gefällt mir nicht, es gefällt mir nicht, es gefällt mir nicht! Und, verdammt noch mal, ich nehme an, du bist außer dir vor Freude – du hast erreicht, was du wolltest!«

Larry sagte ehrlich: »Es ist interessant, Dad. Aber ich fürchte mich ein bisschen. Reade möchte aus lauter falschen Gründen, dass ich gehe.«

»Ich bin froh, dass du wenigstens *das* erkennst«, fauchte Montray. »Ich sollte meine Hände in Unschuld waschen. Du hast dich selbst hineingeritten. Trotzdem ...« Er verstummte, dann stand er auf, kam zu seinem Sohn, fasste ihn bei den Schultern und sah ihn forschend an. Seine Stimme klang sanfter, als Larry sie seit Jahren gehört hatte.

»Hör zu, Sohn. Wenn du dich nicht darauf einlassen willst, werde ich dich irgendwie loseisen. Du bist mein Sohn, nicht bloß ein zukünftiger Angestellter des Imperiums. Man kann dich nicht zwingen zu gehen. Mach dir keine Sorgen, man werde Druck auf mich ausüben – ich kann mich immer anderswohin versetzen lassen. Lieber verlasse ich den verdammten Planeten, als dass ich mit ansehe, wie man dich zur Schachfigur macht!«

Larry fühlte die Hände seines Vaters auf seinen Schultern und erkannte plötzlich, dass ihm die Möglichkeit geboten wurde – es mochte die letzte sein –, zu dem alten, beschützten Status eines Kindes zurückzukehren. Er konnte von neuem seines Vaters Sohn sein, und Dad würde ihn aus der Sache herausholen. Also war die Entscheidung, die er getroffen hatte, als er sich selbst zum Mann erklärte, doch nicht unwiderruflich. Er konnte ins sichere Alter zurückkehren, und der Preis dafür war sehr gering. Sein Vater würde sich um ihn kümmern.

Er ertappte sich dabei, dass er sich das fast verzweifelt wünschte. Er hatte mehr abgebissen, als er zu kauen vermochte, und das war seine Chance, aus der Sache herauszukommen. Andernfalls war er in einer fremden Umgebung ganz auf sich gestellt, musste eine ihm fremde Rolle spielen, seine terranische Welt ganz allein repräsentieren.

Und die Altons würden erkennen, dass die Entscheidung, die er als Mann getroffen hatte, eine Lüge gewesen war, dass er nichts sein wollte als ein terranisches Kind, das sich hinter der Sicherheit seines sozialen Status versteckt ...

Er holte tief Atem und legte seine Hände über die seines Vaters.

»Danke, Dad«, sagte er mit ehrlicher Wärme. »Fast wünschte ich, ich könnte dich beim Wort nehmen. Wirklich. Trotzdem muss ich gehen. Wie du sagst, ich habe mich selbst hineingeritten, da muss ich auch dafür sorgen, dass etwas Gutes daraus entsteht – für euch alle. Hab keine Angst, Dad, es wird schon gut gehen.«

Montray fasste die Schultern seines Sohnes fester und sah ihm in die Augen. »Ich habe gefürchtet, dass du so empfinden würdest, Larry – und ich wünschte, du tätest es nicht. Aber da du nun einmal du bist, wirst du wohl müssen. Ich könnte es dir immer noch verbieten ...« – ein Lächeln huschte über sein Gesicht – »... nur habe ich festgestellt, dass du dazu zu alt bist, und so will ich es nicht einmal versuchen.« Er ließ seine Hände sinken, und dann verzog sich sein bekümmertes Gesicht zu einem breiten Grinsen.

»Verdammt noch mal, Sohn, es gefällt mir immer noch nicht – aber ich bin stolz auf dich.«

5

Die Sonne hatte den Morgennebel von den Hügeln weggebrannt, während das Tal noch unter dichten weißen Schleiern lag. Über der rosa Wolkenbank hing die rote Sonne in einem Bad sich lichtender Schwaden. Larry blickte auf die Baumwipfel nieder, die oben aus der Wolke herausragten, holte tief Atem und genoss die seltsamen Düfte des fremden Waldes.

Er ritt als Letzter in der kleinen Kolonne von sechs Männern. Kennard, direkt vor ihm, drehte sich kurz zu ihm um, winkte und grinste.

Larry war seit jetzt zwölf Tagen auf Armida, dem Landgut der Altons. Der Ritt von der Stadt hierher war anstrengend gewesen; er war das Reiten nicht gewohnt. Anfangs hatte es den Reiz des Neuen gehabt, doch dann dachte er mit Sehnsucht an die bequemen Bodenwagen und Luftschiffe des terranischen Reiseverkehrs.

Später zog ihn nach und nach der Zauber dieser langsamen Reise durch Wälder und Berge in seinen Bann: die Ausblicke von den Gipfeln auf karminrote und purpurne Landschaften, schön wie Regenbogen, die tief beschatteten Wege durch die Wälder, die hohen weißen Türme, die sich hier und da vor dem Horizont erhoben oder, wenn es dunkel war, schwach leuchteten. Des Nachts hatten sie entweder an der Straße kampiert oder waren zu Gast in einem einsamen Bauernhaus gewesen, wo die Darkovaner Valdir und Kennard mit einer außerordentlichen Ehrerbietung behandelten, von der auch für Larry ein Stück abfiel. Valdir sagte niemandem, dass der Gast und Gefährte seines Sohns einer der terranischen Außenweltler war.

Das Heim der Altons war ein großes, graues, planlos angelegtes Gebäude, zu niedrig für ein Schloss und zu imposant für ein Haus. Larry fügte sich schnell ein, ritt mit Kennard, half ihm, seine Meute zu trainieren, lernte, mit den merkwürdig geformten Armbrüsten zu schießen, die man zu Sportzwecken benutzte, und genoss das neue Leben in vollen Zügen. Es war alles sehr interessant, aber bestimmt konnte nichts den Terranern von Nutzen sein, wenn er es Reade erzählte – und darüber war er froh. Es hatte ihm gar nicht gefallen, dass er eine Art Spion sein sollte.

Meistens waren die Tage zu ausgefüllt für Selbstbetrachtungen, doch manchmal, wenn er im Bett lag, ertappte er sich bei Überlegungen, warum er überhaupt eingeladen worden war. Er mochte Kennard, sie waren Freunde, aber sollte das allein Valdir Alton veranlasst haben, mit der alten Tradition Darkovers zu brechen, nach der Terraner ignoriert wurden?

Hatte Valdir für seine Einladung vielleicht die gleichen Gründe gehabt wie Reade für seinen Wunsch, Larry solle sie annehmen? Wollte Valdir ganz einfach etwas aus erster Hand über die Terraner erfahren?

Larry hatte sich mittlerweile an das Reiten gewöhnt, und teilweise ihm zuliebe war eine dreitägige Jagdpartie arrangiert worden. Ihm war es gelungen, gut genug zu schießen, um am ersten Tag ein kleines, kaninchenähnliches Tier zu erlegen, das am Abend über dem Lagerfeuer gebraten wurde. Darauf war er stolz, obwohl es auf der langen Jagd seine einzige Beute gewesen war.

Oben auf dem Berg schloss er zu Kennard auf, sie hielten an, um ihre Pferde verschnaufen zu lassen, und blickten Seite an Seite ins Tal hinunter.

»Es ist schön hier oben«, sagte Kennard endlich. »Vor ein paar Jahren bin ich diesen Weg ziemlich oft geritten. Vater meint, jetzt sei es für mich zu gefährlich, es allein zu tun.« Er wies auf ihre Eskorte, Darkovaner, die Larry nicht kannte: Einer war ein gut angezogener junger Rotkopf von einem nahe gelegenen Gut, die anderen Männer stammten von den Alton-Besitzungen und waren Arbeiter aus verschiedenen Berufen. Einer trug die Uniform der Garde, aber Kennard selbst hatte altes Reitzeug angezogen, das ihm ein bisschen zu klein war.

»Gefährlich? Warum?«

»Es ist zu nahe am Waldrand«, erklärte Kennard, »und während der letzten paar Jahre haben sich Waldläufer bis in diese Gebiete ausgebreitet. Für gewöhnlich bleiben sie in den Bergen. Sie sind nicht wirklich gefährlich, aber sie mögen Menschen nicht, und wir bleiben ihnen in der Regel aus dem Weg. Dann ist auch die Grenze zum Bergland nahe, und Männer von den Cahuengas ...«

Er brach ab, erstarrte im Sattel und spähte angestrengt ins Tal hinunter.

»Was ist, Kennard?«, fragte Larry.

Der darkovanische Junge zeigte mit der Hand. Larry konnte nichts erkennen, aber Kennard rief seinen Vater mit einem schrillen, drängenden Zuruf, und Valdir wandte sein Pferd und kam in kurzem Galopp zurück.

»Was ist passiert, Ken?«

»Rauch. Der Nebel hob sich da drüben ...« – Kennard zeigte hinüber – »... für eine Minute, und da habe ich ihn gesehen. Dicht bei der Feuerwache.«

Valdir runzelte die Stirn, kniff die Augen zusammen und beschattete sie mit einer schlanken braunen Hand. »Wie sicher bist du dir? Es ist für uns ein Umweg von gut einer Stunde – verdammt sei der Nebel, ich kann überhaupt nichts sehen.« Er warf den Kopf zurück wie ein Hirsch, der den Wind prüft, spähte in die Ferne und nickte schließlich.

»Eine Spur von Rauch. Wir wollen hinreiten und nachsehen.« Er sah zu Larry hin. »Hoffentlich macht dir der zusätzliche Ritt nichts aus.«

»Ganz und gar nicht. Ich hoffe nur, es ist nichts Schlimmes, Lord Alton.«

»Das hoffe ich auch.« Valdir hatte die Brauen besorgt zusammengezogen. Er berührte die Flanke seines Pferdes leicht mit dem Absatz, und schon ging es den Berg hinunter. Die Hufe erzeugten ein dumpfes Getrappel auf den Blättern, mit denen der Weg bedeckt war. Als sie sich der Talsohle näherten, hob sich der Nebel ein bisschen, und die Männer gestikulierten und schrien. Larry stieg ein schwacher, beißender Rauchgeruch in die Nase. Die Sonne war südwärts gewandert, und sie lenkten ihre Pferde einen breiteren Weg hinauf, der zur Kuppe eines kleinen Hügels führte. Dort stieß Valdir Alton einen gewaltigen Fluch aus, hob sich in den Steigbügeln und wies auf die Stelle und war sofort auf der anderen Seite des Hügels verschwunden. Kennard stürmte ihm nach, und auch Larry trieb sein Tier an, gleichzeitig von Aufregung und Furcht ergriffen. Jenseits der Kuppe hörte er Kennard entsetzt aufschreien. Larry zog die Zügel an und blickte bestürzt nach unten auf ein Wäldchen, von dem schwarzer Rauch hochstieg.

Kennard glitt aus dem Sattel und setzte sich in Laufschritt. Der Mann in der Uniform der Garde rief ihm etwas zu und machte seine Armbrust schussbereit. Larry merkte erschauernd, dass alle wachsam auf die sie umgebenden Bäume blickten. Was mochte hinter ihnen stecken?

Valdir sprang aus dem Sattel, die anderen Männer folgten seinem Beispiel, Larry auch. Die tödliche Stille wurde noch unheimlicher durch die fernen Stimmen von Vögeln, die in dem Wäldchen zwitscherten.

Dann rief Kennard. Er kniete auf dem Weg neben etwas, das Larry für einen grauen Stein hielt. Aber nun drehte Kennard es um, und Larry krampfte sich der Magen zusammen. Es war der verkrümmte Körper eines Mannes in einem grauen Mantel.

Valdir beugte sich über den Mann, richtete sich auf. Larry stand da wie erstarrt und blickte auf den Tod nieder. Er hatte noch nie einen Toten gesehen, ganz zu schweigen von einem Toten, der auf gewaltsame Art ums Leben gekommen war. Der hier war jung gewesen, wenig mehr als ein Knabe, und sein Gesicht trug den ersten Flaum eines Bartes. Schwarz und blutig klaffte eine große Wunde in seiner Brust. Er musste schon einige Zeit tot sein.

Kennard sah blass aus. Larry wandte sich ab; ihm wurde übel, und er hatte zu kämpfen, um es sich nicht anmerken zu lassen.

»Cahuenga – sein Mantel ist Cahuenga aus den fernen Bergen«, sagte Valdir, »aber Stiefel und Gürtel stammen aus Haylis. Ein Waldhüter – aber es ist kein Signalfeuer aufgelodert, als seine Wachstation angegriffen wurde.« Vorsichtig ging er um den Leichnam herum. Der Gardist rief: »Geht nicht allein da hinauf, Lord Alton!«, sprang mit gesenkter Armbrust aus dem Sattel und lief ihm nach. Kennard folgte ihnen, und Larry schloss sich wie unter Zwang an.

Eine geschwärzte, noch rauchende Ruine zeigte die vagen Umrisse eines Gebäudes. Auf einem kleinen Rasenplatz daneben war ein Mann zusammengebrochen. Als Kennard und Larry ankamen, kniete Valdir bereits neben ihm. Larry wandte den Blick sofort wieder von den glasigen, schmerzerfüllten Augen ab. Der Mann blutete aus einer großen Wunde an der Seite, und mit seinem rasselnden Atem drang dunkelfleckiger Schaum über seine Lippen.

Über den reglosen Körper hinweg sah der andere darkovanische Aristokrat Valdir an, fasste das schlaffe Handgelenk. Seine Stirn hatte sich gefurcht vor Bestürzung. Valdir meinte aufblickend: »Er muss sprechen, bevor er stirbt, Rannirl. Und sterben wird er auf jeden Fall.«

Rannirl kniff die Lippen zusammen. Er nickte, tastete nach seinem Gürtel und zog eine kleine, blau glasierte Phiole mit silbernem Verschluss aus einem Lederbeutel. Beim Öffnen ging er vorsichtig zu Werke und hielt sein Gesicht von den Dämpfen fern, die aus der Flasche aufstiegen. Er ließ ein paar Tropfen in die Kappe fallen. Valdir öffnete dem Verletzten gewaltsam den Mund, und Rannirl goss ihm die rauchende Flüssigkeit auf die Zunge. Nach einer Weile wurde der Sterbende von einem Krampf geschüttelt, und seine Augenlider flatterten.

Seine Stimme klang rau und wie von weit weg. »*Vai Dom* – wir haben getan, was wir konnten ... das Signal ... Brand ...«

Valdir legte seine Hände auf die des Verwundeten. Sein Gesicht war angespannt vor Konzentration, und er hielt etwas, das kalt und blau glitzerte. Er drückte es dem sterbenden Mann an die Stirn, und Larry sah, dass es ein klarer Edelstein war. Valdir sagte: »Verbrauche deine Kraft nicht mit Sprechen, Garin, sonst wird du sterben, bevor ich erfahren habe, was ich wissen muss. Formuliere deine Gedanken deutlich, solange du es noch kannst; ich werde sie verstehen. Und verzeih mir, Freund. Du magst mit dieser Qual viele Leben retten.« Er beugte sich dicht über Garins Gesicht. Sein eigenes Gesicht war eine grimmige Maske, blau angeleuchtet von dem seltsamen Stein, der plötzlich aufloderte, als brenne in ihm eine Flamme. Todespein verzerrte die Züge des sterbenden Waldhüters. Er zuckte zweimal und lag dann still. Mit einem schmerzlichen Seufzer ließ Valdir seine Hände los und stand auf. Schweiß stand ihm auf der Stirn, er schwankte, und Kennard sprang hinzu und stützte ihn.

Nach einer Minute strich sich Valdir mit der Hand über die

nasse Stirn und berichtete: »Sie haben ihr Leben teuer verkauft. Ein dutzend Männer kam aus dem Norden. Sie hackten Belhar in Stücke, als er versuchte, das Signalfeuer anzuzünden. Anfangs glaubte Garin, sie seien Cahuenga, aber zwei waren große blasse Männer, die sich fast wie *Kyrri* vermummt hatten, und einer war maskiert. Er sah, dass sie mit einem Gerät, bei dem ein Spiegel das Licht reflektierte, Signale gaben. Dann ritten sie nordwärts auf den Kadarin zu.«

Rannirl gab einen leisen Pfiff von sich. »Wenn sie das Leben so vieler Gefährten riskierten, nur um zu verhüten, dass ein einziges Signalfeuer angezündet wurde – dann sieht mir das nicht nach ein paar Räubern aus, die die Höfe im Tal überfallen wollen!«

Valdir fluchte. »Wir sind nicht zahlreich genug für eine Verfolgung, und wir haben nur Jagdwaffen bei uns. Und Zandru allein weiß, was sonst noch für Teufelswerk hier getan worden ist. Kennard, geh und zünde zumindest das Signalfeuer an. Schnell! Garin hat versucht hinzukriechen, nachdem sie ihn für tot liegen lassen hatten, doch seine Kräfte verließen ihn ...« Die Stimme erstickte ihm in der Kehle. Er bückte sich und bedeckte das Gesicht des Toten mit dessen Mantel.

»Er hat mir keinen Widerstand geleistet«, sagte er. »Sogar für einen Mann, der von vielen Wunden geschwächt ist und eine Dosis von deiner höllischen Droge bekommen hatte, Rannirl, gehörte dazu ein seltener Mut.«

Er seufzte, raffte sich zusammen und befahl zwei Arbeitern, die toten Waldhüter zu begraben. Der Klang von Hacken und Picken hallte dumpf in dem Wäldchen wider. Ein paar Minuten darauf kam Kennard zurückgerannt.

»Es ist unmöglich, das Signalfeuer anzuzünden, Vater. Diese Teufel haben sich die Zeit genommen, den Brennstoff für alle Fälle mit Wasser zu tränken!«

Valdir entfuhr ein weiterer Fluch. Er biss sich auf die Lippe. »Die Leute im Tal müssen gewarnt werden. Jemand muss sie aufspüren und eine Möglichkeit ausfindig machen. Wir können uns nicht in alle vier Himmelsrichtungen verteilen!« Mit finsterem Gesicht dachte er nach. »Hätten wir genug Männer, könnten wir sie an den Furten erwischen. Oder wenn wir das Land mit einem Signalfeuer warnen könnten ...«

Plötzlich kam er zu einem Entschluss.

»Wir sind nicht genug Leute, um ihnen nachzusetzen, und einen zu großen Vorsprung hätten sie auf jeden Fall. Aber wahrscheinlich planen sie einen groß angelegten Überfall. Wir müssen die Leute im Tal warnen – und wir werden dort sicher einen Spurensucher finden, der ihrer Fährte besser folgen kann, als wir es fertig brächten. Vor dem Dunkelwerden wird nichts mehr passieren.« Er blickte zur Sonne auf, die karminrot im Zenith zitterte. »Die Jagd ist vorbei. Wir essen eine Kleinigkeit und kehren dann um. Kennard, du und Larry ...« Er zögerte. »Am liebsten würde ich euch beide nach Armida heimschicken, aber ihr könnt dies Land nicht allein durchqueren. Ihr müsst mit uns reiten.« Er sah Larry an. »Das wird ein harter Ritt, fürchte ich.«

Die Männer hatten die Waldhüter begraben. Valdir verbot es, ein Kochfeuer anzuzünden, so dass es nur ein kaltes Essen aus den Satteltaschen gab. Man setzte sich und sprach in einem Dialekt, von dem Larry nur wenig verstand, über die niedergebrannte Feuerwache und die toten Waldhüter. Larry brachte nichts hinunter, jeder Brocken blieb ihm in der Kehle stecken. Zum ersten Mal hatte er Gewalttätigkeit und Tod gesehen, und das machte ihn krank. Er hatte gewusst, dass Gewalttätigkeit auf Darkover nichts Ungewöhnliches war, er hatte bei dem Kampf mit den Straßenjungen selbst eine Kostprobe davon bekommen, aber jetzt nahm die Tatsache dunkle und Furcht erregende Aspekte an. Mit fast schmerzender

Sehnsucht wünschte er sich, in der Sicherheit der Terranischen Zone zu sein.

Oder war diese Sicherheit auch nur eine Illusion? Gab es auch dort Gewalttätigkeit und Grausamkeit und Furcht, versteckt hinter der Fassade, und wurde er erst jetzt all das gewahr? Er würgte an dem Stück trockenen Zwieback, das er aß, und wandte das Gesicht von Kennards zu forschendem Blick ab.

Der Schatten von Valdir Altons hoher Gestalt fiel auf ihn, und der darkovanische Lord ließ sich neben ihm ins Gras sinken. »Tut mir Leid, dass deine Jagd auf diese Weise enden musste, Lerrys. Wir hatten es anders geplant.«

»Glaubt Ihr wirklich, ich würde einer unterbrochenen Jagdpartie nachtrauern, wenn Menschen getötet worden sind?«, fragte Larry.

Valdir betrachtete ihn nachdenklich. »Ist so etwas in deinem Leben bisher noch nie vorgekommen? Gibt es so etwas in deiner Welt nicht? Ist in der Terranischen Zone alles brav und gesetzlich?« Von neuem hatte Larry – wie damals bei Lorill Hastur – das Gefühl, seine Gedanken würden gelesen. Ihm fiel ein, wie Valdir Alton den Geist des sterbenden Waldhüters erforscht hatte, und es machte ihm ein bisschen Angst.

»Ich nehme an«, antwortete er, »Gesetzesbrecher gibt es auch auf der Erde und in der Terranischen Zone. Nur geschieht es hier so ...«

»So nahebei und persönlich?«, fragte Valdir. »Sag mir eins, Lerrys: Ist ein Mann mehr oder weniger tot, wenn er sauber von einem Gewehr oder einer Bombe umgebracht worden ist, als wenn er ...« Er deutete mit dem Kopf auf die Stelle, wo der tote Waldhüter gelegen hatte. Mit bitterem Gesicht setzte er hinzu: »Das scheint der wesentliche Unterschied zwischen deinen Leuten und unseren zu sein. Die Männer, die den armen Garin töteten, haben sich dabei wenigstens nicht in sicherer Entfernung befunden!«

Larry erklärte – und er war froh, etwas zwischen sich und die Erinnerung an den Toten mit der blutenden Wunde in der Brust zu schieben –: »Der wesentliche Unterschied ist, dass die meisten unserer Leute überhaupt nicht töten! Wir haben Gesetze und eine Polizei, die so etwas für uns erledigt!«

»Während wir hier die Meinung vertreten, jeder Mann solle seine Angelegenheiten selbst regeln, bevor sie sich zu Kriegen ausweiten«, gab Valdir ruhig zurück. »Wenn mich irgendwer beleidigt, meinem Land oder meiner Familie Schaden zufügt, mein Eigentum stiehlt, ist es meine Pflicht, mich an diesem Mann zu rächen – oder ihm zu verzeihen, wenn ich es für richtig halte –, ohne andere hineinzuziehen, die mit dem Streit gar nichts zu tun haben.«

Larry versuchte, das auf einen Nenner zu bringen – den Kontrast zwischen dem entschlossenen Individualismus des darkovanischen Kodex und dem Einverständnis der Terraner mit einer ordentlichen, auf Regeln und Gesetzen basierenden Gesellschaft. »Eine Herrschaft der Gesetze und nicht der Menschen«, sagte er, und als Valdir fragend die Brauen hob, setzte er erläuternd hinzu: »Das ist die ursprüngliche Theorie hinter den terranischen Regierungen.«

»Während wir eine Herrschaft von Menschen haben – weil Gesetze nichts anderes sein können als Ausdruck der Menschen, die sie machen.« Valdirs Gesicht war ernst, und Larry erkannte, dass er dies Gespräch zwar begonnen haben mochte, um die Gedanken seines jungen Gastes von dem Bild ungewohnter Gewalttätigkeit abzulenken, jetzt aber mit ganzem Herzen bei der Sache war. »Das ist einer der Gründe, warum wir mit den Terranern als solchen wenig zu tun haben wollen, womit ich nicht dich meine. Sicher, es gibt Kriege auf Darkover, aber das sind kleine, lokale Kämpfe, Mann gegen Mann.

Selten werden sie größer als da ...« Wieder wies er zu der geschwärzten Ruine der Feuerwache hin. »Ein Individuum, das Böses tut, wird prompt bestraft, und damit ist die Sache erledigt, ohne dass ein ganzes Land hineingezogen wird.«

»Aber ...« Larry zögerte und dachte daran, dass er Valdirs Gast war. Der ältere Mann ermunterte ihn: »Sag's nur.«

»Kennard hat mir einiges davon erzählt, Sir. Ihr habt langlebige Fehden, und wenn ein Übeltäter bestraft wird, nimmt seine Familie dafür Rache, und führt das im Lauf der Jahre nicht zu immer mehr Blutvergießen? Eure Art regelt im Grunde gar nichts. Mit wirklich schlechten Menschen wie diesen Räubern sollte sich das Gesetz befassen, oder?«

»Du bist einfach zu klug.« Valdir lächelte freudlos. »Das ist der einzige schwache Punkt des Systems. Wir benutzen unsere eigenen Methoden, um uns an ihnen zu rächen. Sie überfallen uns, wir überfallen darauf sie, und wir sind ebenso schlecht, wie sie es sind. In Wirklichkeit steckt mehr dahinter, Larry. Darkover scheint sich in einer dieser Perioden zu befinden, in denen nicht gut zu leben ist – einer Zeit des Wandels. Und dass die Terraner herkamen, war nicht gerade eine Hilfe. Noch einmal – ohne dass ich dich persönlich beleidigen möchte –: Es macht unsere Leute unzufrieden, dass wir eine hochtechnisierte Zivilisation unter uns haben. Wir leben so, wie Menschen leben sollten, in engem Kontakt mit der Natur, nicht zusammengedrängt in Städten und Fabriken.« Er blickte über die verbrannte Feuerwache hinweg auf die hohen Berge. »Kannst du das nicht sehen, Larry?«

»Ich kann es sehen«, gab Larry zu, aber an ihm nagte der Zweifel. Als er ebenso gesprochen hatte, war er von seinem eigenen Vater beschuldigt worden, ein Romantiker zu sein. Die Darkovaner wünschten weiterzuleben, als gäbe es keinen Wandel, und ob es ihnen nun passte oder nicht, das Zeitalter der Raumfahrt war angebrochen – und sie hatten sich bereits entschieden, das Terranische Imperium zu Handelszwecken auf ihrem Planeten Fuß fassen zu lassen.

»Ja«, sagte Valdir, seine Gedanken lesend. »Das sehe ich auch – der Wandel kommt, ob es uns passt oder nicht. Und ich möchte, dass er sich ruhig vollzieht, ohne Aufruhr. Was bedeutet, dass ich mich bei vielen Leuten meiner eigenen Kaste verdammt unbeliebt gemacht habe. Zum Beispiel habe ich dies Verteidigungssystem von Grenzwachen und Waldhütern organisiert, damit nicht jeder Hof, jedes Gut sich allein gegen Angriffe der Räuber von jenseits des Kadarin verteidigen muss. Und es gibt Menschen, die darin eine klare Verletzung unseres Kodex der individuellen Verantwortlichkeit sehen.« Er unterbrach sich. »Was ist los?«

Larry platzte heraus: »Ihr habt meine Gedanken gelesen!«

»Das beunruhigt dich? Ich schnüffele nicht, Larry. Das tut kein Telepath. Wenn du mir allerdings deine Gedanken so deutlich entgegenschleuderst ...« Er zuckte die Schultern. »Ich habe noch nie einen Terraner kennen gelernt, der dem Rapport so offen ist.«

»Nein, es beunruhigt mich nicht«, wehrte Larry ab. Zu seiner eigenen Überraschung war das die Wahrheit. Er erkannte, dass ihm die Vorstellung durchaus nicht unangenehm war. »Wenn mehr Terraner und Darkovaner gegenseitig ihre Gedanken lesen könnten, würden sie sich vielleicht besser verstehen und sich nicht voreinander fürchten, so wie Ihr und ich es ja auch nicht tun.«

Valdir lächelte ihm freundlich zu und stand auf. »Es ist Zeit. dass wir uns wieder auf den Weg machen.« Sehr leise setzte er hinzu: »Aber täusche dich nicht, Larry. Wir fürchten uns vor dir. Du weißt selbst nicht, wie gefährlich du sein kannst.«

Er schritt schnell davon. Larry sah ihm nach und fragte sich, ob er richtig gehört hatte.

Die Straße ins Tal war steil und gewunden, und eine Weile hatte Larry genug damit zu tun, sich nur im Sattel zu halten. Doch bald wurde die Straße breiter und damit einfacher, und ihm wurde klar, dass er wieder den Rauch von der niedergebrannten Station gerochen hatte. Hatte sich der Wind gedreht? Er hob den Kopf und ließ das Pferd in langsamen Trab verfallen. Fast im gleichen Augenblick hob der vorausreitende Valdir den Arm hoch, blieb stehen, drehte den Kopf in den Wind und schnüffelte mit geblähten Nasenlöchern.

Er sagte gepresst: »Feuer.«

»Wieder eine Station?«, fragte einer der Darkovaner.

Valdir, der den Kopf von einer Seite zur anderen bewegte – fast, dachte Larry, als erwartete er, das Geräusch der Flammen zu hören –, erstarrte plötzlich und verharrte so bewegungslos wie eine Statue. Gleichzeitig hörte Larry den Klang einer Glocke: einen tiefen, vollen Glockenklang, der durch das Tal hallte. Er erschallte wieder und wieder und wob ein seltsames Klangmuster. Während die kleine Gruppe der Reiter bewegungslos verharrte und aufmerksam lauschte, fiel eine weitere Glocke, weiter entfernt und leiser, aber dennoch erkennbar mit demselben langsamen Rhythmus in den Klang ein, und wenige Minuten später erklang, wiederum weiter entfernt, eine dritte Glocke, die dem Chor einen tiefen Ton hinzufügte.

Valdir sagte barsch: »Das ist die Feuerglocke! Kennard – deine Ohren sind besser als meine –, welches Läuten ist es?«

Kennard lauschte angestrengt, wobei er sich in seinem Sattel versteifte. Er klopfte den Rhythmus kurz mit den Fingern nach. »Das ist das Läuten von Aderis.«

»Dann kommt«, stieß Valdir hervor. Eine Minute später galoppierten sie alle in höchster Eile den Hang hinunter; der verblüffte Larry riss sein Tier herum und folgte ihnen so schnell er konnte. Er hielt sich mit Mühe im Sattel, da er nicht alleine zurückgelassen werden wollte, und fragte sich, was das alles zu bedeuten hatte.

Als sie über den Kamm eines kleinen Hügels kamen, konnte er die immer noch läutende Glocke hören, lauter und eindringlicher, und dann sah er auch, eingebettet in das dahinterliegende Tal, eine kleine Anhäufung von Dächern – das Dorf Aderis. Männer, Frauen und Kinder drängten sich auf den Straßen; als sie vom Hang hinab und auf den Straßen des Dorfes ritten, wurden sie von einer Gruppe von Männern umringt, die verstummten, als sie Valdir Alton sahen.

Valdir glitt aus dem Sattel, winkte seine Gruppe näher zu sich heran, Larry schloss zu ihnen auf. Er stand neben Kennard. »Was ist hier los?«

»Waldbrand«, sagte Kennard, brachte ihn mit einer Geste zum Schweigen und deutete zu den Hügeln jenseits des Tals. Larry, der den Kopf hob, um dorthin zu schauen, wohin der Mann deutete, konnte lediglich einen dichten, dunkler werdenden Dunstschleier sehen, der eine Wolke sein konnte – oder Rauch.

Die Menge auf der Dorfstraße wurde immer größer, und das Läuten der großen Glocke hörte nicht auf.

Kennard, der sich an Larry wandte, erklärte rasch: »Wenn in den Hügeln Feuer ausbricht, läuten sie in dem Dorf die Glocke, wo man es zuerst gesehen hat, und jedes Dorf in Hörweite gesellt sich dazu. Noch vor heute Abend wird jeder Mann, der dazu im Stande ist, hier sein. Das ist das Gesetz. Es ist fast das einzige Gesetz, das wir hier haben, das über die Grenzen des Anwesens hinaus Gültigkeit besitzt.«

Larry sah den Grund dafür ein; selbst in einer Gesellschaft, die unpersönliche Gesetze verabscheute, mussten die Menschen zusammenhalten, um den einen großen und unpersönlichen Gegner des Feuers zu bekämpfen. Valdir drehte den Kopf, sah die beiden Jungen neben ihren Pferden stehen und kam rasch auf sie zu. Er sah wieder gequält und abwesend aus, und Larry erkannte, weshalb sich manche Männer vor dem Lord von Alton fürchteten, wenn er so aussah.

»Vardi wird die Pferde nehmen, Kennard. Sie werden uns zu den Südhängen schicken; sie brauchen dort Löschkolonnen. Larry ...« Er runzelte die Stirn und schüttelte den Kopf. Schließlich sagte er: »Ich bin verantwortlich für deine Sicherheit. Das Feuer könnte sich diesen Hang herab ausbreiten, daher werden die Frauen und Kinder ins nächste Dorf evakuiert. Geh mit ihnen; ich werde dir eine Nachricht für jemanden mitgeben, bei dem du Gast sein kannst, bis der Notstand vorüber ist.«

Kennard sah erstaunt auf, und Larry konnte beinahe seine Gedanken lesen; der Blick in Kennards Augen war zu viel für ihn. Sollte er, der Fremde, mit den Frauen, den Gebrechlichen und den kleinen Kindern in Sicherheit gebracht werden?

»Lord Alton, ich kann nicht ...«

»Ich habe keine Zeit zu streiten«, sagte der Darkovaner, dessen Augen Blitze schleuderten. »Dort wirst du hinreichend sicher sein.«

Larry verspürte eine plötzliche, grell auflodernde Wut, gleich etwas Körperlichem. *Verdammt! Ich werde mich nicht mit den Frauen wegschicken lassen! Wofür halten sie mich?* Valdir Alton wandte sich ab; er blieb so unvermittelt stehen, dass Larry sich einen Augenblick fragte, ob er seinen Protest laut ausgesprochen hatte.

Valdirs Stimme klang barsch. »Was ist denn, Larry? Rasch. Ich habe Pflichten zu erfüllen.«

»Kann ich nicht mit den Männern gehen, Sir? Ich ...« Larry suchte nach Worten und versuchte einige der zornigen Gedanken auszudrücken, die seinen Verstand überflutet hatten.

Als wollte er seine Gedanken wiederholen, sagte Valdir:

»Wenn du einer von uns wärst – aber deine Leute werden mich verantwortlich machen, wenn dir etwas passiert ...«

Larry, der rasch mitbekam, was Valdir gemeint hatte, als er vom Kodex der Darkovaner sprach, gab zurück: »Aber Sie haben es mit mir zu tun – nicht mit meinen Leuten!«

Valdir lächelte humorlos. »Wenn du unbedingt willst. Es ist harte, schwere Arbeit«, sagte er warnend, aber Larry antwortete nicht, und Valdir machte eine Handbewegung. »Dann geh mit Kennard. Er wird dir zeigen, was du zu tun hast.«

Während er sich beeilte, um zu Kennard zu gelangen, wurde Larry klar, dass er damit eine weitere Brücke überquert hatte. Er konnte von den Darkovanern gemäß ihren eigenen Werten akzeptiert werden, als Mann – wie Kennard – und nicht als Kind, das man beschützen musste.

Nach einem verwirrten Zwischenspiel fand er sich inmitten einer Gruppe von Reitern wieder, die von Valdir angeführt wurde. Kennard befand sich an seiner Seite, ein halbes Dutzend Darkovaner umringten ihn, sie ritten alle gemeinsam auf den tief hängenden Dunst zu. Während sie ritten, wurde der Rauchgeruch stärker, die Luft war schwer und von seltsamen Gerüchen erfüllt; Staubwolken hingen am Himmel, während ihnen der Ruß schwarze Flecken auf die Gesichter legte und in den Augen brannte. Sein Pferd wurde unruhig, es bockte und wieherte ängstlich, je dichter der Rauch wurde. Schließlich mussten sie absteigen und die Pferde am Zügel führen.

Und doch war das Feuer bislang lediglich eine Rauchfahne vor dem Himmel gewesen, ein beißender, stechender Geruch; aber als sie zwischen die beiden Hügel kamen, die ihnen den Blick auf die Waldhänge versperrten, konnte Larry ein scharlachrotes Glühen sehen und in der Ferne ein seltsam dumpfes Geräusch hören. Plötzlich schoss ein kleines kaninchenartiges Tier vorbei und geriet während seiner panischen Flucht fast unter die Hufe der Pferde.

Valdir deutete mit dem Finger. Er bog an einer hohen Hecke scharf ab und kam auf eine ausgedehnte Wiese, deren graues, hohes Gras niedergetrampelt war. Eine große Zahl von Männern und Jungen waren versammelt; sie hielten sich etwa in der Mitte auf, an einem Rand stand ein Zelt. Nach einer Weile erst bemerkte Larry, dass die scheinbar konfusen Gruppen geordnet und fleißig bei der Arbeit waren. Ein älterer, hinkender und schwankender Mann kam herbei, um ihre Pferde wegzuführen; Larry vertraute ihm sein Reittier an und eilte hinter Kennard her zum Zentrum der Wiese.

Ein Junge etwa in seinem Alter, in ein grobes Sacktuchhemd und Lederhosen gekleidet, winkte ihnen. Er nickte Kennard erkennend zu, sah stirnrunzelnd zu Larry und fragte: »Kannst du mit einer Axt umgehen?«

»Ich fürchte nicht«, sagte Larry.

Der darkovanische Junge lauschte einen Augenblick seinem Akzent nach, tat ihn dann aber achselzuckend ab. »Dann nimm das«, sagte er und reichte Larry etwas von einem Werkzeugstapel, das wie ein langzähniger scharfer Rechen aussah. Er winkte ihn weiter. Als er zum anderen Ende der Wiese sah, konnte Larry den Waldrand erkennen. Er sah grün und friedlich aus, aber über den Baumwipfeln, weit entfernt, sah er das rote Lodern der Flammen.

Kennard berührte sanft seinen Arm. »Komm«, sagte er und bedachte Larry mit einem spröden Lächeln. »Kann kein Zweifel daran bestehen, welchen Weg wir einschlagen, das jedenfalls ist sicher.«

Larry nahm den Rechen auf die Schulter und gesellte sich zu der Gruppe von Männern und Jungen, die dem fernen Leuchten zustrebten.

Ein- oder zweimal während des langen, konfusen Nachmittags hatte er sich überlegt, warum er sich in diese Sache hineinmanövriert hatte, doch der Gedanke verschwand schnell wieder. Er war nur einer in einer langen Reihe von Männern und Jungen, die mit Rechen und Schaufeln und Spaten und anderen Werkzeugen ausgeschwärmt waren, um eine Feuerschneise zwischen das in der Ferne brennende Feuer und das Dorf zu schlagen. So einfach und banal das sein mochte – es war die älteste bekannte Technik, mit Waldbränden fertig zu werden, indem man einen breiten freien Raum schuf, wo es nichts gab, das brennen konnte. Mit Rechen, Spitzhacken, Schaufeln und Spaten entfernten sie trockenes Gestrüpp und Piniennadeln, legten die Erde frei, beseitigten trockenes Gras und schufen einen Streifen nackter Erde. Männer mit Äxten fällten die Bäume in diesem Streifen; halbwüchsige Jungen schleppten die gefällten Bäume und das Gestrüpp fort, während hinter ihnen der Trupp folgte, der den Boden endgültig säuberte. Larry hatte rasch Muskelkater, und seine Handflächen schmerzten vom Stiel des Rechens, aber er arbeitete weiter, eine anonyme Einheit unter dutzenden Männern, die ausgeschwärmt waren. Wenn eine Stelle gesäubert war, zogen sie weiter zur nächsten. Jüngere Knaben brachten Eimer voll Wasser herbei, Larry trank, als er an der Reihe war. Er ließ den Rechen sinken und senkte die Lippen an den Rand des Eimers. Als es so dunkel war, dass man nichts mehr sehen konnte, wurden er und Kennard aus der Linie abberufen, ihre Plätze wurden von neuen Leuten eingenommen, die im Licht von Fackeln arbeiteten, und sie stolperten erschöpft den Hang hinab zum Lager, stellten sich für eine Portion Eintopf an, der von den alten Männern verteilt wurde, die das Lager hüteten, dann wickelten sie sich in Decken ein und legten sich im Freien auf dem Boden zum Schlafen nieder, umgeben von jungen und alten Männern in buntem Durcheinander.

Larry erwachte noch vor der Dämmerung, Kehle und Lungen voll Rauch. Er richtete sich auf. Das Brüllen des Feuers klang in seinen Ohren geheimnisvoll und bedrohlich; Männer waren immer noch in der Mitte des Lagers versammelt. Er erkannte die hoch gewachsene Gestalt von Valdir Alton, hörte das Rufen aufgeregter Stimmen. Er strampelte sich von der Decke frei und stand auf, dann stellte er fest, dass sich auch Kennard neben ihm erhob. Kennard war nur ein schattenhafter Umriss in der Dunkelheit. »Dort drüben ist etwas los. Gehen wir hinüber.«

Die beiden Jungen schritten vorsichtig durch die Reihen der schlafenden Männer. Als sie der erleuchteten Feuerstelle näher kamen, erblickten sie im Licht ihres Widerscheins einen großen Mann in einem dunkelgrauen Mantel, mit dunkelrotem, von grauen Strähnen durchzogenem Haar, und Larry erkannte das ernste und asketische Gesicht von Lorill Hastur; an seiner Seite, in einen engen Umhang gehüllt, mit einer Flut flammenden, feuerroten Haares, stand eine schlanke und zierliche Frau.

Kennard pfiff leise. »Eine *Leronis,* eine Zauberin – und der Lord Hastur! Das Feuer muss schlimmer sein, als wir dachten!« Er zupfte an Larrys Ärmel. »Komm mit, das möchte ich hören.«

Leise schlichen sie zum Rand der kleinen Gruppe. Valdir Alton hatte eine Decke auf dem niedergetrampelten Gras ausgebreitet, auf der die Frau Platz nahm und wie hypnotisiert zu dem fernen Feuer hinübersah.

»Das Feuer hat die Linien am Nordhang durchbrochen«, sagte Valdir. »Sie waren zu dicht bei den Flammen und mussten sich zurückziehen. Wir haben Esel hergeschafft, die Gräben pflügen mussten, um schneller voranzukommen, aber es arbeiten nicht genügend Leute dort. Wir hatten nur einen Hellseher, und der konnte nicht allzu deutlich erkennen, wohin sich das Feuer ausbreiten würde.«

Lorill Hastur sagte mit seiner tiefen Stimme: »Wir kamen so schnell wir konnten. Aber vor Sonnenaufgang können wir nicht viel tun.« Er wandte sich an die Frau. »Wo sind die Wolken, Janine?«

Ohne den starren Blick vom Himmel abzuwenden, sagte die Frau: »Zu weit entfernt. Und nicht genug. Wirklich. Sieben *Vars* entfernt.«

»Wir werden es dennoch versuchen müssen«, sagte Valdir. »Andernfalls wird es den Hügel im Westen überwinden und alles niederbrennen bis ... Zandrus Hölle, es könnte bis zum Fluss hinunter brennen! Wir können es uns nicht leisten, so viel Land zu verlieren.«

Larry vernahm die Worte mit einem seltsamen Prickeln von Grauen. Er dachte schmerzlich an seine eigene Welt.

Mit Traktoren und Planierraupen könnten sie sechs Meter breite Feuerschneisen innerhalb weniger Stunden ausheben! Mit Chemikalien könnten sie das Feuer aus der Luft löschen und innerhalb weniger Stunden unter Kontrolle bringen! Hier hatten sie nicht einmal Flugzeuge oder Helikopter, um zu verfolgen, in welche Richtung sich das Feuer ausbreitete!

Kennard sah ihn ein wenig verdrossen an, und wieder wunderte sich Larry, ob er seine Gedanken laut ausgesprochen hatte, aber der darkovanische Junge sagte nichts. Die Dunkelheit wurde lichter, am rußverhangenen Himmel begann dunkelrot die Dämmerung zu leuchten.

»Was werden sie tun?«, fragte Larry.

Kennard antwortete nicht.

Die Frau gestikulierte zu Lorill Hastur, er setzte sich mit überkreuzten Beinen auf die Decke. Valdir Alton stand hinter ihnen, sein Gesicht war ausdruckslos, entschlossen und ruhig.

Die Frau hielt etwas in der Hand. Es war ein blaues Juwel, das in der purpurnen Dämmerung blass funkelte, und Larry dachte plötzlich an das blaue Juwel, das Valdir in der Hand gehalten hatte, als er den Verstand des sterbenden Waldhüters durchsuchte. Ein eigentümlich erwartungsvolles Kribbeln lief ihm über den Rücken, und er erschauderte in dem kalten, rußgeschwängerten Wind.

Die drei Gestalten waren bewegungslos, konzentriert und starr wie geschnitzte Statuen. Kennard packte Larry am Arm, und Larry spürte die angespannte Aufregung seines Freundes, er wollte tausend Fragen stellen, doch die Entschlossenheit der drei rothaarigen Gestalten ließ ihn sprachlos verharren. Er wartete.

Die Minuten schleppten sich langsam dahin, und das blaue Juwel funkelte in der Hand der Frau. Larry konnte die Spannung fast sehen, die sich zwischen den dreien aufbaute. Die bleiche Dämmerung wurde heller, und weit entfernt am östlichen Horizont gesellte sich ein scharlachrotes Glühen zu dem leuchtenden Rot des Feuers. Das Licht wurde heller am blassen, klaren Himmel.

Dann seufzte die Frau leise, und Larry verspürte das als greifbare Kälte. Kennard ergriff seinen Arm und deutete nach oben. Wolken sammelten sich am Himmel – immer dichter bewegten sie sich am blassen, windstillen Himmel, ballten sich aus dem Nichts zusammen. Schwere, hoch aufgetürmte Kumuluswolken, dünne, ätherische und schnelle Zirruswölkchen ..., alle rasten vom Horizont herbei ... vom ganzen Horizont! Sie bewegten sich nicht mit dem normalen Wind, sondern kamen aus allen Himmelsrichtungen, die Wolken sammelten sich und wurden dunkler, türmten sich höher und höher über ihnen auf. Die Sonne verschwand, Düsternis senkte sich über die Wiese, und Larry fröstelte es in der plötzlichen Kälte – aber das lag weniger an der Kälte selbst. Er stieß den Atem mit einem langen Seufzer aus.

Kennard löste die verkrampfte Faust. Er sah zum Himmel empor. »Wolken genug«, murmelte er. »Wenn sie nur regnen würden! Aber ohne Wind werden die Wolken einfach hier verharren ...«

Larry nahm die gemurmelten Worte als Freibrief, das Schweigen zu brechen. Fragen drängten sich ihm unzählige auf, und sie alle vereinigten sich zu einem undeutlich gestammelten: »Wie haben sie das gemacht? Haben *sie* die Wolken herbeigerufen?«

Kennard nickte, ohne es sichtlich ernst zu nehmen. »Natürlich. Da ist doch nichts dabei. Ich kann das selbst auch ein wenig. An günstigen Tagen. Und sie sind *Comyn* – die mächtigsten Psi-Talente auf Darkover.«

Larry spürte Kälte mit Eisesfüßen seinen Rücken hinauf- und hinabspazieren. Telepathie – und nun bewegten sich auch noch die Wolken unter dem Willen ausgebildeter Menschen!

Seine terranische Ausbildung sagte: *Unmöglich, abergläubischer Unsinn! Sie haben beobachtet, in welcher Richtung sich die Wolken bewegten, und haben ihrem Ruf ein wenig Vorschub geleistet, indem sie vorhersagten, dass sich diese Wolken zum Regnen zusammenballen würden.* Aber noch während er das dachte, wusste er, dass es nicht stimmte. Er befand sich nicht mehr in der sicheren und vorhersehbaren Welt der terranischen Wissenschaft, sondern in einer seltsamen und fremden Welt, wo solche Kräfte normaler waren als eine Kamera.

»Was jetzt?«, fragte er, und wie zur Antwort sagte Valdir im Kreis: »Nun beten wir für Regen. Möge es uns Gutes bringen.«

Dann hob er den Kopf, sah die Jungen und winkte ihnen zu.

»Frühstück«, sagte er. »Sobald es etwas heller ist, werden sie euch wieder zur Feuerschneise schicken. Wenn es nicht regnet.«

»Evanda gewähre es«, sagte die Frau heiser.

Lorill Hastur hob das ernste Gesicht und bedachte Kennard mit einem begrüßenden Lächeln, das gleichgültig wurde, als er Larry sah. Larry wurde sich unter dem Blick des Mannes plötzlich bewusst, dass er ein rußverschmiertes Gesicht, Hände voller Wasserblasen hatte und schmutzige und zerrissene Kleidung trug. Dann wurde ihm klar, dass Valdir Alton in keinem besseren Zustand war. Gestern schon war ihm am Rande aufgefallen, dass die Männer entlang der Feuerlinie den unterschiedlichsten Schichten entstammen mussten: Manche hatten weiche Hände und die teure Kleidung von Aristokraten, manche trugen die Lumpen der Ärmsten der Armen. Offensichtlich spielte der Status keine Rolle; Reich und Arm arbeiteten gemeinsam gegen den gemeinsamen Feind. Von allen wiesen lediglich die beiden Telepathen keine Spuren harter körperlicher Arbeit auf.

Dann sah er den grauen Blick der Erschöpfung in den Augen der Frau, die tiefen Furchen in Hasturs Gesicht. *Vielleicht war ihre Arbeit die schwerste von allen ...*

Kennard stieß ihn an, und er nahm von einem der älteren Männer ein großes Stück Brot und eine Tasse mit einem bitteren Schokoladengetränk. Sie fanden eine nicht niedergetrampelte Stelle im Gras und setzten sich, den Blick dem fernen Feuer zugewandt.

Kennard sagte grimmig: »Sie können die Wolken herbeirufen, aber zum Regnen bringen können sie sie nicht. Aber manchmal bringt allein die Masse der angehäuften Wolken sie zum Regnen. Hoffen wir das Beste.«

»Wenn ihr Flugzeuge hättet ...«, sagte Larry.

»Wozu?«

»Auf Terra können sie Regen machen«, sagte Larry, der sich langsam an die halb gelernten Lektionen seiner Schulzeit erinnerte. »Sie behandeln die Wolken mit Chemikalien ... Kristallen ... Silberjodid«, er benutzte das terranische Wort, da ihm das darkovanische nicht einfiel, »selbst Trockeneis genügt. Ich weiß nicht, wie es funktioniert, aber es bringt die Wolken dazu, sich auszuregnen ...«

»Wie kann Eis denn trocken sein?«, wollte Kennard in fast

unhöflichem Tonfall wissen. »Klingt unsinnig. Als würde man von trockenem Wasser oder einem lebenden Toten reden.«

»Es ist kein echtes Eis«, verbesserte Larry sich. »Es ist ein Gas – gefrorenes Gas. Kohlendioxid – das Gas, das du ausatmest. Es kristallisiert zu etwas wie Schnee, aber es ist viel kälter als Eis oder Schnee – und es brennt, wenn man es berührt.«

»Du machst keine Witze?«

»Ich hoffe nicht«, sagte Valdir unvermittelt hinter ihnen. »Kennard, was hat Larry gerade zu dir gesagt? Ich habe es aufgeschnappt, aber ich kann ihn nicht lesen ...«

Wieder mit diesem seltsam kribbelnden Gefühl erkannte Larry, dass der darkovanische Lord außer Hörweite gewesen war. Valdir sah mit fast stechender Eindringlichkeit auf ihn herab. Er sagte: »Regen machen? Das hört sich an, als besäßen die Terraner eine größere Magie als unsere. Erzähl mir von diesem Regenmachen, Larry.«

Larry wiederholte alles, was er Kennard erzählt hatte, und der ältere Mann stand nachdenklich und mit finsterer Miene dabei. Ohne ein Wort waren Lorill Hastur und die Frau zu ihnen getreten und hörten ebenfalls zu.

Lorill Hastur sagte: »Was ist daran, Valdir? Sie kennen die atomare Struktur. Ist es praktikabel?«

Die Männer, die auf der Wiese geschlafen hatten, suchten ihre Werkzeuge zusammen, bildeten Gruppen und holten die Befehle für die Tagesarbeit ab. Larry sah zum Waldrand. Wie grün er aussah. Und doch erhob sich darüber die Rauchsäule und das allgegenwärtige Brüllen des Feuers. Auch Valdir drehte sich um und sah zu der Wolke, die über dem brennenden Wald hing.

Dann sagte er: »Feuer gibt dasselbe Gas ab wie das Atmen. Dort muss eine gewaltige Menge Kohlendioxid in die Luft entweichen.«

»Wir können es in die Kälte des äußeren Himmels bewegen«, sagte Lorill Hastur. »Das wäre kein Problem. Und von dort fällt es auf die Wolken ...«

»Wir dürfen keine Zeit verlieren«, sagte die Frau. Ihre Augen waren geschlossen, ihre Stimme klang weit entfernt, als sie hinzufügte: »Ein Feuersturm ist an der gegenüberliegenden Seite des Waldes ausgebrochen, und die Feuerwalze rast auf die dortigen Dörfer zu. Die Feuerschneisen können sie niemals aufhalten. Regen ist die einzige Hoffnung. In diesen Wolken ist genügend Feuchtigkeit, das Feuer zu löschen – wenn wir sie nur aus ihnen herausbringen könnten.«

»Wir können es versuchen«, sagte Valdir. Die drei verfielen wieder in ihr eindringliches Schweigen, die Luft zwischen ihnen selbst schien unter dem Ansturm der freigesetzten Kräfte zu flimmern.

Larry sah zu Kennard. »Weißt du, was sie vorhaben? Wie können sie ...?«

»Sie können das Gas über die Wolken teleportieren«, sagte Kennard. »Wenn die Kälte dort es einfrieren kann ...«

Larry hatte sich mittlerweile ein wenig an diese seltsamen Kräfte gewöhnt. Wenn Telepathie möglich war, war es zur Teleportation nur ein kleiner Schritt ...

»Wenn sie teleportieren können, warum teleportieren sie dann nicht einfach genügend Wasser aus einem Fluss herbei, um das Feuer zu löschen?«

»Zu viel Gewicht«, sagte Kennard ernst. »Selbst die Wolken – sie haben nicht die Wolken selbst bewegt, nur genügend Luft, um einen Wind zu erschaffen, der sie hierher weht.«

Er verstummte, den Blick auf seinen Vater gerichtet, und als Larry sprechen wollte, brachte er ihn mit einer ungeduldigen Geste zum Schweigen.

Schweigen senkte sich über die Wiese im Licht der Dämmerung; abgesehen vom fernen Donnern des Feuers war kein Laut zu hören. Der bewölkte Himmel schien dunkler zu werden, finster und Furcht einflößend. Larry betrachtete eine Gruppe von Männern, die sich der Feuerschneise näherten; er und Kennard hätten dabei sein sollen. Und sie standen hier und betrachteten drei Telepathen ...

Unvermittelt erklang ein gewaltiges RRRUMMMM vom fernen Feuer; Larry wirbelte herum und sah eine gewaltige Säule aus Rauch und Flammen emporschießen; er schien das wilde brüllende Geräusch mehr zu spüren als zu hören. Dann wieder Stille, gedämpft, angespannt, nervös.

Über ihren Köpfen bewegten sich die Wolken, wirbelten, schienen sich zu bedrohlichen Gestalten zu formen, zu Drachen der Feuchtigkeit; sie verdichteten sich, ballten sich zusammen, der Himmel wurde dunkler und dunkler, während das Grau der Wolken an Intensität zunahm.

Dann lösten sich Himmel und Wolkenschicht – ein anderes Wort fiel Larry dafür nicht ein – und zerflossen in dunkle, kräftige Ströme gießenden Regens. Der brennende Wald zischte, knisterte in einer Art von Verzweiflung. Gewaltige Wolken aus Rauch, Ruß und Dampf stiegen auf, ein tosender Wind wirbelte große Funken in die Höhe. Innerhalb eines Augenblicks war Larry völlig durchnässt, bevor sich der Regen lokalisierte und sich schwer über den Wald ergoss, die Wiese aber ungeschoren ließ, abgesehen von gelegentlichen winzigen Schauern. Die über den Baumwipfeln sichtbaren Flammen sanken in sich zusammen und starben im Aufwallen von Rauch und Dampf. Das Zischen wurde lauter, brüllte, dann verschwand es völlig. Der Regen hörte auf.

Durchnässt und zitternd sah Larry verwundert zu Valdir und den drei grau gekleideten Telepathen. Sie hatten die Wolken herbeigeholt, sie hatten die Macht des Regens selbst herbeibeschworen, um das Feuer zu bekämpfen!

Valdir winkte den beiden Jungen. Sie gingen über das feuchte Gras, Larry immer noch ein wenig benommen. Er hatte mit der terranischen Wissenschaft geprahlt, aber konnte sie sich mit *dem* messen?

»Wenigstens das wäre überstanden«, sagte Valdir in einem Tonfall echter Erleichterung. »Larry, ich möchte dir danken. Wenn du uns nicht gesagt hättest, was wir tun sollen, hätte es keiner von uns gewusst. Ich weiß kaum, wie ich dir danken soll.«

Es war verwirrender denn je. Diese Männer verfügten über Kräfte, von denen sich die Wissenschaft nichts träumen lassen konnte – und doch wussten sie über so einfache Dinge, wie Wolken zum Regnen bringen, nicht Bescheid. Weil er nicht sprechen konnte, ohne diese Mischung aus Ehrfurcht und Verwunderung über ihre Unwissenheit auszudrücken, sagte Larry gar nichts. Valdir wandte sich an Lorill Hastur und sagte: »Nun seht ihr vielleicht meinen Standpunkt ein. Ohne ihr Wissen ...«

Aber bevor er sprechen konnte, erklang wildes Glockenläuten aus dem unten gelegenen Dorf. Valdir erstarrte, die beiden Telepathen warfen einander Blicke zu. Aus weiter Ferne gaben weitere Glocken Alarm, nun nicht im bekannten Muster des Feueralarms, sondern mit einem wahllosen, aufgeschreckten Läuten der Panik. Die Männer im Lager und die Männer, die vom erloschenen Feuer zurückkamen, ließen Werkzeuge und Äxte fallen und sahen verblüfft auf. Das Murmeln von Verwunderung und Angst schwoll an.

Valdir fluchte wütend. »Wir hätten es wissen müssen ...«

Kennard sah ihn fassungslos an. »Was ist denn, Vater?«

Valdirs Mund zuckte verbittert. »Ein Trick – das Feuer wurde offensichtlich gelegt, um uns von den Dörfern wegzulocken, damit die Banditen ungestört angreifen können – und sich ihnen keiner entgegenstellt, abgesehen von Frauen, alten Männern und kleinen Kindern!«

Das Feuerlager, bislang so ordentlich, war plötzlich ein

Wirrwarr wuselnden Chaos, als die Männer sich zu Gruppen zusammenfanden, rastlos einherirrten, schließlich zu den Pferden eilten und losstürmten; innerhalb weniger Minuten war die dicht gedrängte Wiese fast verlassen, Männer verschwanden stumm in alle Richtungen. Valdir sah ihnen mit verkniffenen Lippen nach.

»Vielleicht erleben die Plünderer eine Überraschung«, sagte er schließlich. »Sie hätten niemals gedacht, dass wir ein so großes Feuer so schnell löschen können. Dennoch ...« – er sah grimmig und wütend aus – »... hätte ich keine Chance. Sag mir, Larry, wie würde sich dein Volk eines solchen Angriffs erwehren?«

»Ich nehme an, wir würden alle zusammenstehen und uns wehren«, sagte Larry, und Valdirs Mund bewegte sich zu einem kurzen, humorlosen Auflachen.

»Richtig. Aber sie werden nicht begreifen, dass dies so dringend wie das Feuer ist ...« Er verstummte mit einer ungehaltenen Geste. »Zandru hole sie alle! Kennard, wohin haben sie unsere Pferde gebracht?«

Fünfzehn Minuten später ritten sie vom Dorf fort, Valdir immer noch wütend und stumm. Kennard und Larry wagten nicht, ihn in seinem Zorn anzusprechen. Larry bemühte sich immer noch, seines Erstaunens Herr zu werden. Die Kräfte, über die diese Darkovaner verfügten – und die ziellose, unsystematische Weise, wie sie sie anwendeten!

Er begann eine Theorie zu formulieren, warum Valdir ihn auf sein Anwesen eingeladen hatte. Valdir hatte eindeutig Sinn für den Wert von Eigenschaften, die der darkovanischen Lebensweise fremd waren, etwas, das die Terraner hatten. Larry wusste kaum, wie er es beschreiben sollte. Genau das, worüber sich Valdir lustig gemacht hatte, als er sagte: »Ihr Terraner könnt nicht selbst mit euren persönlichen Problemen fertig werden – ihr müsst andere darum bitten.« Vielleicht konnte man es Gemeinschaftsgeist oder die Fähigkeit, gemeinsam in Gruppen zu arbeiten, nennen. Sie wussten nicht, wie man etwas organisierte; selbst bei der Brandbekämpfung hatte es keinen einzelnen Führer gegeben, sondern jede Gruppe hatte für sich gearbeitet. Nicht einmal jetzt konnten sie sich gemeinsam der Bedrohung durch die Banditen stellen. Und Valdir, der die Geschichte des Scheiterns hinter diesen verstreuten Bemühungen sehen konnte, hatte gehofft, diese alte Denkweise durchbrechen zu können. Aber sie hatten ihm keine Chance gelassen.

Die anderen Darkovaner, die ursprünglich zu der dreitägigen Jagd gehört hatten – wie lange das nun schon her zu sein schien! –, ritten mehrere Schritt hinter ihnen, da sie die Konzentration ihres Herrn nicht stören wollten. Für Larry waren Valdirs Gefühle so klar, als hätte er selbst sie empfunden. Auch Kennard, der schweigend an Larrys Seite ritt, grübelte darüber nach – über die Kluft zwischen dem alten Kodex und den Bemühungen seines Vaters um Veränderung. Für Larry schien es fast, als würde Kennard seine Gedanken laut aussprechen – sein Vater konnte sich nicht irren, und doch, wie hatte er zu diesen Überzeugungen gelangen können?

Als sie die Reichweite des Feuers hinter sich gelassen hatten, war keine Spur mehr von Wolken oder dem kurzen Regenfall zu erkennen; lediglich die hoch hängende Wolke aus Ruß und Rauch über dem Wald verriet noch, wo das Feuer gewütet hatte. Und selbst die war zu dem Zeitpunkt, als sie Rast machten, hinter den Hügeln verschwunden. An einer Gabelung der Straße, am Fuß eines dicht bewachsenen Hangs, gönnten sie den Pferden eine Verschnaufpause und aßen von den Lebensmitteln in ihren Satteltaschen.

»Es wird schön, wieder zu Hause zu sein«, meinte Kennard träge.

Larry nickte. Er hatte immer noch Schmerzen von der ungewohnten Arbeit an der Feuerschneise, seine Hände waren voller Blasen.

»Meine auch«, sagte Kennard und zeigte mit kläglicher Miene seine Hände. »Obwohl man meinen sollte, dass sie mittlerweile abgehärtet genug sind. Der Waffenmeister der Stadtwache hätte wenig Mitleid mit mir. Er würde sagen, dass ich den Unterricht im Schwertkampf zu oft geschwänzt habe.«

Larry griff in die Satteltasche nach dem kleinen Erste-Hilfe-Kästchen, das er mitgebracht hatte. Es war mit dem Emblem des medizinischen Hauptquartiers geschmückt, und Kennard betrachtete es argwöhnisch, während Larry es öffnete und zwischen den Tuben und Fläschchen herumwühlte.

»Hier. Versuch das für deine Blasen«, schlug er vor und begann den Puder auch auf seine Wunden aufzutragen. Kennard folgte seinem Beispiel und roch argwöhnisch an dem Antiseptikum.

»Darf ich mal sehen?« Kennard untersuchte die Flaschen und Tuben mit großer Neugier. »Dein Volk macht wirklich die seltsamsten Sachen!«

»Ein paar von euren sind ebenso seltsam«, gab Larry zurück. »Die Vorstellung von Telepathie ist mir immer noch unheimlich. Und von Teleportation.«

Kennard zuckte die Achseln. »Das denke ich mir, aber für mich ist das alles ziemlich normal.« Er sah zu seinem Vater. Valdir sah mittlerweile weniger abweisend aus. Er wandte sich um, nickte seinem Sohn zu, suchte in der Tasche seiner Jacke und warf etwas zu Kennard herüber. Kennard fing den kleinen Gegenstand auf – er war in Seide gehüllt und befand sich in einem schützenden Lederbeutel –, der sich als glänzendes blaues Juwel entpuppte.

»Natürlich bin ich nicht so gut darin wie mein Vater, aber dennoch ... Hier, sieh dir das an.«

Zögernd berührte Larry das blaue Juwel. Es fühlte sich etwas warm an. Er zögerte, als er sich daran erinnerte, wie Valdir die Gedanken des sterbenden Waldhüters durchsucht hatte.

»Schon gut«, sagte Kennard beruhigend. »Du glaubst doch nicht, dass ich dir wehtun würde, oder?«

Larry, der sich seiner Angst schämte, sah in das Juwel. In seinen Tiefen schienen sich Pastellfarben zu winden und zu kreisen; plötzlich, als er zu Kennard aufsah, schien eine Barriere zu brechen. Der darkovanische Junge schien näher, leichter zu verstehen. Mit einer unvermittelten, blitzartigen Erkenntnis nahm er Kennards Gedanken wahr, als würde ihm die Essenz von Kennards Wesen enthüllt: Kennards unglaublicher Stolz über seine Herkunft, sein großes Verantwortungsgefühl für seine Arbeit, die Ängste, mit denen er manchmal kämpfte, die Wärme, die er für seinen Vater und seine junge Stiefschwester empfand, sogar – was Larry mit schüchterner Verlegenheit erfüllte – die warme Freundschaft, die Kennard für Larry selbst empfand, die Gefühle am Rande der Ehrfurcht, mit denen er Larrys Reisen im All und seine terranische Herkunft betrachtete ...

Das alles in einem einzigen grellen Blitz, während das Blau des Juwels leuchtete; dann verblasste es, die Barriere sank wieder herab, und Kennard lächelte ihm ein wenig schüchtern zu. Larry kam der Gedanke, dass Kennard nun ebenso viel über ihn wusste wie er über Kennard. Es machte ihm nichts aus – dennoch musste er sich erst mit dem Gedanken vertraut machen!

Nun endlich hatte er eine Probe davon zu spüren bekommen, und er konnte nicht mehr an der Telepathie zweifeln!

Kennard verhüllte das Juwel wieder. Larry, dem auffiel, dass er den Erste-Hilfe-Kasten immer noch in einer Hand hielt, schloss ihn rasch und verstaute ihn wieder.

Er konnte nicht wissen, dass dieser Augenblick der Offenbarung zwischen ihm und seinem Freund ihnen beiden das Leben retten würde ...

6

Sie waren wieder aufgestiegen und eine Stunde geritten, als sie zu einem schmalen Tal zwischen zwei bewaldeten Hängen kamen. Zwischen den Hängen und den dunklen Bäumen lag der Ort im Schatten, denn die Sonne ging unter; Valdir, der vorausritt, verlangsamte sein Pferd und wartete, bis die anderen aufgeholt hatten.

Kennards Blick ruhte fragend auf seinem Vater, und Larry, der neben ihm ritt, konnte seinen Gedanken auf die Weise folgen, die ihm immer noch so seltsam vorkam: *Mir gefällt dieser Ort nicht. Hinter jedem Gestrüpp könnten ein dutzend Banditen lauern. Der perfekte Ort für einen Hinterhalt ... Das wäre mein erster Kampf. Das erste Mal, dass ich mich in echter Gefahr befinde, nicht einfach auf der Straße herumtolle und Unruhestifter nach Hause jage. Ich frage mich, ob Vater weiß, dass ich Angst habe.*

Larrys Haut prickelte mit einer seltsamen Mischung von Aufregung und Furcht. Innerhalb der letzten drei Tage war sein friedliches Leben plötzlich zu einem Mahlstrom von Gewalt und Gefahren explodiert. Das war neu für ihn, aber irgendwie nicht unangenehm.

Sie hatten das kleine Tal halb durchquert, als Larry zwischen den Hufschlägen einen eigentümlichen Laut vernahm, der tief aus den Büschen kam. Er erstarrte in seinem Sattel; der aufmerksame Valdir sah die Bewegung und blickte sich argwöhnisch um. Dann erklang ein barscher und drohender Ruf aus den Büschen, und plötzlich näherten sich ihnen von überall her berittene Männer.

Valdir stieß eine Warnung aus. Im ersten versteinerten Augenblick des Schocks sah Larry die Reiter, große Männer in langen Pelzmänteln, mähnig und bärtig, die mit unglaublicher Geschwindigkeit auf sie zurasten. Es war keine Zeit zu fliehen, keine Zeit zum Nachdenken. Plötzlich befand er sich inmitten der Angreifer und sah, dass die Darkovaner ihre Schwerter gezuckt hatten. Kennard, dessen Gesicht schlohweiß war, hatte den Dolch in der einen Hand, mit der anderen versuchte er verzweifelt, sein Pferd unter Kontrolle zu bringen.

Er hatte kaum einen Augenblick Zeit, das alles in sich aufzunehmen, und er verspürte ein seltsames, aufwallendes Gefühl der Panik angesichts der Tatsache, dass er allein in der Gruppe unbewaffnet war und nichts vom Kämpfen verstand – dann verschmolz alles zu einem Wirrwarr von Pferden, die mit Pferden zusammenstießen, Rufen in einer seltsamen Sprache und dem Scheppern von Stahl auf Stahl.

Larrys Pferd bäumte sich auf und schoss nach vorne. Er griff panisch nach den Zügeln, spürte sie durch die Hände sausen und seine blasenübersäten Hände verbrennen und zuckte unter dem Schmerz zusammen. Dann spürte er, wie er das Gleichgewicht verlor und zu Boden stürzte, die Beine gaben unter ihm nach. Er war so verblüfft, dass er gerade noch Verstand genug hatte, sich unter den ausschlagenden Beinen des Pferdes wegzurollen. Jemand stolperte über seinen zusammengerollten Körper, stürzte kopfüber ins Gras, erhob sich mit einem heiseren Wutschrei und kam einen Augenblick später mit dem Messer zu Larry zurück. Larry rollte sich auf den Rücken, streckte die Beine von sich und trat mit einem Fuß nach dem herabsausenden Messer. In einem Sekundenbruchteil unheimlicher Unwirklichkeit – *Das passiert nicht wirklich, das kann nicht sein!* – sah er das Messer in hohem Bogen davonfliegen und zehn Schritte entfernt zu Boden fallen. Der Mann, aus dem Gleichgewicht gebracht, taumelte rückwärts, erholte sich, sprang nach Larry und packte ihn mit beiden Händen. Larry zog die Ellbogen an, stieß mit aller Macht zu und befreite sich für einen Augenblick. Er mühte sich auf die Knie, aber sein Angreifer war bereits wieder über ihm, und das Gesicht des Mannes – derb, bärtig, mit bösen gelben Augen – kam ihm bedrohlich nahe. Sein Atem stank heiß in Larrys Gesicht; seine Hände suchten nach Larrys Kehle. Larry, der Angst hatte, doch plötzlich auch seltsam ruhig war, dachte: *Er hat kein Messer mehr, und er ist fett und außer Übung.*

Er entspannte sich und ließ sich schlaff nach hinten fallen, wobei er seinen Angreifer mit sich zog, bevor der Mann das Gleichgewicht wiedererlangen konnte. Dann zog Larry die Beine fast konvulsivisch bis zur Brust hoch und trat mit aller Kraft zu. Der Tritt traf den Mann im Magen. Der Bandit stieß einen Schmerzensschrei aus und klappte zusammen, seine Hände griffen zum Bauch.

Larry richtete sich erneut auf die Knie auf, wappnete sich und legte seine ganze Stärke in einen einzigen Schlag, der den Mann auf der Nase traf.

Der Mann kippte wie ein Stein nach hinten weg und blieb liegen.

Als sich Larry aufrichtete und das Gleichgewicht wieder erlangte, einen Augenblick lang das Gefühl genoss, wieder frei zu sein, traf ihn etwas Hartes am Hinterkopf.

Das Klirren der Schwerter und Messer wurde zum Donnern, zu einer Explosion – dann wich es einer tödlichen, unwirklichen Stille. Er spürte, wie er fiel. Aber er merkte nicht mehr, wie er auf dem Boden aufschlug.

Es war dunkel. Er hatte Schmerzen und war verkrampft, sein ganzer Körper war zerschunden, er hatte bohrende Kopfschmerzen. Er versuchte sich zu bewegen, gab einen heiseren Laut von sich und öffnete die Augen.

Er konnte nichts sehen. Für einen Sekundenbruchteil verspürte er Panik, dann kam das Sehvermögen allmählich zurück. Er hatte ein Sacktuch über dem Kopf und konnte nichts erkennen. Er versuchte die Hände zu bewegen und spürte, dass sie mit Stricken an die Seiten gefesselt waren. Der stechende Schmerz hörte nicht auf. Er fühlte sich wie Hufgetrappel an. Er lag auf dem Bauch, in der Mitte gebeugt, und unter den Händen spürte er die haarige Wärme eines Pferdekörpers.

Benommen überlegte er sich, dass er mit verbundenen Augen über den Sattel eines Pferdes gefesselt war. Angesichts dieser Erkenntnis geriet er erneut in Panik und versuchte die Arme zu bewegen, dann spürte er eine scharfe Stahlspitze, die sich durch die Kleidung gegen seine Rippen bohrte.

»Lieg still«, sagte eine barsche Stimme in einem so barbarischen Dialekt, dass Larry kaum die Worte verstehen konnte. »Ich weiß, der Befehl lautete, dich nicht zu töten, aber von ein wenig Aderlass war nicht die Rede. Bleib also liegen!«

Larry fügte sich, aber seine Gedanken wirbelten. Wo war er? Was war passiert? Wo waren Valdir und Kennard? Die Erinnerung an den Kampf kehrte zurück. Sie waren in der Minderzahl gewesen. Waren auch die anderen gefangen genommen worden? Wie lange war er bewusstlos gewesen? Wohin brachten sie ihn? Kalte Furcht packte den Jungen; er war in den Händen darkovanischer Banditen, und er war allein und fern von seinem Volk, auf einer fremden Welt, deren Bewohner Terra feindlich gesinnt waren.

Was würden sie mit ihm machen?

Das Poltern der Hufe schien noch stundenlang anzudauern, bevor es verstummte, sie anhielten und Larry grob zu Boden gezogen wurde.

»Ein guter Preis«, sagte eine Stimme, die denselben barschen und barbarischen Dialekt sprach. »Der wird gutes Benehmen dieser Söhne Zandrus gewährleisten. Kein Geringerer als Altons Erbe – seht ihr die Farben, die er trägt?«

»Ich dachte, Altons Sohn sei älter als dieser«, merkte eine andere Stimme an.

»Er ist klein für sein Alter«, sagte die erste Stimme verächtlich. »Aber er trägt das Zeichen der *Comyn* – flammendrotes Haar. Und noch kein Gewöhnlicher trug solche Kleidung und ritt auf einem der Pferde aus Altons Zucht.«

»Es sei denn, wir kamen von einem Raubzug zurück«, spottete eine Stimme.

Larry wurde kalt vor Angst. War auch Kennard ein Gefangener?

Grobe Hände zogen Larry nach vorne; die Falten des erstickenden Tuchs wurden von seinem Gesicht entfernt, und jemand stieß ihn vorwärts. Es war Dämmerung, und es regnete ein wenig, kleine, feine Tropfen, die ihn frösteln machten. Er blinzelte, wünschte, er könnte die gefesselten Hände zum Kopf bringen, und sah sich um.

Sie standen im Schatten eines uralten, verfallenen Gebäudes, dessen scharfkantige Steine sich rings um sie herum erhoben. Ein eiskalter Wind wehte. Larrys Aufseher schob ihn vorwärts.

Ein gutes Dutzend der Grobiane befand sich im Innenhof der Ruine, aber er sah keine Spur von Valdir, Kennard oder einem ihrer Begleiter.

Vor ihm stand ein großer, kräftiger Mann, der einen beschmutzten karmesinroten Mantel trug, der zerrissen und abgetragen war. Darunter befanden sich eine dunkle Lederweste und Stulpenhandschuhe, deren feine Stickerei ebenfalls abgewetzt und zerrissen war. Die Kapuze des Mantels war zurückgeschlagen, dennoch konnte er das Gesicht des Mannes nicht sehen; eine Maske aus weichem Leder, so geschnitten, dass sie dicht auf Nase und Wangen auflag, verbarg seine Züge mit Ausnahme der schmalen, grausamen Lippen. Er hatte sechs Finger an jeder Hand. Seine Stimme war rau und heiser, aber er sprach den Dialekt der Stadt ohne den barbarischen Akzent der anderen.

»Bist du Kennard Alton-Comyn, Sohn von Valdir?«

Larry sah sich suchend um, aber kein anderer war in der Nähe, und plötzlich ging ihm der Fehler auf, den sie gemacht hatten.

Sie hielten *ihn* für Kennard Alton – sie hatten ihn als Geisel genommen –, und er wagte nicht, sie auf ihren Fehler aufmerksam zu machen! Was würden sie mit einem der feindlichen Terraner anstellen?

Die Worte des Mannes kamen ihm ins Gedächtnis zurück: *Gutes Benehmen gewährleisten ... Altons Erbe!* Das hatte sich angehört, als wollten sie ihn nicht töten – jedenfalls nicht sofort. Aber wie konnte er verhindern, dass sie seine terranische Herkunft erkannten? Was würde Kennard tun?

Der Maskierte wiederholte seine Frage barsch, und Larry atmete langsam und nervös aus. Was würde Kennard tun – oder sagen?

Er dachte an Kennards Arroganz, als sie vor einigen Wochen den Grobianen auf der Straße gegenüberstanden. Er richtete sich zu voller Größe auf und sagte langsam und deutlich, weil er nach den richtigen Worten und angemessenen Formulierungen suchte, was indessen wie Würde wirkte: »Ist es in unserem Land nicht üblich, den Namen des Gastgebers zu nennen, bevor man den eines ... eines Gastes zu wissen verlangt?«

Er wusste, dass es um sein Leben ging. Er hatte die Arroganz der darkovanischen Aristokratie bereits zu spüren begonnen, und er spürte, dass die Verachtung, die sie für diese Banditen empfanden, ebenso groß war wie ihr Hass auf sie. Er legte den Mantel auf den Schultern zurecht – zum Glück hatte er darkovanische Kleidung getragen! – und stand, ohne mit der Wimper zu zucken, vor dem Mann mit der Maske.

»Wie du willst«, sagte der Mann mit geschürzten Lippen. »Doch hoffe nicht auf Höflichkeit, Sohn der *Hali-imyn.* Mich nennt man Cyrillon von den Waldwegen – und du bist Kennard N'Caldir Alton-Comyn.«

Larry sagte: »Wäre es vorteilhaft, es zu leugnen?«

»Kaum.« Larry spürte den stechenden Blick der Augen hinter der Maske auf sich ruhen.

»Was wollt Ihr von mir?«

»Nicht deinen Tod, es sei denn ...« – die grausamen Lippen wurden zusammengepresst – »... du zwingst uns dazu. Du bist eine Schachfigur, Sohn des Alton, und wertvoll für uns, aber es könnte der Zeitpunkt kommen – daran zweifle nicht –, an dem dein Tod wertvoller sein mag als dein Leben in unserer Hand. Denke also nicht, dass du tun und lassen kannst, was du willst, und wir dich nicht dafür töten.«

Er betrachtete Larry lange mit einem so grimmigen Blick, dass Larry zusammenzuckte. Ihm war kalt vor Entsetzen; ihm war, als müsste er gleich zusammenbrechen und den Fehler hinausschreien, den sie gemacht hatten.

Schließlich wandte Cyrillon den Blick ab. »Wir haben einen langen Ritt durch schwieriges Gelände vor uns. Du wirst mit uns kommen oder wie ein Bündel Decken geschleppt werden. Wir werden natürlich nicht auf der Straße reisen. Meine Männer müssen auf sich selbst aufpassen und die Augen überall haben. Der Weg ist nicht einmal für freie Männer einfach. Wenn ich dich frei gehen lasse, wirst du mir dann bei deiner Ehre als *Comyn* schwören, dass du keinen Fluchtversuch unternehmen wirst?«

Larry dachte daran, dass ein Versprechen unter Zwang kein ehrenvolles Versprechen war und zu nichts verpflichtete. Zweifellos konnte er sich eine Menge Ärger ersparen, wenn er sein Wort gab. Er zauderte einen Augenblick, dann schien er Kennards Gesicht überdeutlich vor sich zu sehen – ernst, mit dem jungenhaften Stolz und dem starren darkovanischen Ehrenkodex. Konnte ein Terraner weniger tun? Dieser Stolz machte seine Stimme fest, als er antwortete und seine Rolle weiterspielte.

»Ein Ehrenwort gegenüber einem Dieb und Gesetzlosen? Einem Mann, der ...« – wieder rasten seine Gedanken, während er sich an die Worte erinnerte, die Valdir über den Kampfkodex gesagt hatte – »... einem Mann, der den Sohn seines Feindes in einen Mantel eingehüllt verschleppt, anstatt ihn in offenem Kampf niederzustrecken?«

Er zögerte einen Augenblick, dann flogen ihm die Worte fast so zu, als würde Valdir selbst sie sprechen. »Ihr, die Ihr die Gesetze des Weges und die Gesetze des Krieges brecht, habt kein Recht, Worte der Ehre mit ehrbaren Männern zu wechseln. Ich werde als Gleicher nur mit dem Schwert zu Euch sprechen. Da Ihr ohne Ehre seid, werde ich nicht einmal mein Wort besudeln. Wenn Ihr wollt, dass ich irgendwohin mitgehe, werdet Ihr mich dazu zwingen müssen, denn freiwillig werde ich nicht einen einzigen Schritt in der Gesellschaft von Renegaten und Gesetzlosen tun!«

Atemlos verstummte er. Cyrillon betrachtete ihn mit tödlichem Schweigen, seine Lippen waren verkniffen und böse, und das dauerte so lange, dass Larry mulmig wurde und er alle Anstrengung aufwenden musste, um ein gleichgültiges Gesicht zu wahren. Warum war er so herausgeplatzt? Welcher unsinnige Impuls, die Rolle des Alton zu spielen, hatte ihn zu diesen Worten verleitet? Sie waren ohne bewusste Kontrolle aus ihm herausgeströmt, ohne einen weiteren Gedanken. Es wäre klüger gewesen, den Gesetzlosen nicht zu erzürnen.

Und er hatte ihn erzürnt. Cyrillons Hände umklammerten den Schwertgriff, bis die Knöchel weiß hervortraten, aber er sprach mit leiser Stimme.

»Große Worte, mein Junge. Dann sieh zu, dass du unter ihren Folgen nicht zu wimmern beginnst. Fessle ihn, Kyro, und diesmal richtig«, sagte er zu jemand hinter Larry.

Der Mann schnitt die Seile um Larrys Handgelenke durch, dann zog er die Hände nach vorne. Er band sie mit einem dicken Wollschal zusammen, den er von seinem eigenen Hals nahm. Dann wurde der Schal mit Lederriemen festgezurrt, die ohne ihn fest in seine Handgelenke geschnitten hätten. Seine Füße ließen sie frei, aber dafür schlangen sie ihm ein Seil um die Taille, das sie mittels einer langen Schlaufe am Sattel seines Aufsehers befestigten. Dann nahm der Mann Wasser und machte die Lederknoten nass. Cyrillon verfolgte diese Prozedur grimmig und sagte schließlich: »Ich erteile diese Befehle in deiner Gegenwart, Alton, damit du genau weißt, was du zu erwarten hast. Ich möchte nicht, dass du stirbst, weil du mir lebend nützlicher bist. Dennoch, Kyro, wenn er zu fliehen versucht, durchtrenne die Sehne eines Beines. Sollte er versuchen, unser Vorankommen zu hindern, wenn wir den Pass erreicht haben, dann schneidest du ihm ohne Umschweife die Kehle durch. Sollte er Ärger machen, wenn wir den Teufelssims überqueren, dann schneidest du ohne Umschweife das Seil durch, und dann lebe wohl.«

Larry spürte sein Herz aussetzen, doch wenngleich seine Wangen blass wurden, wandte er den Blick nicht ab, und schließlich sagte Cyrillon: »Gut. Wir verstehen einander.« Er wandte sich um und saß auf, und Larry spürte, dass er irgendwie enttäuscht war.

Er wollte, dass ich Angst bekomme und ihn anflehe. Es hätte ihm Befriedigung verschafft, einen Alton bitten zu sehen – ihn anbitten zu sehen. Woher habe ich das gewusst?

Der Mann, der ihn gefangen genommen hatte, hob Larry aufs Pferd.

»Vorerst können wir reiten«, sagte er grimmig. Er schien verstimmt zu sein. »Mach mir keinen Ärger, Junge, ich habe keinen Nerv dafür, jemanden zu foltern, auch wenn es nur ein Welpe der *Hali-imyn* ist. Dennoch solltest du nicht daran zweifeln, dass er es ernst meint.«

Die anderen Banditen saßen auf. Der steife, frierende und ängstliche Larry sah zu der hohen Gebirgswand, die vor ihnen aufragte.

Doch trotz aller Angst pulsierte eine seltsame Aufregung und Neugier in ihm. Er wollte das fremde, unbekannte Leben dieser Welt kennen lernen – und hier, am Fuß dieser seltsamen Berge, unter einer seltsamen Sonne, sah er es hautnah. Selbst bei Kennard hatte er irgendwie stets das Gefühl gehabt, dass alles etwas anders war, weil er ein Terraner war, weil er fremd war.

Er erkannte, dass er keinerlei Grund zu dem leichten Optimismus hatte, den er fühlte. Nach allem, was er wusste, konnten Valdir und Kennard und ihre Gefährten tot in dem Tal liegen, wo man den Hinterhalt gelegt hatte. Er – allein, unbewaffnet, ein Gefangener, ein Fremder – wurde in eine der wildesten und gefährlichsten und unzugänglichsten Gegenden von Darkover verschleppt.

Und doch blieb ein winziger Rest von Optimismus. Er war am Leben und unverletzt – und fast alles konnte geschehen.

7

Larry träumte.

In seinem Traum befand er sich wieder auf der Erde, und Darkover war nichts weiter als ein ferner, romantischer Traum. Er war auf einem Campingausflug und schlief in einem alten Wald. (Warum sonst wäre es so kalt gewesen, klamme Feuchtigkeit in seinen Knochen?)

Dann, im Traum, sah er einen blauen Schein und hörte eine drängende Stimme sprechen. *Wo bist du? Wo bist du? Wir waren einander lange genug so nahe, dass ich dir folgen und dich aufspüren kann, wenn ich Kontakt zu dir habe. Aber lass sie nicht wissen, dass du ein Terraner bist ...*

Halb ungeduldig, bemühte er sich, die drängende Stimme zu verdrängen, sich wieder in den friedlichen Traum zu stürzen. Er war wieder in der Terranischen Zone, eine Weile noch, dann würde sein Vater kommen und ihn wecken ... Jemand hatte die Klimaanlage auf Hochleistung gestellt, es war so kalt hier drinnen, selbst kälter als die darkovanische Nacht ... und was war mit seinem Arm los? Warum war sein Bett so kalt, oder war er auf dem Boden eingeschlafen? Mit einem leisen Seufzen drehte er sich auf die Seite, öffnete blinzelnd die Augen und befand sich wieder in der schrecklichen Gegenwart. Er schloss die Augen wieder und kämpfte einen Anfall von Verzweiflung nieder. Er befand sich in der Bergfestung der Banditen, und er war ein Gefangener, hilflos und allein, und wenngleich er tagsüber ein wenig Hoffnung bewahren konnte, war er augenblicklich nichts weiter als ein ängstlicher Junge in einer fremden Welt.

Sein linker Arm war grob auf den Rücken gedreht und gefesselt worden, die linke Hand befand sich auf seinem Schulterblatt in einer Art Lederharnisch. Die Finger waren längst taub geworden. In der ersten Nacht seiner Gefangenschaft hatte der Mann, der ihn gefangen hatte, ihn – taub und hilflos – vom Pferd genommen und ans Feuer geschleppt; er hatte halb mitleidig eine Decke über ihn geworfen und die Fesseln um die Hände gelöst, damit er essen konnte. Dann hatte der maskierte Mann Befehle gegeben, und zwei Männer hatten den ledernen Harnisch gebracht. Sie hatten begonnen, seine rechte Hand auf den Rücken zu binden, als Cyrillon, dessen kalte Augen überall zu sein schienen, barsch sagte: »Seid ihr denn blind? Der kleine *Bre'suin* ist Linkshänder!«

Sie waren nicht eben sanft mit ihm umgesprungen, aber er hatte sich nicht gewehrt; er hatte immer noch Angst, aber er wollte ihnen nicht die Befriedigung verschaffen und sie anflehen. Nur einmal, in schwärzester Verzweiflung, hatte er an dieses letzte Mittel gedacht – ihnen zu sagen, dass er nicht die Geisel war, die sie gewollt hatten ...

Aber was dann? Mit einem unbedeutenden Gefangenen würden sie sich wahrscheinlich keine Mühe machen; sie konnten ihn auf der Stelle töten. Und er wollte nicht sterben, wenngleich er es momentan, kalt, durchgefroren und von Schmerz gepeinigt, für erstrebenswert hielt, tot zu sein.

Er drehte sich unter Schmerzen um und sah sich in seinem Gefängnis um.

Ein grimmiges, bleiches Licht fiel durch die Fenster ein, die mit fadenscheinigen Vorhängen zugezogen und teilweise mit Brettern vernagelt waren. Die Zelle war geräumig, die Wandtäfelung wurmstichig, die Vorhänge waren staubig und muffig vom Alter. Das Bett, auf dem er lag, war geräumig, aber es gab weder Bettlaken noch Decken, lediglich eine alte Roßhaarmatratze und ein paar Felle. Das andere Mobiliar war nüchtern und deprimierend, aber wahrscheinlich konnte er sich glücklich schätzen, dass er sich nicht in irgendeinem dunklen Verließ befand; was er flüchtig vom Äußeren der Festung gesehen hatte, hatte schon den Eindruck erweckt, als befänden sich Kerker unterhalb der Steinmauern.

Bisher war er nicht verletzt worden. Er hatte, immerhin, die Freiheit seines Zimmers. Nach einer Weile vermochte er mit der rechten Hand hinreichend gut zu essen, aber er hatte nie gedacht, wie hilflos jemand mit nur einem Arm sein konnte; er konnte beim Gehen nicht einmal richtig balancieren. Morgens und abends brachten sie ihm etwas zu essen: eine Art grobkörniges Brot mit Nüssen, Brei aus einem unbekannten Getreide, Streifen wohlschmeckenden Fleisches und einen undefinierbaren seifenähnlichen Stoff, den er für Käse hielt.

Als er Schritte auf dem Flur hörte, richtete er sich auf. Es hätte jemand mit dem Frühstück sein können, aber er erkannte den schweren, unregelmäßigen Gang von Cyrillon des Trailles. Cyrillon hatte ihn zuvor nur einmal besucht, um sich kurz über den Inhalt seiner Taschen zu informieren.

»Keine Waffen«, hatte der Mann Kyro ihn informiert und die Habseligkeiten hochgehalten, die Larry bei sich gehabt hatte. Cyrillon betrachtete sie. Als er den terranischen Erste-Hilfe-Kasten sah, runzelte er wütend die Stirn und warf ihn in eine Ecke; Larrys mechanischen Schreiber erprobte er mit der Fingerspitze und steckte ihn dann in die eigene Tasche. Die anderen Gegenstände sah er nur kurz an und warf sie dann neben dem Jungen zu Boden: etwas Kleingeld, ein zerknittertes Taschentuch, ein kleines Notizbuch. Larrys zusammengeklapptes Taschenmesser betrachtete er argwöhnisch und fragte: »Was ist das?«

Larry öffnete es, dann trat er sich im Geiste selbst in den Hintern. Er hätte das Messer vielleicht irgendwie gebrauchen können, auch wenn die Klinge abgebrochen war – er benutzte es fast nur dazu, Schnüre zu schneiden oder zu schnitzen.

Es hatte einen Korkenzieher, eine kleinere magnetisierte Klinge und auch einen Haken, um Lebensmitteldosen zu öffnen.

Kyro sagte: »Ein Messer? Das wirst du ihm doch nicht lassen wollen!«

Cyrillon zuckte verächtlich die Schultern. »Mit einer Klinge, die kaum größer als mein kleiner Finger ist? Das wird ihm eine Menge nützen!« Er warf es zu den anderen Dingen. »Ich wollte nur wissen, ob er eine der *Comyn*-Waffen bei sich hat.« Er lachte laut und verließ die Zelle, und Larry hatte ihn nicht wiedergesehen, bis er heute Morgen seine schweren Schritte hörte.

Er verspürte den kindischen Impuls, unter das Bett zu kriechen und sich zu verbergen, aber er bezwang ihn und stand zitternd auf. Drei Männer traten ein, nach einem Augenblick von dem immer noch maskierten Cyrillon gefolgt.

Larry war mittlerweile aufgefallen, dass ihn Cyrillon trotz aller Verachtung mit einem Respekt behandelte, der schon fast an Ehrfurcht grenzte. Den Grund dafür konnte Larry sich kaum vorstellen. Cyrillon blieb vor dem Bett stehen und befahl: »Steh auf und komm mit uns, Alton.«

Larry stand unsicher auf und gehorchte. Er hatte Verstand genug einzusehen, dass jede Form von Weigerung oder Trotz keinem nützen würde – abgesehen vielleicht von seinem Stolz – und lediglich zu weiteren Repressionen führen konnte. Er sollte seine Kraft besser sparen, bis er etwas wirklich Nützliches tun konnte.

Sie führten ihn in einen Raum, wo ein Kaminfeuer brannte, und Larrys Zittern wurde so heftig, dass Cyrillon ihn mit einer Geste der Verachtung zum Kamin winkte. »Diese Comynbälger sind alle verweichlicht ... dann wärme dich!«

Nachdem er sich aufgewärmt hatte, bedeutete Cyrillon ihm, auf einer Bank Platz zu nehmen. Aus einem Lederbeutel zog er etwas in Tuch Eingehülltes. Er sah Larry an und schürzte die Lippen.

»Ich wage kaum zu hoffen, dass du es mir leicht machen wirst, Alton – oder dir.«

Aus dem Tuch nahm er ein Juwel, das blau leuchtete, ein Juwel, erkannte Larry, von der seltsamen Art, wie Kennard es ihm gezeigt hatte. Dieses befand sich in einer Fassung aus Gold, mit zwei Ösen an jeder Seite.

»Ich verlange, dass du für mich hier hineinsiehst«, sagte Cyrillon, »und wenn es dir hinterher leichter fällt, deinen Stolz zu wahren, kannst du deinem Volk sagen, du hast es unter der Androhung getan, dass man dir die Kehle durchschneiden würde.«

Er lachte sein schreckliches raues Lachen, das so sehr dem Schrei eines Raubvogels glich.

Wollte Cyrillon von ihm, dass er Psi-Kräfte demonstrierte? Larry empfand Angst. Nun musste seine Tarnung als Darkovaner auffliegen. Er spürte seine Hand zittern, als Cyrillon den Stein hineinlegte. Er hob den Blick.

Blendender Schmerz raste durch seinen Kopf und seine Augen. Er schloss sie unwillkürlich vor der übermächtigen Präsenz von etwas *Unnatürlichem* ... etwas, das im normalen Dasein überhaupt nicht existieren durfte. Ihm wurde übel. Als er die Augen wieder öffnete, sah Cyrillon ihn voll grimmiger Befriedigung an.

»Aha. Du hast die Gabe, aber du bist nicht an Steine dieser Kraft gewöhnt. Schau noch einmal hin.«

Larry senkte den Blick und schüttelte verneinend den Kopf.

Cyrillon erhob sich, jede seiner Bewegungen wirkte wie eine Drohung. Sehr ruhig, ohne die Stimme zu heben, sagte er: »O doch, du wirst gehorchen.« Er nahm Larrys gefesselten Arm auf eine Weise, die rot glühende Schauer des Schmerzes durch seine verletzte Schulter jagte. »Oder nicht?«

Larry sank halb besinnungslos auf der Bank nieder. Das Juwel rollte aus seiner erschlafften Hand, und er spürte, wie er in eine warme, dunkle und irgendwie angenehme Bewusstlosigkeit sank.

»Nun denn«, sagte Cyrillon weit, weit weg. »Gebt ihm etwas *Kirian.*«

»Zu gefährlich«, protestierte einer der Männer. »Wenn er die Kräfte einiger der Altons besitzt ...«

Cyrillon sagte ungeduldig: »Hast du nicht gesehen, wie ihm beim Anblick des Steins übel geworden ist? Er hat noch keine Macht! Das Risiko gehen wir ein!«

Larry spürte, wie einer der Männer seine Hand ergriff und den Arm auf den Rücken drehte, ein anderer öffnete mit großer Sorgfalt eine kleine Phiole, aus der ein seltsamer Geruch emporstieg. Larry, der sich an die geistige Sondierung des toten Waldhüters erinnerte – was hatte Valdir getan? –, wehrte sich verzweifelt, aber der Mann, der ihn festhielt, presste den Daumen gegen seinen Kiefer und zwang ihn, ihn zu öffnen, während der andere den Inhalt der Phiole in seinen Mund goss.

Er wand sich, erwartete Wärme, Säure, Rauch, aber zu seiner Überraschung war die Flüssigkeit, wenngleich bitterkalt, fast ohne Eigengeschmack. Fast bevor sie seine Zunge berührte, schien sie zu verdampfen. Das Gefühl war außerordentlich unangenehm, als würde ein seltsames Gas in seinem Kopf explodieren; sein Blick verschwamm, normalisierte sich wieder. Cyrillon hielt ihm den Stein vor die Augen; er erkannte zu seiner unglaublichen Erleichterung, dass es sich nunmehr nur noch um ein blaues Glühen handelte, ohne das Übelkeit erregende Gefühl des *Unnatürlichen.*

Cyrillon sah ihn eindringlich an.

Wie Schatten, die sich in dem blauen Leuchten bewegten, wurden Gestalten für Larry sichtbar. Eine Gruppe von Männern ritt vorüber, Valdirs große Gestalt deutlich voran, ein paar seltsam geformte Hügel im Hintergrund. Dies verblasste, wurde zum Gesicht von Lorill Hastur, der eine graue Kapuze trug, und dahinter konnte Larry traumhaft die Gebäude des Raumhafen-Hauptquartiers ausmachen. Wieder verschwamm alles, dann sah Larry eine kleine, untersetzte Gestalt auf einem grauen Pferd, die tief gebeugt im Sattel saß und gegen den Wind galoppierte, allmählich wurde das Bild vor seinen Augen deutlicher ...

Plötzlich wurde Larry klar, was geschah. Irgendwie sah er durch diesen Zauberstein Bilder, und sie wurden zu Cyrillon des Trailles übertragen – warum? Warum? Wollte er durch Larry das Volk des Tals ausspionieren? Mit einem Aufschrei schlug Larry die Arme vors Gesicht und sah das Bild verblassen, unscharf werden, sich auflösen. Blinder Hass auf den grausamen Mann stieg in ihm hoch, der ihn auf diese Weise benutzte – Kennard Alton, wie er glaubte, gegen seine eigenen Leute benutzte –, ein Hass, wie er ihn noch auf keinen Menschen empfunden hatte. Er hätte ihn am liebsten niedergeschossen ...

Und sein Zorn wallte heiß und rot auf, Cyrillon des Trailles riss ihm den Kristall aus der Hand und schlug Larry schmerzhaft mit der Hand über das Gesicht. Larry sank zu Boden, und der vor Zorn rasende Cyrillon trat nach ihm, verfehlte ihn aber und sank erschöpft auf die Bank.

Einer der Männer sagte: »Ich habe dich gewarnt, ihm kein *Kirian* zu geben. Du hast ihm zu viel gegeben.«

Cyrillon sagte mit belegter Stimme: »Ich hätte es besser wissen müssen ... die verfluchte Rasse hat in ihm einen Übermittler gezeugt. Der Bursche wusste nicht einmal, was er tat! Wenn ich einen oder zwei seines Schlages in Händen hätte, würde die ganze verfluchte Rasse Cassildas zu dem Grund ihrer Seen zurückweichen, und der Goldenkettige würde wieder herrschen! Zandru, was könnten wir anstellen, hätten wir einen von ihnen auf unserer Seite!«

Der andere Mann sagte: »Wir sollten ihn besser auf der Stelle töten, bevor sie einen Weg finden, ihn gegen uns einzusetzen!«

»Noch nicht«, sagte Cyrillon. »Ich frage mich, wie alt er ist? Er sieht wie ein Kind aus, aber alle Bälger aus den Tiefländern sind so verweichlicht.«

Einer der Männer spottete. »Vor einem Augenblick sah er noch nicht so weich aus, als er dich dazu brachte, wie eine gehäutete Katze zu kreischen!«

Cyrillon sagte sehr leise: »Wenn er wirklich so jung wäre, wie er aussieht, dann garantiere ich, ich würde ihn nach meinem Vorbild umerziehen. Das könnte ich in jedem Fall versuchen. Ich kann mehr als das ertragen.« Und mit einer leisen Drohung fügte er noch hinzu: »Bis er gelernt hat, seine Fähigkeiten zu beherrschen.«

Larry, der ganz still auf dem Boden lag und hoffte, dass sie ihn vergessen hätten, war mehr verwirrt als ängstlich. Hatte *er* das getan? Und wenn ja, *wie*? Er besaß die Kräfte der Darkovaner nicht!

Einer der Männer beugte sich herab. Er zog Larry unsanft auf die Beine. Cyrillon sagte: »Nun, Kennard Alton, ich warne dich allen Ernstes, diesen Trick noch einmal zu versuchen. Vielleicht war es ein Reflex, und du kennst deine wahren Fähigkeiten noch gar nicht. Wenn das zutrifft, warne ich dich ebenfalls: Lerne sie besser zu kontrollieren. Das nächste Mal werde ich dir die Rippen durch die Haut treten. Und jetzt – *schau in den Stein!*«

Das blaue Leuchten blendete seine Augen. Dann, kristallklar und intensiv, waren Gestalten zu erkennen, die er nicht identifizieren konnte, sie kamen und gingen ... Wie machte Cyrillon das? Oder war er schlicht und einfach hypnotisiert?

Plötzlich flammte das Blau wieder auf. Laut und schrill sprach die Stimme aus seinem Traum in seinem Kopf. *Ich habe es abgeschirmt. Er ist kein Telepath, und er wagt nicht, dich zu zwingen. Hab keine Angst ... Er kann nicht empfangen, was du augenblicklich hörst ... Aber ich kann den Kontakt nicht mehr lange halten ... Es ist noch nicht hoffnungslos ...*

Kennard?

Larry dachte: *Ich verliere den Verstand ...*

Das blaue Leuchten breitete sich aus, wurde unerträglich. Er hörte Cyrillon etwas rufen – eine Drohung? –, aber er sah nichts außer dem Furcht einflößenden Blau.

Zum ersten Mal in seinem Leben, erfüllt von grenzenloser, unsagbarer Erleichterung, verlor Larry Montray das Bewusstsein.

8

Die Tage verstrichen langsam in Larrys Gefängnis; allmählich ließ sein anfänglicher Optimismus nach und verschwand dann völlig. Er war hier, und es war unmöglich zu sagen, ob er diesen Ort jemals verlassen würde. Er wusste, dass er als Geisel gegen Valdir Alton festgehalten wurde. Aufgrund von wenigen Informationen, die er seinem Bewacher hatte entlocken können, hatte er sich die Situation zusammengereimt. Cyrillon und andere seines Schlages fielen seit undenklichen Zeiten über die Tiefenländer her. Valdir war der Erste gewesen, der die Tiefenländer zu gemeinsamem Widerstand organisiert hatte. Sie hatten die Waldhüterstationen erbaut, von denen aus vor bevorstehenden Raubzügen gewarnt werden sollte, und das erschien Cyrillon, unvernünftig genug, als ungerecht. Es verstieß eindeutig gegen den durch die Zeit geachteten darkovanischen Kodex, wonach jeder Mann seinen eigenen Besitz verteidigen sollte. Indem er Valdirs Sohn als Geisel hielt, hoffte er, ein Patt herbeizuführen und Vergeltungsmaßnahmen abzuwenden.

Aber sie hatten *nicht* Valdirs Sohn, und früher oder später, befürchtete Larry, würden sie das herausfinden. Er wollte gar nicht daran denken, was dann geschehen konnte.

Als sich die Nacht über den vierten Tag senkte, hörte er Geräusche in der Ferne; Füße eilten in den Fluren, im Hof trampelten Pferdehufe, Männer riefen einander Befehle zu. Er sah hilflos zu dem unerreichbaren Fenster empor, durch das er nicht hinaussehen konnte. Dann zog er die schwere Bank zum Fenster und stellte sich darauf. So konnte er gerade über den hohen Sims auf den Hof hinabsehen.

Fast zwei Dutzend Männer liefen unten durcheinander, sattelten Pferde, suchten sich von einem großen Stapel in einer Ecke Waffen aus. Larry sah Cyrillons hoch gewachsene Gestalt zwischen den Männern umhergehen; er blieb hier stehen, um ein paar Worte zu wechseln, zog dort einen Sattelgurt nach, schlug mitunter mit einer pfeilschnellen Faust auf einen Mann ein. Das große Tor schwang auf, die Männer machten sich bereit hindurchzureiten.

War die Burg nun verlassen? Unbewacht? Larry sah voll hilflosem Zorn auf den Hof hinab. Er befand sich mindestens neun Meter darüber. Ein Sprung aus neun Metern Höhe war nicht tödlich, wenn er auf Gras sprang, aber auf Pflastersteine? Die Mauer der Burg verlief mindestens drei Meter glatt und eben nach unten. Dennoch hätte er vielleicht mit zwei freien Händen bis zum darunter gelegenen Sims gelangen können, aber mit einer gefesselten Hand hätte er ebenso gut versuchen können, auf einem Hochseil zur nächsten Bergspitze zu balancieren.

Er ließ sich wieder zu Boden gleiten. Zweifellos hatten sie jemanden hier gelassen ... möglicherweise einen der schwachen alten Männer, die Larry das Essen brachten.

Wenn er eine Waffe hätte ...

Sie hatten ihm das Taschenmesser gelassen, aber die Hauptklinge war abgebrochen, und die magnetisierte Klinge war weniger als fünf Zentimeter lang. Das Möbel im Zimmer war alt und zu schwer, als dass man eine Keule oder etwas Ähnliches davon abbrechen konnte. Wenn er dem Mann irgendwie eines überziehen konnte, wenn er das nächste Mal kam ...

Es schien nichts zu geben, aus dem er auch nur eine behelfsmäßige Waffe herstellen konnte. Mit beiden Händen hätte er dem alten Mann seine Jacke überwerfen und ihn damit ersticken können. Sie schienen sich gegen die telepathischen Tricks der *Comyn* zu wappnen, aber um normale Angriffe schienen sie sich nicht zu kümmern ... dennoch gab es nichts in der Zelle, das als Waffe dienen konnte.

Er saß stirnrunzelnd da und dachte lange Zeit nach, und dann – fast zu spät! – fiel ihm etwas ein. Er ließ sich zu Boden sinken und nestelte mit einer Hand seinen Schnürsenkel auf. Er hatte schwere darkovanische Reiterstiefel an. Wenn er damit dem Mann auf den Hinterkopf schlug ...

Aber mit einer Hand war es eine mühselige Arbeit, und bevor er fertig war, bewegte sich ein Schlüssel im Schloss, die Tür flog krachend auf, als hätte der Mann dahinter gestanden und sie aufgestoßen, ohne hereinzukommen. Dann erschien der Mann unter der Tür. Er balancierte ein Tablett mit Essen auf einer Hand; in der anderen hielt er eine lange, gefährlich aussehende Reitpeitsche. Er hielt sie zum Schlag bereit und sagte in seinem barbarischen Dialekt: »Keinen deiner Tricks, Junge!«

Larry streifte den Stiefel unbeholfen mit der rechten Hand ab und warf ihn nach dem Mann.

Kaum hatte er ihn geworfen, da wusste er, dass der Wurf, mit der falschen Hand ausgeführt, fehlgehen musste; er sah den alten Mann etwas zusammenzucken, die Schüsseln auf dem Tablett klirrten. Die Peitsche schlug aus, als hätte sie ein Eigenleben entwickelt, und wickelte sich mit einem scharfen Knall um Larrys Handgelenk; der Mann riss die Peitsche los und lachte gehässig.

»Dachte ich doch, dass du so einen kleinen Trick auf Lager hast«, höhnte er, hob die Peitsche erneut und schlug damit, nicht besonders fest, auf Larrys Schulter. Tränen traten Larry in die Augen, aber eigentlich war es mehr eine Warnung als ein ernst gemeinter Hieb gewesen – denn Larry wusste, ein fester Schlag mit einer solchen Peitsche konnte sich durch seine Kleidung einen Zentimeter tief ins Fleisch bohren.

»Mehr?«, fragte der Mann grinsend.

Von hilfloser Wut geschüttelt, blickte Larry zu Boden.

Der Mann sagte gutmütig: »Iss, Junge. Du versuchst keine Tricks, dann werde ich dir nicht wehtun, einverstanden? Ich sehe keinen Grund, warum wir nicht gut miteinander auskommen sollten, während der Herr weg ist – nicht wahr?«

Als der Mann gegangen war, wandte Larry sich niedergeschlagen dem Tablett zu. Ihm war nicht nach Essen zu Mute, aber er hatte in den vergangenen vier Tagen so wenig gegessen, dass der Hunger in seinen Eingeweiden nagte. Die letzte Ironie war die, dass er mit einer Hand den Stiefel nicht mehr anziehen konnte. Er nahm lustlos die Schüsseln vom Tablett. Dann zog er die Brauen hoch; anstatt der üblichen Ration von Streifen getrockneten Fleisches und grobem Brot bekam er eine Art gegrillten Fisch, heiß serviert, dazu eine Tasse desselben Schokoladengetränks, wie er es in der Handelsstadt erhalten hatte.

Mit seiner freien Hand hielt er den Fisch und nagte ihn ungeschickt ab, aber mit Heißhunger. Es war ein unbekannter Fisch, der einen eigentümlichen Geschmack hatte, aber er war zu hungrig, um wählerisch zu sein. Er lehnte sich zurück und nahm langsam etwas von dem Getränk zu sich. Er wunderte sich über diese Veränderung. Vielleicht war er für Cyrillon – der seit dem Zwischenfall mit dem Kristall anscheinend ein wenig Angst vor ihm hatte – wertvoll genug als Geisel, dass er, als er sah, dass Larry das übliche Essen kaum anrührte, Befehl gegeben hatte, ihm etwas Besseres vorzusetzen, um ihn bei guter Gesundheit und guter Laune zu halten.

Das Licht, das durch das hohe Fenster hereinfiel, kroch über den Boden. Die Schatten waren tief purpurn, das Licht rosa und funkelnd. Seltsame Teilchen tanzten in dem rosa Lichtstrahl.

Larry, der sich satt und angenehm schläfrig fühlte, lehnte sich zurück und betrachtete den Tanz der Stäubchen. Plötzlich bemerkte er, dass auf jedem der Stäubchen ein winziges Männchen ritt, rosa und purpurn, und jeder trug einen winzigen Speer bei sich, der wie eine Safranfaser aussah. Fasziniert und neugierig verfolgte er, wie die Männchen an den Sonnenstrahlen hinabrutschten und auf den Boden strömten. Sie formierten sich zu einem Regiment, und immer noch glitten sie an den Sonnenstrahlen hinab, bis ihre winzigen Gestalten den ganzen Fußboden bedeckten. Larry blinzelte, da schienen sie miteinander zu verschmelzen und zu verschwimmen.

Ein riesiges schwarzes Insekt, fast so groß wie Larrys Hand, streckte den Kopf aus einem Loch im Fußboden heraus. Es winkte Larry mit gewaltigen phosphoreszierenden Fühlern zu und begann zu reden ... und es sprach perfekt Terranisch, wie Larry mit mildem Interesse bemerkte.

»Du stehst unter Drogen, weißt du«, sagte der Käfer mit hoher, heiserer Stimme. »Muss im Essen gewesen sein. Daher war es diesmal so viel besser als vorher: damit du es auch ganz sicher isst.«

Die rosa und purpurnen Männer tauchten wieder auf dem Boden auf, schwärmten über den Käfer und kreischten mit unverständlichen Stimmen sinnlose Silben: *»Am chry morgobusch. Weiweit greis!«*

Jedes der Männchen berührte die phosphoreszierenden Fühler des Käfers und löste sich in einem Rauchwölkchen auf.

Die Tür ging einladend auf. Jemand sagte in weiter Ferne: »Diesmal keine Tricks, was?«

Der Mann stand da, und das Zwielicht in der Zelle wurde dunkler, dann wieder heller. Der Mann mit der Peitsche betrachtete ihn aus einer Ecke. Die kleinen purpurnen und rosa Männer krochen überall auf ihm herum, und Larry lachte, als er seinen Wärter mit diesen winzigen Wesen überschüttet sah. Einer von ihnen verschwand in seiner Tasche, ein anderer tanzte auf dem kahlen Kopf des Mannes. Benommen bekam er mit, wie sich jemand über ihn beugte und sein geschlossenes Lid hochzog. Wie konnte er mit geschlossenen Lidern sehen? Er lachte über diesen absurden Gedanken.

»Keine Tricks«, sagte der Wärter erneut, und alle kleinen purpurnen und rosa Männlein riefen im Chor: »›Keine Tricks‹, hat er gesagt.«

Hinter dem Mann ging die Tür auf, und Kennard Alton stand in seinem grünen Umhang und mit gezücktem Dolch da. Die kleinen rosa und purpurnen Männlein krochen an seinen Beinen hoch und bedeckten seine Gestalt fast völlig. Er hob den Dolch, und der verwandelte sich in einen Strauß rosa Tulpen, als er ihn auf den Rücken des Banditen herabsausen ließ. Ein großer Schwarm Amseln kam aus der Wunde hervorgeschossen, und die Vögel kreischten wild, als der Tulpenstrauß sich in den Rücken bohrte. Larry lachte, aber es hörte sich wie ein Fanfarenstoß an. Kennard trat nach dem gestürzten Mann, der in einem ausschwärmenden Regiment winziger rosa und purpurner Männlein verschwand, die wie winzige Glöckchen mit deutlich unterscheidbaren Tönen lachten. Dann eilte Kennard durch die Zelle. Die purpurnen Männlein schwärmten an ihm hoch, setzten sich auf seine Nase und glitten auf Sonnenstrahlen herunter, als Kennard sich über Larry beugte.

»Komm mit! Jede Minute, die wir hier verweilen, bringt Gefahren mit sich! Jemand könnte kommen. Ich bin nicht sicher, ob der alte Knabe die einzige Wache im Schloss ist!«

Larry sah zu ihm auf und lachte müßig. Das winzige purpurne und rosa Männlein auf Kennards Nase kletterte an ihr empor und hieb mit einer winzigen Axt Stufen aus grünem Licht in die Nase. Larry lachte erneut.

»Wisch dir zuerst die Kobolde von der Haut!«

»Zandru!« Kennard beugte sich über ihn, rosa Tulpen fielen von seinem Hemd herab. Seine Hände umklammerten Larrys

Schultern wie Nussknacker. »Ich möchte ein paar Nüsse«, sagte Larry und kicherte.

»Verdammt, steh auf und komm mit mir!«

Larry blinzelte. Er sagte deutlich auf Terranisch: »Weißt du, du bist gar nicht wirklich hier. Ebenso wenig wie die winzigen rosa und purpurnen Kobolde hier sind. Du bist ein Gebilde meiner Phantasie. Geh fort, Gebilde. Ein Gebilde mit rosa Gebinde, ha ha!«

Das Gebilde beugte sich über Larry. In seinen Händen schien eine Schüssel Chili mit Bohnen zu sein. Er begann damit, sie Hand voll um Hand voll nach Larry zu werfen. Es war unangenehm, Larrys Kopf tat weh, und die Bohnen, die von seiner Haut tropften, schmerzten wie Schläge. Er schrie auf Darkovanisch: »Hört auf mit den Bohnen! Sie sind zu hart! Wir sollten sie besser essen!«

Die Kennard-Vision richtete sich auf wie von einem Messer gestochen. Er murmelte: »*Shallavan*! Aber warum haben sie es Larry gegeben? Er ist kein Telepath. Haben sie etwa geglaubt ...«

Larry protestierte, als Kennard sich in einen Dampfbagger verwandelte und ihn beiseite schob. Als Nächstes spürte er, wie ihm Wasser übers Gesicht rann, und Kennard Alton, weiß wie ein Laken, stand da und starrte ihn an.

Es war Kennard. Er war real.

Larry sagte zitternd: »Ich ... dachte, du wärst ein Dampfbagger. Ist es ...«

Er sah zu Boden. Dort lag der alte Mann, dessen Jacke blutverkrustet war, und Larry wandte sich hastig ab. »Ist er tot?«

»Ich weiß nicht, und es ist mir auch einerlei«, sagte Kennard grimmig, »aber wir werden *beide* tot sein, wenn wir nicht von hier verschwinden, bevor die Banditen zurück sind. Wo ist dein anderer Stiefel?«

»Ich habe ihn geworfen.« Larrys Schädel zersplitterte. »Er ging daneben.«

»Oh, nun ...«, sagte Kennard geringschätzig. »Du bist an so etwas nicht gewöhnt. Zieh ihn wieder an ...« Er verstummte. »Was, zum Teufel ...« Er betrachtete den Lederharnisch mit wütendem Blick. »Zandrus Hölle, was für eine schäbige Methode!« Er nahm den Dolch zur Hand und schnitt das Leder durch. Larrys taube und verkrampfte Hand sank leblos an seiner Seite herab. Er konnte die Finger nicht bewegen, und Kennard, der unaufhörlich fluchte, half ihm dabei, den Stiefel anzuziehen.

Larry stellte fest, dass er keine Ahnung hatte, wie lange er schon unter Drogen stand. Er hatte vage Erinnerungen, dass sein Aufseher ein- oder zweimal hereingekommen war, aber sicher war er nicht. Er war immer noch zu benommen, um mehr zu tun, als benommen und schwankend vor Kennard zu stehen.

»Wie kommst du hierher? Wie hast du mich gefunden?«

»Du wurdest an meiner Stelle mitgenommen«, sagte Kennard knapp. »Konnte ich dich dem Schicksal überlassen, das sie für mich vorgesehen hatten? Es war meine Pflicht, dich zu finden.«

»Aber wie? Und warum bist du allein gekommen?«

»Wir standen durch den Kristall miteinander in Verbindung«, sagte Kennard. »Daher konnte ich deine Spur aufnehmen. Ich kam allein, denn wir wussten alle, bei einem offenen Angriff würden sie dich wahrscheinlich auf der Stelle töten. Aber das kann warten bis später, wir müssen schnellstens hier heraus, ehe Cyrillon und seine Teufel zurückkommen!«

»Ich habe sie wegreiten sehen«, sagte Larry langsam. »Ich glaube, sie sind mit Ausnahme dieses alten Mannes alle weg.«

»Kein Wunder, dass sie dir Drogen gegeben haben«, sagte Kennard. »Wahrscheinlich hatten sie Angst, du würdest ihnen einen telepathischen Trick spielen. Die meisten Menschen haben Angst vor den Altons, auch wenn sie nicht wussten, ob du schon alt genug bist, das *Laran* zu haben – die Gabe. Ich selbst habe nichts davon. Aber lass uns von hier verschwinden!«

Er ging leise zur Tür und öffnete sie einen Spalt. »So wie er geschrien hat, müsste längst jemand hier sein, wenn jemand in Hörweite war«, sagte Kennard. »Ich glaube, du hast Recht. Sie sind alle verschwunden.«

Vorsichtig traten sie auf den Flur, schlichen sich auf Zehenspitzen entlang und stahlen sich lange Treppen hinunter. Einmal murmelte Kennard: »Ich hoffe, wir begegnen niemandem unterwegs. Wenn ich nicht so hinaus kann, wie ich hereingekommen bin, könnte ich mich leicht verirren.«

Larry hatte noch nicht erkannt, wie riesig die Bergfestung der Banditen war. Er kam schwankend und so unsicher aus der Zelle heraus, dass Kennard ihn am Arm nehmen und stützen musste, bis er ohne zu zittern stehen konnte. Immer noch benommen von der Droge, hatte er den Eindruck, dass sie durch kilometerlange Gänge schlichen, beim leisesten Geräusch aufschreckten und sich einmal flach an die Wand pressten, als so etwas wie Schritte am Fuß einer Treppe zu hören waren. Aber sie waren in der Ferne verschwunden, wonach es in dem alten Gemäuer wieder still war.

Ein gewaltiges Tor ragte vor ihnen auf, und Kennard, der Larry an die Wand zurückschob, sah hinaus und schnüffelte wie ein Jäger im Wind. Er sagte nervös: »Scheint ruhig zu sein. Wir wagen es. Ich weiß nicht, wo die anderen Tore sind. Ich sah sie wegreiten und habe meine Chance genutzt.«

Die frische, bitterkalte Luft schien sich in Larrys Knochen zu fressen, aber sie beseitigte die letzten Spuren der Droge aus seinem Kopf, und er sah sich suchend um. Hinter ihnen ragte ein hoher, steiler Berghang auf, kahler Fels, nur vereinzelt einmal ein Strauch oder verkrüppelter Baum. Vor ihnen führte ein schmaler Pfad bergab, durch die Täler und Hügel, durch die Berge, von denen sie gekommen waren.

Kennard stieß hervor: »Komm – wir müssen laufen. Wenn jemand aus einem der Fenster zusieht ...« Er deutete mit einer hastigen Geste zu der Burgmauer hinter ihnen. »Wenn dieser alte Mann nicht tot ist und es noch andere Wachen gibt, dann haben wir vielleicht eine Stunde Zeit, bevor sie anfangen, den Wald nach uns zu durchkämmen.«

Er verharrte, sagte schnell: »Jetzt – lauf«, und rannte über den Hof auf das Tor zu. Larry folgte ihm. Sein Arm schmerzte schrecklich, wo er festgezurrt gewesen war, und er war immer noch unsicher auf den Beinen, dennoch erreichte er den Waldrand nur wenige Sekunden nach Kennard, und der darkovanische Junge sah ihn etwas weniger ungeduldig an. Sie standen da, atmeten keuchend und sahen einander fragend an. Was nun?

»Durch diese Berge führt nur eine Straße«, sagte Kennard, »und das ist die, welche die Banditen benutzt haben. Wir könnten ihr folgen, in ihrer Nähe bleiben und uns verstecken, wenn wir jemanden hören. Zwischen hier und zu Hause liegt ein unermessliches Waldgebiet, das sie unmöglich ganz durchsuchen können. Aber« – er gestikulierte – »ich glaube, sie haben überall im Land und entlang der Straße Wachtürme. Wir sollten im Schutz der Bäume bleiben, Tag und Nacht, wenn wir diesen Weg wählen. Dieser gesamte Landstrich ...« Er verstummte und dachte angestrengt nach, und Larry sah vor seinem geistigen Auge lebhaft die schreckliche Reise über Abgründe und Klüfte, die ihn hierher gebracht hatte. Kennard nickte.

»Das ist natürlich der Grund dafür, dass sie ihre Festung nicht bewachen; sie glauben, dass sie durch den Bergpfad hinreichend geschützt sind. Man braucht sorgfältig gezüchtete, bergtüchtige Pferde, wenn man es überhaupt schaffen will.

Ich habe mein Pferd auf der anderen Seite des Berghangs gelassen. Möglicherweise hat es schon jemand gefunden, ich hatte gehofft ...«

Plötzlich erklang das tiefe Läuten einer Alarmglocke, das im Wald widerhallte; ein Vogel schrie und flog davon, und Kennard fluchte ausgiebig.

»Sie haben das ganze Schloss zusammengetrommelt – es muss doch noch jemand dort gewesen sein!«, sagte er erschrocken und packte Larrys Arm. »In zehn Minuten wird es in diesem Teil des Waldes nur so von ihnen wimmeln. Komm!«

Er rannte los, spürte Zweige an seiner Kleidung reißen, stolperte in Gräben und Vertiefungen, sein Atem ging stoßweise in der bitteren Kälte. Vor ihm rannte Kennard Haken schlagend, manchmal schien er fast wieder ein Stück zurückzulaufen, durch die Bäume, und Larry lief und stolperte in verzweifelter Hast, um mit ihm Schritt zu halten, sein Kopf schmerzte und pochte.

Es schien Stunden zu dauern, bis Kennard sich in eine kleine Vertiefung unter den tief hängenden Ästen eines Baumes fallen ließ. Larry sank neben ihn, sein Kopf fiel auf das eisignasse Gras. Ein paar Sekunden lang konnte er nichts anderes tun als atmen. Allmählich normalisierte sich sein Herzschlag wieder ein wenig, und die Dunkelheit vor seinen Augen wich. Er richtete sich halb auf den Ellbogen auf, aber Kennard riss ihn wieder herunter.

»Bleib flach liegen!«

Larry gehorchte nur zu gerne. Die Welt drehte sich immer noch, und nach einem Augenblick drehte sie sich völlig von ihm weg.

Als er wieder zu Bewusstsein kam, kniete Kennard mit erhobenem Kopf an seiner Seite und hielt ein Ohr in den Wind.

»Sie haben möglicherweise Spürhunde auf unsere Fährte angesetzt«, sagte er beklommen. »Ich glaube, ich habe etwas gehört – hör doch!«

Anfangs vernahmen Larrys Ohren, die nicht an die Wildnis gewöhnt waren, überhaupt nichts. Dann hörte er, in weiter Ferne an- und abschwellend, einen langen, unheimlichen Schrei, ein schrilles Bansheerufen, das an Intensität zunahm, bis seine Ohren infolge des Lauts vibrierten und er die Hände gegen den Kopf presste, weil ihm der Laut Pein bereitete. Er erstarb, schwoll zu einem neuerlichen sirenenhaften Wimmern an. Er sah zu Kennard; das Gesicht des älteren Jungen war aschfahl geworden.

»Was ist das?«, flüsterte Larry.

»Banshees«, sagte Kennard mit erstickter Stimme. »Sie können alles aufspüren, was lebt – und sie nehmen unsere Körperwärme wahr. Wenn sie unsere Witterung aufnehmen, sind wir geliefert!« Er fluchte, und seine Stimme erstarb zu einem heiseren Schluchzen. »Dieser verdammte Cyrillon und seine ganze verdammte Bande ... Zandru strafe sie in der siebten Hölle mit Skorpionen ... Naotabla drehe ihre Füße unterhalb der Knöchel herum ...« Seine Stimme schwoll zu einem hysterischen Kreischen an. Er war blass vor Erschöpfung. Larry fasste ihn an den Schultern und schüttelte ihn fest.

»Das hilft uns nicht weiter! Also was?«

Kennard keuchte und verstummte. Langsam bekam sein Gesicht wieder Farbe, und er lauschte bewegungslos dem an- und abschwellenden Sirenenruf.

»Etwa eine Meile entfernt«, sagte er ärgerlich, »aber sie sind schnell wie der Wind. Wenn wir unseren Geruch ändern könnten ...«

»Wahrscheinlich spüren sie uns anhand des Geruchs meiner Kleidung auf«, sagte Larry. »Sie haben mir den Mantel weggenommen, und ich ...«

Kennard war aufgesprungen, plötzlich ließ er sich vornüber in eine Gruppe grauer Büsche fallen. Einen Augenblick dachte Larry, der ihm dabei zusah, wie er sich in dem Gestrüpp wälzte, die Härte der Reise durch die Berge hätte dem darkovanischen Jungen den Verstand geraubt. Aber als Kennard sich aufrichtete, war sein Gesicht zwar äschern, aber ruhig.

»Komm hierher und roll dich hierin«, befahl er. »Reib dich gründlich damit ein, besonders die Schuhe ...«

Plötzlich begriff Larry, packte ganze Büschel der Blätter. Sie blieben mit ihren pelzigen Nadeln an seinen Händen kleben, aber er folgte dem Beispiel des älteren Jungen, rieb sich Gesicht und Hände mit den Blättern ab, presste ihren Saft auf Kleidung und Stiefel. Die Blätter hatten einen durchdringenden, säuerlichen Geruch, der ihm die Tränen in die Augen trieb wie rohe Zwiebeln; aber er zerrieb ganze Hände voll der Blätter auf seinen Schuhen.

»Das könnte vielleicht funktionieren, vielleicht auch nicht«, sagte Kennard, »aber es gibt uns eine Chance – wenn der Geruch dieser Blätter für diese teuflischen Kreaturen nicht wie Baldrian auf Katzen wirkt. Wenn ich nur mehr über sie wüsste ...«

»Was sind sie denn?«

»Vögel. Riesige Tiere, größer als ein hoch gewachsener Mann, mit ausladenden, dünnen Flügeln, aber sie können nicht fliegen. Ihre Klauen könnten dir mit einem einzigen Hieb die Eingeweide herausreißen. Sie sind blind, und normalerweise leben sie im Schnee der Berge. Sie riechen alles, was warm ist und sich bewegt. Und sie schreien wie ... nun, wie Banshees.«

Die ganze Zeit über, während er sprach, zerrieben er und Larry Blätter, rieben sich Haut und Haare damit ein, tränkten ihre Kleidung mit dem Saft. Der Geruch war Übelkeit erregend und Larry der Meinung, dass jedes Wesen mit Geruchssinn sie über Meilen hinweg wahrnehmen musste, aber vielleicht waren die Banshees wie terranische Bluthunde, auf einen bestimmten Geruch abgerichtet und alle anderen Gerüche ignorierend.

»Zandru allein weiß, wie es Cyrillon und seinen Spießgesellen gelingt, diese Bestien abzurichten«, murmelte Kennard. »Hör doch – sie kommen näher. Komm, wir müssen weiter, aber bemühe dich, leise aufzutreten.«

Wieder eilten sie durchs Unterholz und arbeiteten sich langsam den Hügel empor, wobei Larry versuchte, sich leise zu bewegen, aber dennoch ständig abgefallene Äste unter seinen Füßen knacken hörte, ebenso wie das Rascheln von trockenen Blättern und das Knirschen von Zweigen, wenn er an ihnen vorbeistrich. Im Gegensatz dazu bewegte sich Kennard so leichtfüßig wie ein Blatt im Wind. Und hinter ihnen schwoll immerzu das Heulen der Banshees an, verebbte, schwoll erneut an, bis es alles auszufüllen schien und Larry den Eindruck hatte, als müsste er schreien wegen des Geräuschs, das seine Ohren zum Vibrieren brachte und in seinem Schädel herumrollte, bis für nichts mehr Raum blieb als für pulsierenden Schmerz.

Der Weg, dem sie folgten, begann nun steil anzusteigen, und er musste sich an Zweigen und Ästen festhalten und die Füße gegen Steine stemmen, um an dem steilen Hang voranzukommen. Seine Kleidung war zerrissen, sein Gesicht zerkratzt, der Gestank der Blätter war allgegenwärtig. Der Hang lag in tiefem Schatten, es wurde bitterkalt, und über ihnen wurde der Abendnebel immer dichter, bis Larry kaum noch Kennards Rücken sehen konnte, obwohl dieser sich nur wenige Schritte vor ihm befand. Sie mühten sich den Hügel empor und liefen dann in ein kleines Tal hinab, wo Kennard seine Gangart ein wenig verlangsamte und darauf wartete, dass Larry ihn einholte. Larry atmete schwer und presste die Hände gegen den schmerzenden Kopf, um den Ruf der Banshees nicht hören zu müssen.

Er ließ einen Augenblick nach, erlosch zu einer Art von verwirrter Stille, begann mit einer Reihe frischer Rufe, dann verhallte er wieder. Er wurde mit zunehmender Entfernung leiser. Kennard, dessen Gesicht im Nebel nur ein verschwommener Fleck war, seufzte erleichtert und fiel dann erschöpft zu Boden.

»Wir können uns einen Augenblick ausruhen, aber nicht zu lange«, meinte er.

Larry fiel vornüber und versank auf der Stelle in einen totenähnlichen Schlaf. Es schien nur einen Augenblick später zu sein – aber es war stockdunkel, und ein feiner Sprühregen fiel –, als Kennard ihn weckte. Das Heulen der Banshees erfüllte wieder die Luft – *auf dieser Seite des Hangs!*

»Sie müssen die Erisblätter gefunden und sich zusammengereimt haben, was wir getan haben«, sagte er mit zusammengepressten Zähnen, »und das Zeug hinterlässt natürlich eine Geruchsspur, der ein zusammengebrochenes Maultier von hier bis Nevarsin folgen könnte!«

Larry strengte die Augen an, um durch die Dunkelheit zu starren. Weit unten am Hang schien ein Glitzern zu sein, nichts weiter als ein blasser Funke im Mondlicht. »Ist am Fuß des Berges ein Fluss?«

»Könnte sein. Wenn es einen gibt ...« Kennard schwankte erschöpft. Larry stellte fest, dass die letzten Spuren der Droge aus seinem Körper verschwunden waren, aber jeder Muskel tat ihm von der ungewohnten Anstrengung weh. Dennoch hatte der kurze Schlaf ihn erfrischt. Er legte Kennard den Arm um die Schultern und führte ihn. »Wenn wir ins Wasser gelangen können ...«

»Diesen Trick werden sie auch durchschauen«, sagte Kennard hoffnungslos, und Larry spürte ihn erschauern, ein tiefes

Gefühl, das seine Knochen erbeben ließ. Er deutete nach oben, und Larry folgte seinem Blick. Oben am Hang war, als Umriss vor dem Nachthimmel, ein Ding zu erkennen, das einem das Blut in den Adern gefrieren lassen konnte.

Vogel? Sicherlich hatte noch kein Vogel einen so gewaltigen Umriss gehabt, Flügel wie ein gewaltiger flatternder Mantel; ein totenkopfähnlicher Schädel mit einem gewaltigen phosphoreszierenden Schnabel. Die Erscheinung reckte einen langen Hals, ein grässlicher, pulsierender Schrei erfüllte die Atmosphäre.

Larry spürte, wie Kennard in seinen Armen erstarrte; der Junge starrte unverwandt nach oben, gleich einem Vogel, der von einer Schlange hypnotisiert wurde.

Aber für Larry war es nur ein weiterer Schrecken Darkovers, wahrhaft grässlich anzusehen – aber er hatte schon so viele Schrecken gesehen, dass er abgestumpft war. Er packte Kennard und schubste ihn den Hang hinab, auf das ferne Funkeln zu. Der Schrei des Banshee schwoll an und ab, dicht auf ihren Fersen, während sie sich durchs Unterholz kämpften, ohne noch auf ein Ziel oder den Lärm zu achten, den sie machten. Vor ihnen war das Glitzern von Wasser zu sehen. Sie sprangen, fielen platschend hinein, rappelten sich auf, rannten weiter, wobei sie auf den Steinen ausrutschten. Zweimal fiel Larry der Länge nach in das kalte Wasser, seine Kleidung wurde durchnässt und fror in der eisigen Luft steif, aber er wagte nicht, langsamer zu gehen. Das Heulen des Banshee wurde lauter und lauter, dann verstummte es wieder zu einem verwirrten Wimmern, einem fast wehmütigen Klagen, als wäre die Bestie um etwas betrogen worden. Sie schien im Kreis umherzuirren. Nach und nach gesellten sich weitere klagende Stimmen dazu. Sie stolperten anscheinend stundenlang im Wasser des Bachs weiter, und Larrys Füße waren wie Eisklumpen. Kennard stolperte dauernd, er fiel immer wieder auf die Knie, und beim letzten Mal fiel er mit dem Kopf ans Ufer und blieb liegen. Larrys Drängen konnte ihn nicht wieder zum Aufstehen bringen. Der Darkovaner hatte schlichtweg das Ende seiner phantastischen Ausdauer erreicht.

Larry zog ihn ans andere Ufer und schleppte ihn in den Schutz des Waldes. Dort verharrte er und lauschte dem allmählich sich entfernenden frustrierten Wimmern der Banshees. Weit oben am Hang sah er Fackeln und Lichter. Sie suchten im Buschwerk, aber nachdem ihre Spürtiere die Spur verloren hatten, hatten sie keine Möglichkeit mehr, ihrer Beute zu folgen. Aber würden sie den Geruch flussabwärts wieder aufnehmen können? Larry, der feststellte, dass er hungrig war, erinnerte sich, dass er vor einem oder zwei Tagen – bevor sie ihn unter Drogen gesetzt hatten – ein Stück des groben Brotes in die Tasche gesteckt hatte. Er nahm es heraus und begann daran zu nagen, dann besann er sich, brach es in zwei Hälften und steckte die andere für Kennard wieder ein. Als er das tat, berührten seine Hände Metall, und er ertastete die Konturen des terranischen Erste-Hilfe-Kastens. So klein, wie er war, enthielt er wahrscheinlich nichts für ihre Kratzer und Prellungen, aber ...

Natürlich! Er zog ungeduldig an Kennards Hand; als der darkovanische Junge stöhnte und sich regte, drückte er ihm das Brot in die Hand, dann flüsterte er: »Hör zu. Ich glaube, wir können sie überlisten, auch wenn sie unseren Geruch flussabwärts wieder aufnehmen. Hier, iss das, und dann hör mir zu.« Er suchte in der Dunkelheit in dem Kästchen. Er fand die halbleere Tube Brandsalbe, die er nach dem Feuer verwendet hatte, schraubte sie auf und nahm den scharfen, unbekannten chemischen Geruch wahr.

»Das dürfte sie eine Weile verwirren«, sagte er und strich eine dünne Schicht zuerst auf seine Stiefel, dann auf die Kennards. Kennard, der das Brot kaute, nickte bestätigend. »Sie können *Eris*blätter wahrnehmen. Das hier sicher nicht.«

Sie ruhten sich noch eine Weile aus, dann begannen sie vorsichtig, die andere Seite des Hangs emporzuklettern. Hier gab es genügend Schutz, wenngleich die Äste und Zweige des Unterholzes ihnen Gesichter und Hände aufrissen. Kennards lederne Reiterhose sah nicht ganz so übel mitgenommen wie die Larrys aus, aber ihre Gesichter waren blutüberströmt, und die rote Sonne begann bereits, die Wolken der Dämmerung zu verscheuchen, als sie endlich die Hügelkuppe erreichten und sich erschöpft auf die Felsen legten, zu müde, um noch einen Schritt weiterzugehen. Hinter ihnen, im Tal, war im Moment keine Spur von Männern und Banshees mehr auszumachen.

»Sie haben die Jagd vielleicht abgeblasen«, murmelte Kennard, »Banshees sind im Sonnenlicht ungeschickt, es sind Nachtvögel. Vielleicht sind wir tatsächlich entkommen.«

Er schlang den Mantel um sich, kniete nieder und blickte ins Tal hinab. Es war eine gewaltige, dicht bewaldete Senke. Nahe beim Gipfel, wo sie sich befanden, gab es Unterholz, Gestrüpp und verkümmerte Koniferen, Schnee lag auf den Landstrichen, die die Sonne nicht erwärmt hatte. Weiter unten wuchsen große Bäume und dichte Hecken, während der Wald im Tal völlig unberührt war und eine dichte Vegetation aufwies. Kein Haus, keine Farm, kein einziger Fleck bebauten Lands, nicht einmal eine einsame Gestalt, die sich bewegte. Nur kreisende Falken über ihnen und die stummen Bäume unter ihnen. Das war alles, abgesehen von ihren schleppenden Schritten. Sie waren Cyrillons Burg entkommen. Aber im zunehmenden roten Licht begegneten sich ihre Blicke, und sie stellten fest, dass sie beide dasselbe dachten.

Sie waren Banditen und Banshees entkommen. Aber sie waren hunderte Meilen von sicherem bekanntem Land entfernt – allein, zu Fuß, fast waffenlos in einem riesigen, unerschlossenen Wald in einer der unwirtlichsten Gegenden Darkover.

Aber sie waren am Leben.

Und das war alles, was sie momentan sagen konnten.

9

Die Sonne stieg höher und höher. In die Nische, in der sie lagen, schien die Sonne winzig und leuchtschwach, aber schließlich regte Kennard sich doch. Er nahm den Mantel ab und breitete ihn in der Sonne zum Trocknen aus, dann zog er sich nackt aus und bedeutete Larry, dasselbe zu tun. Als der zitternde Larry zögerte, sagte er barsch: »Nasse Kleidung wird dich schneller erfrieren lassen als kalte Haut. Und zieh auch die Stiefel aus und trockne deine Socken.«

Larry gehorchte, kauerte sich aber hinterher fröstelnd gegen einen von der Sonne erwärmten Fels. Während ihre Kleidung im beißenden Bergwind trocknete, machten sie Bestandsaufnahme.

Zusätzlich zu seinem Erste-Hilfe-Kästchen – das nur ein paar gewöhnliche Medikamente enthielt, weil es nur wenige Zentimeter lang und breit war – hatte Larry das Taschenmesser mit der abgebrochenen Klinge, dem Korkenzieher und der winzigen magnetisierten Klinge. Kennard sah es mit hochgezogener Braue und einem amüsierten Lächeln an, dann zuckte er die Achseln. Zudem hatte er noch ein Stück des groben Brotes, ein Notizbuch, ein Taschentuch und eine oder zwei Münzen.

Kennard, der sich auf eine lange Reise eingestellt hatte, war besser ausgerüstet. Er besaß einen rasiermesserscharfen Dolch, Feuersteine und Zunderbüchse; in dem Lederbeutel, den er um die Taille trug, hatte er etwas Brot und getrocknetes Fleisch. »Nicht viel«, sagte er. »Ich habe noch mehr, wo ich mein Pferd zurückgelassen habe; ich hatte gehofft, wir könnten diesen Weg nehmen. In den Wäldern gibt es Nahrung genug, doch bin ich hier nicht ganz so sicher wie in den Wäldern der Heimat. Nein, verhungern werden wir nicht, aber es gibt Schlimmeres.«

Auf Larrys fragenden Blick sagte er widerwillig: »Wir haben uns verirrt, Larry. Ich habe gestern Nacht die Orientierung verloren, als wir vor den Banshees geflohen sind. Ich weiß nur, dass wir westlich von Cyrillons Festung sind – und kein Tiefländer oder *Comyn* ist bisher so tief in diese Berge vorgedrungen. Niemals. Wenigstens hat keiner überlebt, um davon zu berichten. Wir können nicht zurück nach Osten, in Richtung Heimat – dabei müssten wir Cyrillons Land durchqueren –, und wenn wir einen weiten Bogen nach Norden schlagen, dann gelangen wir zu den Trockenstädten.« Sein Gesicht zitterte, wenngleich er versuchte, sich zu beherrschen. »Das sind Wüsten – Sand, kein Wasser, keine Nahrung, wir könnten ebenso gut zurückgehen und Cyrillon um ein Nachtlager bitten. Im Süden ist der Gebirgszug der Hellers – und nicht einmal professionelle Führer oder Bergleute wagen sich ohne Kletterausrüstung dorthin. Ich habe mich ein wenig im Bergsteigen geübt, aber die Hellers kann ich ebenso wenig bezwingen, wie du ein terranisches Raumschiff steuern kannst.«

Damit blieb nur eine Möglichkeit. »Westwärts?«

»Wenn du nicht wieder durch Cyrillons Land möchtest, mit Banshees und allem Drum und Dran. Soweit ich weiß, handelt es sich nur um gewöhnlichen Wald. Er ist unerforscht, aber wenn wir der untergehenden Sonne folgen, sollten wir irgendwo dort herauskommen, wo Lorill Hastur sein Anwesen hat. Wir gehen nordwärts an den Hellers entlang ...« Er zeichnete eine ungefähre Karte auf den Boden. »Wir sind hier. Und dort möchten wir hin. Aber die Götter allein wissen, was dazwischen liegt oder wie lange wir brauchen werden.« Er sah Larry unverwandt an. »Selbst in Begleitung meines Vaters und einem Dutzend seiner besten Soldaten würde mir eine solche

Reise nicht gefallen. Aber, *Bredu,* wenn du bereit bist, werde ich es mit dir versuchen.«

Er sah Larry in die Augen, und einen Augenblick wurde Larry an den tiefen Kontakt zwischen ihnen erinnert, der mittels des blauen Kristalls der psychischen Kräfte stattgefunden hatte. Das Wort *Bredu* hatte ihn verblüfft. Wörtlich übersetzt bedeutete es »Freund« – aber das normale Wort für Freund war einfach *Cim'ii. Bredu* konnte Bruder bedeuten – ein enger Verwandter, Bruder oder Vetter – oder es konnte *geliebter Bruder* heißen. Es war ein Wort, das ihm zeigte, welches Vertrauen dieser darkovanische Junge, der ihm das Leben gerettet hatte, in ihn setzte. Kennard hatte seinetwegen allein eine verzweifelte Reise unternommen, und nun würde er, mit Larrys Hilfe, eine zweite machen.

Es war der feierlichste Augenblick in Larrys Leben. Er war fast gelähmt vor Angst, und er konnte Kennards Angst spüren, als wäre es seine eigene; tiefer, weil Kennard die Gefahren besser kannte. Und dennoch ...

Larry sagte leise: »Ich bin dazu bereit, wenn du es bist – *Bredu.*«

Und in diesem Augenblick wusste er, dass er nötigenfalls sein Leben für Kennard hingeben würde – so wie dieser seines für ihn riskiert hatte.

Der Augenblick dauerte nur einen Sekundenbruchteil. Dann brach Kennard das letzte Stück von Cyrillons Brot und sagte: »Essen wir das. Wir brauchen die Kraft. Dann habe ich noch dies hier ...« Er holte kurz das seidenverpackte Ding aus der Tasche, das den blauen Kristall enthielt. »Das half mir, dich zu finden, denn nachdem du hineingesehen hattest, war dein Verstand damit verbunden. Wenn ich mich verirrt hatte, musste ich nur hier hineinsehen und an dich denken – und es zeigte mir die richtige Richtung.«

Larry wandte den Blick von dem Stein ab. Er weckte Erinnerungen an die Zeit in Cyrillons Gefangenschaft. »Cyrillon ließ mich in eines dieser Dinge blicken.«

Die Wirkung dieser Worte auf Kennard war bemerkenswert. Sein Gesicht wurde schlagartig weiß. »Cyrillon – hat eines *davon*?«

Larry erzählte ihm den Zwischenfall kurz, und Kennard leckte sich die trockenen Lippen mit der Zunge. »Avarra führe und beschütze uns! Er weiß nicht, wie man es anwendet, aber sollte er es jemals herausfinden oder sollte ihm eine seiner Frauen einen Telepathen gebären, dann könnten die Götter selbst Darkover nicht vor ihrer bösen Macht retten. Ganz zu schweigen davon«, fügte er grimmig hinzu, »dass er uns damit aufspüren könnte – wie ich dich aufgespürt habe.«

»Er hat Angst davor«, sagte Larry und erzählte Kennard, wie er das herausgefunden hatte, aber Kennard schüttelte den Kopf. »Dennoch könnte er es riskieren – offensichtlich hat er eine Menge riskiert, um dich in seine Gewalt zu bekommen. Oh, Zandru, was soll ich nur tun, was soll ich nur tun!« Er verbarg das Gesicht in den Händen und blieb bewegungslos sitzen, den blauen Stein fest in Händen. Schließlich sah er wieder auf, sein Gesicht war grau und von Entsetzen gezeichnet.

»Wir ... wir müssen Cyrillons Stein zerstören«, sagte er schließlich. »Ich weiß, was ich tun muss, aber ich habe Angst, Larry, ich habe Angst!« Es war ein Angst erfülltes Flehen. »Aber ich muss es tun!«

»Warum?«

Kennard sah ihn grimmig an. Er rollte den Ärmel zurück und zeigte Larry ein seltsames Mal, ähnlich einer Tätowierung. »Weil ich vereidigt bin«, sagte er grimmig, »dass ich lieber sterben werde, als zuzulassen, dass eine unserer *Comyn*-Waffen in die Hände des Feindes fällt.«

Larry spürte, wie der Schrecken mit eisigen Fingern in seinem Innern wütete. Bewusst zu Cyrillons Festung zurückzukehren, um den Stein zu zerstören ...

»Was sollen wir tun?«, fragte er bewusst leichthin und sarkastisch. »Vor seine Tür treten und ihn höflich bitten, ihn uns zu geben?«

Kennard schüttelte den Kopf. »Schlimmer als das«, sagte er mit kaum hörbarer Stimme, »und ich kann es nicht alleine tun. Du musst mir helfen. Aldones schütze uns! Wenn ich nur Vater hiermit erreichen könnte, aber das kann ich nicht ...«

»Was ist es? Was musst du tun?«

»Das würdest du nicht verstehen ...«, begann Kennard hitzig, dann zwang er sich zur Ruhe und sagte: »Tut mir Leid. Du hängst mit drin, und du wirst mir helfen müssen. Ich muss das hier nehmen« – er deutete auf den blauen Kristall – »und den Cyrillons damit zerstören. Und zwar jetzt.«

»Aber wie kann ich helfen?« Larry war ängstlich und verwirrt. »Ich bin kein Telepath.«

»Du musst einer sein«, sagte Kennard drängend. »Du hast Cyrillon hiermit Widerstand leisten können! Ich verstehe es auch nicht. Ich habe noch nie von einem terranischen Telepathen gehört. Aber offensichtlich sind wir beide miteinander verbunden. Vielleicht hast du es von mir, ich weiß nicht. Aber wir werden es versuchen.«

Er packte den Kristall aus, und Larry wandte den Blick ab. Der Gedanke daran, wieder in dieses Ding zu blicken, erfüllte ihn buchstäblich mit Übelkeit. Bei der Erinnerung an Cyrillons Zwang begann seine Schulter wieder zu schmerzen.

Aber wenn Kennard es tun musste ... Kennard, der sein Leben riskiert hatte, um ihn zu retten. Larry sagte fest: »Was muss ich tun?«

Kennard nahm mit überkreuzten Beinen Platz, sah in den Stein, und Larry fühlte sich unausweichlich an die drei Adepten erinnert, die den Regen über das Feuer im Wald gebracht hatten. Ohne auf die Aufforderung zu warten, nahm er Kennard gegenüber Platz. Kennard sagte leise: »Verbinde dich einfach mit mir – und bleib dran. Unterbrich nicht, was auch immer geschehen mag.«

Das wabernde Blau des Kristalls hüllte alles ein. Larry spürte Kennard wie einen Feuerball und warf all seine Energie, all seine Willenskraft ins Feld, um ihn zu unterstützen ...

Er spürte eine schlafende blaue Aura erwachen und aufflackern. Sie flammte empor, elektrisierendes Blau, und Larry spürte, wie er darin unterging. Sein Körper schmerzte, der Kopf tat ihm weh, die Erde wirbelte davon, er schwebte allein im blauen Raum, während die blauen Flammen miteinander verschmolzen, und er spürte Kennard beben, sich drehen und in unauslotbaren Fernen verschwinden. Das Feuer ertränkte ihn ...

Dann schien von irgendwoher eine gewaltige Kraft durch ihn zu strömen, dieselbe Kraft, mit der er Cyrillon wimmernd durch die Zelle gejagt hatte. Er leitete sie auf das fremde Blau zu. Die Flammen berührten einander, verschmolzen, sanken ...

Der Wald war grün und hell um sie herum, und Larry schnappte wie ein Ertrinkender nach Luft. Kennard lag bleich und erschöpft auf den Blättern, seine Hand hielt den Kristall mit lockerem Griff. Aber in seinem Kern war kein blaues Feuer mehr. Es war ein farbloser Stein, der, während Larry hinsah, ein- oder zweimal aufflackerte und sich dann in ein blaues Rauchwölkchen auflöste. Kennards Hand war leer.

Kennard richtete sich auf, seine Brust hob und senkte sich. Er sagte: »Er ist fort. Ich habe ihn zerstört, auch wenn ich diesen hier mit zerstören musste. Und er hätte uns zu Lorill Hasturs Land führen können.« Seine Miene war verbittert. »Aber immer noch besser als ein Sternstein in Cyrillons Besitz. Nun haben wir uns nur noch gewöhnlichen Gefahren zu stellen.

Nun ...« Er zuckte die Schultern und stand auf. »Wir müssen eine große Strecke zurücklegen, auch wenn wir nur der Sonne nach Westen zu folgen haben. Fangen wir an.«

Larry drängte die vielen Fragen nieder, die ihn beschäftigten, und griff nach seinen mittlerweile trockenen Kleidern. Er kannte Kennard mittlerweile gut genug, um zu wissen, dass er weitere Erklärungen nicht aus dem Jungen herausbekommen würde. Schweigsam steckte er das Taschenmesser ein, den Erste-Hilfe-Kasten, streifte die Stiefel über. Immer noch schweigend, folgte er Kennard, als der Darkovaner begann, den westlichen Hang hinabzugehen, in die weglose Einöde, die zwischen Cyrillons Burg und Lorill Hasturs Anwesen lag.

Diesen und den darauf folgenden Tag verbrachten sie damit, sich einen Weg durch verfilztes Unterholz zu bahnen, wobei sie der Sonne nach Westen folgten, nachts in Löchern voll herabgefallener Blätter schliefen, sparsam von dem Brot und Fleisch aßen, das Kennard noch bei sich hatte. Am Abend des zweiten Tages gingen die Vorräte zu Ende, und sie mussten ohne Abendessen zu Bett, lediglich ein paar Beeren fanden sie, die sauer und ohne Aroma waren, aber den Hunger wenigstens vorübergehend linderten.

Der nächste Tag war schrecklich, während sie sich durch dünner werdendes Gestrüpp kämpften, aber sie machten früh Rast, und Kennard wandte sich an Larry und sagte: »Gib mir dein Taschentuch.«

Gehorsam reichte Larry es ihm. Es war zerknittert und schmutzig, und er konnte sich nicht vorstellen, was Kennard damit anfangen wollte, aber er saß daneben, als Kennard es in Streifen riss, die er zusammenknotete, bis er ein hinreichend langes Stück Seil hatte. Er suchte lautlos, bis er ein Loch im Boden gefunden hatte, dann bog er einen Zweig herunter und richtete eine Falle ein. Er bedeutete Larry, sich flach und ruhig hinzulegen, dann folgte er seinem Beispiel. Es schien Stunden zu dauern, während sie dort lagen, Larrys Körper wurde verkrampft und steif, aber Kennard warf ihm wütende Blicke bei der geringsten Bewegung zu, die er machte, um einem schmerzenden Muskel Linderung zu verschaffen.

Lange Zeit später tauchte die schnuppernde Schnauze eines kleinen Tieres vor dem Loch auf, und Kennard zog auf der Stelle die Schlaufe an. Das kleine Geschöpf hing zappelnd in der Luft.

Larry zuckte zusammen, doch dann überlegte er, dass er sein ganzes Leben lang Fleisch gegessen hatte und dies nicht der Zeitpunkt war, pingelig zu werden. Er sah zu, wobei er sich auf unbestimmte Weise nutzlos und überflüssig fühlte, wie Kennard dem Tier das Genick brach, es häutete und ausnahm und trockene Zweige für ein Feuer suchte.

»Es wäre sicherer, das nicht zu tun«, sagte er mit trockenem Lächeln, »aber ich kann rohes Fleisch nicht ausstehen – und wenn sie nach der langen Zeit immer noch hinter uns her sind, haben wir sowieso keine Chance.«

Das kleine pelzige Tier war nicht größer als ein Kaninchen; sie aßen jedes genießbare Teil davon und nagten sogar noch die Knochen ab. Kennard bestand darauf, dass sie die Feuerstelle verbargen, indem sie Laub über die Asche streuten, damit keine Spur ihres Lagers zurückblieb.

Als sie in dieser Nacht schlafen gingen, lag Larry lange wach und fühlte sich irgendwie unbehaglich; einerseits neidete er Kennard seine Kenntnis der Wälder – er selbst wäre ohne das Wissen des anderen Jungen hilflos in diesem Wald gewesen –, gleichzeitig nagte auch eine Unruhe in ihm, die nichts damit zu tun hatte. Der Wald war von seltsamen Geräuschen erfüllt, den fernen Rufen von Vögeln und dem Rascheln seltsamer Tiere, und Larry versuchte sich einzureden, dass er ganz einfach deshalb unruhig war, weil ihm alles so fremd erschien.

Als sie sich am nächsten Morgen zum Aufbruch rüsteten, sah sich Larry um, bis Kennard es bemerkte und ihn etwas aufbrausend fragte, was denn los sei.

»Ich höre etwas, sehe es aber nicht«, sagte Larry widerwillig.

»Einbildung«, sagte Kennard achselzuckend, aber Larrys Unbehagen blieb.

Dieser Tag war wie der vorhergehende. Sie mühten sich anstrengende Hänge hinab, kämpften sich durch Gestrüpp, sie stolperten durch Land, das wie ebenes Waldland aussah, aber übersät war mit abgestorbenen Baumstämmen und tiefen Klüften.

Am Abend erwischte Kennard einen Vogel und wollte gerade ein Feuer entzünden und ihn zubereiten, als er Larrys Unruhe bemerkte.

»Was ist denn los mit dir?«

Larry konnte nur schweigend den Kopf schütteln. Er wusste – ohne zu wissen, *woher* er es wusste –, dass Kennard *kein* Feuer anzünden durfte, und das schien so sinnlos, dass er vor innerlicher Anspannung beinahe weinte. Kennard betrachtete ihn mit einer Mischung aus Ungeduld und Mitleid.

»Du bist erschöpft, das ist mit dir los«, sagte er. »Und wahrscheinlich immer noch halb vergiftet von der Droge, die sie dir gegeben haben. Warum legst du dich nicht hierher und schläfst? Ruhe und Essen werden dir mehr helfen als alles andere.« Er nahm die Zunderschachtel zur Hand und wollte gerade das Feuer entfachen ...

Larry schrie auf, ein unartikulierter Laut, und sprang auf. Er packte sein Handgelenk und verstreute den Zunder. Der wütende Kennard ließ die Schachtel fallen und schlug Larry heftig übers Gesicht.

»Verdammt, jetzt sieh nur, was du getan hast!«

»Ich ...« Larrys Stimme versagte. Er konnte nicht einmal

wegen des Hiebes böse auf ihn sein. »Ich weiß nicht, warum ich das getan habe.«

Kennard stand über ihm, und sein Zorn wich langsam Verwirrung und Mitleid. »Du bist durcheinander. Heb den Zunder auf ...« Als Larry damit fertig war, trat er vorsichtig einen Schritt zurück. »Wirst du wieder Ärger machen, verdammt, oder werden wir rohes Fleisch essen müssen?«

Larry ließ sich zu Boden fallen und verbarg das Gesicht in den Händen. Der Funke sprang auf den Zunder über; Kennard kniete nieder und entfachte den Funken zur Flamme, die er mit Zweigen nährte. Larry saß schweigend daneben, und nicht einmal der Geruch des gebratenen Fleisches konnte den immer dichter werdenden Nebel seines wachsenden Unbehagens durchdringen. Er sah nicht, wie Kennard ihn mit einem zunehmend missbilligenden Stirnrunzeln ansah. Als Kennard den gebratenen Vogel vom Feuer nahm und in zwei Hälften zerlegte, schüttelte Larry nur den Kopf. Er hatte Hunger, der Geruch des Fleisches ließ ihm das Wasser im Mund zusammenlaufen, aber er konnte weder kauen noch schlucken. Schließlich hörte er Kennard sanft sagen: »Na gut, vielleicht später.« Aber die Worte klangen sehr weit entfernt durch das ständig wachsende Unbehagen. Er konnte Kennards Gedanken spüren, als sähe er das Leuchten von Funken in halb erloschener Asche; Kennard dachte, dass er, Larry, seinen Halt in der Wirklichkeit verlor. Larry machte ihm deswegen keinen Vorwurf. Auch er war dieser Meinung. Aber dieses Wissen konnte die nagende Furcht nicht durchbrechen, die wuchs und wuchs ...

Plötzlich brach sie wie eine mächtige Sturzflut. Er hörte sich aufgeschreckt schreien und sprang auf, aber es war zu spät.

Plötzlich schwärmten dunkle, kauernde Gestalten auf die Lichtung; Kennard schrie und sprang auf, aber sie hatten bereits ein großes Netz über ihn und Larry geworfen, das sie nun eng zusammenzogen.

Der dichte Nebel böser Vorahnungen war verschwunden, und Larry war wieder bei klarem Verstand und sich ihrer neuerlichen Gefangennahme wohl bewusst. Das enge Netz hatte sie dicht zueinander gezogen, aber sie standen beide noch; im Schein des Feuers und irgendwelcher phosphoreszierender Fackeln konnten sie die Gestalten ringsum deutlich erkennen. Die neuen Angreifer waren nicht menschlich.

Sie waren wie Menschen gebaut, aber kleiner; pelzig, nackt, abgesehen von Lendenschürzen aus Blättern oder einem geflochtenen Material; ihre Augen waren rosa, die Finger und Zehen lang und greiffähig. Sie versammelten sich um das Netz und zwitscherten in einer hohen, vogelähnlichen Sprache. Larry sah neugierig zu Kennard, und der andere sagte gepresst – »Waldläufer. Nichtmenschen. Sie leben auf den Bäumen. Ich habe nicht gewusst, dass sie so weit nach Süden kommen. Wahrscheinlich hat das Feuer sie angezogen. Wenn ich gewusst hätte ...« Er sah niedergeschlagen zu dem ausgehenden Feuer. Waldläufer hatten sich darum versammelt, kreischten und stocherten behutsam mit langen Stöcken darin herum, warfen Erde darauf und schafften es schließlich, es ganz zu löschen. Dann trampelten sie mit offensichtlicher Wonne darauf herum, tanzten eine Art Siegestanz, schließlich kam eines der Wesen zu dem Netz herüber und hielt ihnen einen langen Vortrag in ihrer zwitschernden Sprache; natürlich verstand keiner der Jungen ein Wort, aber der Tonfall war erbost und triumphierend.

Kennard sagte: »Sie haben schreckliche Angst vor dem Feuer, und sie hassen die Menschen, weil wir es benutzen. Natürlich haben sie Angst vor Waldbränden. Für sie ist Feuer gleichbedeutend mit Tod.«

»Was werden sie mit uns machen?«

»Ich weiß nicht.« Kennard sah Larry seltsam an, aber er sagte lediglich: »Nächstes Mal vertraue ich deinen Vorahnungen. Offensichtlich bist du nicht nur Telepath, sondern hast auch noch präkognitive Fähigkeiten.«

Für Larry sahen die Waldläufer wie große Affen aus – oder wie die *Kyrri*, nur kleiner und ohne die grenzenlose Würde dieser anderen Geschöpfe. Er hoffte nur, dass sie nicht auch die Fähigkeit der *Kyrri* besaßen, elektrische Schläge austeilen zu können.

Offenbar nicht. Sie zogen das Netz dicht um die beiden Jungen und zwangen sie zum Laufen, indem sie daran zogen, aber ansonsten taten sie ihnen keine Gewalt an. Nach einigen Metern kamen sie auf einen breiteren Pfad; Kennard flüsterte leise, als er ihn sah.

»Anscheinend befinden wir uns schon den ganzen Tag auf dem Gelände der Waldläufer. Möglicherweise haben sie uns die ganze Zeit beobachtet, aber wahrscheinlich hätten sie uns nichts getan, wenn ich nicht das Feuer angezündet hätte. Ich hätte es wissen müssen.«

Auf dem freigelegten Pfad war es leichter zu gehen. Larry hatte jedes Zeitgefühl verloren, stolperte aber immer noch erschöpft dahin, als sie viel später eine breite Lichtung betraten, die von Phosphoreszenz erhellt war, welche, wie sie nun sahen, von Pilzen stammte, die auf den Baumstämmen wuchsen. Nach einer Unterhaltung in ihrer zwitschernden Sprache schlangen sie die Gurte des Netzes um einen Baum und kletterten am Stamm des nächsten hinauf.

»Ich frage mich, ob sie uns einfach hier zurücklassen«, sagte Kennard.

Ein heftiger Ruck am Netz enthob Larry einer Antwort. Langsam begann das Netz in die Höhe zu steigen. Sie hatten keinen Halt mehr am Boden und hingen darin wie in einem großen Sack. Kennard brüllte protestierend, und auch Larry schrie, aber offensichtlich wollten die Waldläufer keine Risiken eingehen. Einmal hörte die Aufwärtsbewegung auf, und Larry überlegte, ob sie wie große Würste hier in dem Sack hängen bleiben sollten; aber nach einem Herzschlag ging es weiter nach oben.

Kennard fluchte mit verhaltener Stimme. »Ich hätte uns in dem Augenblick, als sie uns allein ließen, den Weg freischneiden sollen!« Er holte das Messer heraus und begann eifrig an einem der dicksten Stränge zu schneiden.

»Nein, Kennard, wir würden nur stürzen.« Er deutete nach unten in die Tiefe. »Und wenn sie das sehen, werden sie dir das Messer wegnehmen. Verstecke es! Verstecke es!«

Kennard sah ein, dass Larry Recht hatte, und verbarg das Messer wieder unter dem Hemd. Die Jungs klammerten sich aneinander, während das Netz immer höher und höher stieg, den Baumwipfeln entgegen; mittlerweile verspürte keiner von beiden mehr den Wunsch, das Netz durchzuschneiden, vielmehr fürchteten sie, es könnte reißen. Als sie sich den obersten Ästen der riesigen Bäume näherten, wurde das Licht heller, und schließlich wurde das Netz mit einem Ruck, der sie beide zusammenstoßen ließ, über einen Ast und auf den Boden des Lagers der Waldläufer im Wald gezogen.

Larry sagte drängend: »Einer von uns sollte es mit zweien dieser winzigen Geschöpfe aufnehmen können! Vielleicht können wir unseren Weg freikämpfen!«

Aber die Schwärme der Waldläufer, die sie umringten, beendeten Larrys Optimismus. Es mussten vierzig oder fünfzig sein, Männer, Frauen und ein paar Kinder mit hellem Pelz. Wenigstens ein Dutzend der Männer eilte zum Netz und zog Larry und Kennard mit sich. Als sie aufhörten, sich zu wehren, und bedeuteten, dass sie freiwillig mitkommen wollten, kam einer der Waldläufer – er hatte ein schmales, pelziges Affengesicht und grüne, intelligente Augen – auf sie zu und begann die Knoten des Netzes mit gelenkigen Fingern zu lösen. Die Waldläufer gingen jedoch kein Risiko eines plötzlichen Fluchtversuchs ein. Als er einsah, dass Flucht vorerst unmöglich war, sah Larry sich um und studierte die seltsame Stadt in den Bäumen.

Zwischen den Kronen eines Kreises großer Bäume war eine Plattform aus gefällten Stämmen errichtet worden, der mit etwas bedeckt war, das wie große geflochtene Matten aussah. Bei jeder Bewegung schwankte er beunruhigend; aber Larry, der sah, dass er die große Zahl der Waldläufer trug, erkannte, dass er konstruiert worden sein musste, um eine große Menge tragen zu können. Wie konnte ein so einfaches Volk eine solche Meisterleistung der Ingenieurkunst erdacht haben? Nun, wenn Biber Dämme bauen konnten, die jedes Ingenieurs würdig waren, warum sollte es dieses Baumvolk nicht auch können?

Durch die Blätter über ihnen fiel hellgrünes Licht herein; in diesem Dämmerlicht sah er einen Kreis von Hütten, die am Rand der Plattform erbaut worden waren. Über ihren Dächern breitete sich ein Baldachin aus grünen Blättern aus, Reben wuchsen an den Wänden, an denen reife, saftige Beeren hingen, die so köstlich aussahen, dass Larry jetzt erst erkannte, wie hungrig er war.

Sie wurden in eine der Hütten gestoßen; ein Gitter aus Ästen fiel hinter ihnen herunter, und sie waren Gefangene.

Gefangene der Waldläufer!

Larry sank erschöpft zu Boden. »Vom Regen in die Traufe«, sagte er, und als Kennard ihn verblüfft ansah, übersetzte er das Sprichwort so gut es ging ins Darkovanische. Kennard lächelte trocken. »Wir haben hier ein ähnliches Sprichwort: ›Das Tier, das von der Falle in den Kochtopf wandert.‹«

Kennard holte das Messer heraus und begann an den Stangen und Reben zu säbeln, die ihr Gefängnis bildeten, aber es war zwecklos. Die Reben waren grün und saftig und dick und leisteten dem Messer erfolgreich Widerstand, fast so, als wären es Eisenstangen. Er steckte das Messer mit einer Grimasse wieder ein und starrte finster auf den moosbedeckten Boden.

Stunden verstrichen. Sie hörten das ferne Zwitschern der Waldläufer, Vogelgesang in den Bäumen, das Surren grillenähnlicher Insekten. Im Moos, das auf dem Hüttenboden wuchs, befanden sich mehrere winzige Insekten, die zirpten und ohne Furcht umherwuselten und die Köpfe hoben, ähnlich wie Haustiere.

Allmählich wurde das grün gefilterte Licht dunkler; es wurde kälter, schließlich senkte sich Finsternis herab. Die Laute verstummten, die Stadt in den Baumwipfeln sank in den Schlaf. Sie saßen in der Dunkelheit beisammen, und Larry dachte fast zornig an die saubere und ordentliche Welt der terranischen Handelsstadt. Warum hatte er sie nur jemals verlassen wollen?

Dort gab es Licht und Leben, Nahrung und Gesellschaft, Menschen, die seine Sprache sprachen ...

In der Dunkelheit regte Kennard sich, murmelte etwas Unverständliches und schlief erschöpft wieder ein. Plötzlich schämte sich Larry seiner Gedanken. Seine Suche nach Abenteuern hatte ihn hierher geführt, gegen alle Warnungen – und Kennard musste in jedem Fall das ungewisse Schicksal teilen, das sie bei den Waldläufern erwartete. Nach darkovanischer Auffassung war er, Larry, ein Mann. Er konnte sich wie einer benehmen. Er suchte die wärmste Ecke der Hütte, zog die Stiefel und die Jacke aus, wobei er Letztere, einer Eingebung folgend, über dem schlafenden Kennard ausbreitete; dann rollte er sich auf dem Moos zusammen und schlief ein.

Er schlief lang und tief; als er erwachte, zupfte Kennard an seinem Ärmel, die Gittertür wurde hochgezogen. Jedoch nur einen Spalt breit, und die Tür schloss sich rasch wieder. Draußen hörten sie, wie ein Riegel vorgeschoben wurde.

Es war heller und wärmer. Die beiden Jungen stürzten sich sofort auf das Tablett. Es war übervoll mit Essen, die üppigen Trauben, die sie gesehen hatten, Nüsse mit weichen Schalen, die Larry mit seinem Taschenmesser öffnen konnte, sowie einige weiche, schwammige, erdige Früchte, die wie Honig schmeckten. Sie aßen sich gründlich satt, dann stellten sie das Tablett weg und sahen einander an. Keiner wollte der Erste sein, der von der offensichtlichen Hoffnungslosigkeit ihrer Lage sprach.

Larry sprach zuerst, nachdem er die Schnitzerei des Tabletts betrachtet hatte: »Sie haben Werkzeuge?«

»Oh, ja, ausgezeichnete Feuersteinmesser – ich habe sie im Museum nichtmenschlicher Artefakte in Arilinn gesehen«, erwiderte Kennard, »und einige der Bergvölker treiben Handel mit ihnen – sie geben ihnen Messer und Werkzeuge als Gegenleistung für bestimmte Sachen, die sie anbauen, hauptsächlich Färbemittel und Kräuter für medizinische Zwecke. Nüsse und Obst. Solche Dinge.«

»Dann scheinen sie ja eine recht komplexe Kultur zu haben.«

»Haben sie. Aber sie fürchten und hassen die Menschen, wahrscheinlich, weil wir Feuer benutzen.«

Larry, der an den erst wenige Tage zurückliegenden Waldbrand dachte, konnte ihnen daraus eigentlich keinen Vorwurf machen. Er betrachtete die Tasse, die den Honig enthalten hatte. Sie war aus ungebranntem Ton hergestellt, in der Sonne getrocknet und derb. Was sonst konnte eine Kultur ohne Feuer herstellen?

Es lagen immer noch ein paar Nüsse und Früchte auf dem Tablett, obwohl das Mahl üppig gewesen war. Er sagte: »Ich hoffe, sie mästen uns nicht für ihr Sonntagsessen.«

Kennard lachte ein wenig. »Nein. Sie essen nicht einmal Tiere. Soviel ich gehört habe, sind sie Vegetarier.«

Larry explodierte. »Was, bei allem Unglück, wollen sie dann von uns?«

Kennard zuckte die Achseln. »Ich weiß es nicht – und ich habe verdammt keine Ahnung, wie wir sie danach fragen sollen.«

Larry schwieg und dachte darüber nach. »Bist du denn kein Telepath?«

»Kein so guter. Wie auch immer, die Telepathie übermittelt stets in Worte gefasste Gedanken – und Gefühle. Zwei Telepathen, die nicht dieselbe Sprache sprechen, haben so unterschiedliche Konzepte, dass es fast unmöglich ist, gegenseitig die Gedanken zu lesen. Und zu versuchen, die Gedanken eines Nichtmenschen zu lesen – nun, ein perfekt ausgebildeter Hasturlord oder eine *Leronis* (eine Zauberin wie die, die du beim Feuer gesehen hast) könnte es vielleicht schaffen. Ich brauche es nicht einmal zu versuchen.«

Damit, so schien es, war das erledigt.

Der Tag verstrich schleppend. Keiner kam in ihre Nähe. Am Abend wurde wieder ein volles Tablett mit Früchten, Nüssen und Pilzen in ihre Hütte geschoben, das alte hastig hinausgezogen. Auch der dritte Tag kam und ging, und keiner der Jungen konnte sich eine Methode vorstellen, wie sie aus der Gefangenschaft entfliehen konnten. Ihr Wärter kam nun in die Hütte, um ihnen neues Essen zu bringen und die Tabletts mitzunehmen. Er war ein großes und kräftiges Geschöpf – für einen Waldläufer –, aber er bewegte sich hinkend. Er schien freundlich, aber übervorsichtig. Larry und Kennard unterhielten sich über die Möglichkeit, das Wesen zu überwältigen und einen Fluchtversuch zu wagen, aber das würde sie nur in die Stadt der Waldläufer führen – und immer noch mussten sie möglicherweise durch tausende Meilen Land der Waldläufer ziehen. Daher begnügten sie sich damit, einen vergeblichen Plan nach dem anderen zu schmieden. Keiner schien auch nur im Entferntesten durchführbar zu sein.

Es schien, wie sie dem Licht zu entnehmen glaubten, Nachmittag des vierten Tages zu sein, als die Tür ihres Gefängnisses geöffnet wurde und drei Waldläufer eintraten, die einen vierten eskortierten, welcher, ihrem Gebaren zufolge, eine Person von einiger Wichtigkeit zu sein schien. Wie die anderen war er nackt, abgesehen von einem Lendenschurz aus Blättern, aber er trug eine Kette aus Tonperlen und getrockneten roten Beeren und strahlte eine gelassene Würde aus, die Larry irgendwie an Lorill Hastur erinnerte.

Er verbeugte sich und sagte in einem perfekt verständlichen, wenn auch etwas schrillen darkovanischen Dialekt: »Guten Morgen. Ich nehme an, Ihr wurdet nicht verletzt und habt es angenehm?«

Beide Jungen sprangen wie elektrisiert auf die Beine. Er redete eine verständliche Sprache! Die Wachen, die hinter dem Waldläufer standen, griffen an die Feuersteinmesser, aber als sie sahen, dass keiner eine Bewegung auf den Mann zu machte, traten sie wieder zurück.

Kennard brüllte: »Angenehm, verdammt! Was denken Sie sich eigentlich dabei, uns hier festzuhalten?«

Die Waldläufer murmelten, zwitscherten schockiert und missbilligend, und die Abordnung machte eindeutig beleidigt kehrt. Kennard änderte seine Taktik auf der Stelle. Er verbeugte sich tief.

»Verzeiht. Ich ...« – er sah verzweifelt zu Larry – »... ich habe vorschnell gesprochen. Wir ...«

Larry sagte in demselben Dialekt: »Wir wurden gut verpflegt und gut untergebracht, wenn Ihr das meint, Sir ...« – das Wort, das er benutzte, hätte man auch mit »Euer Ehren« übersetzen können – »... aber würde Euer Hochwohlgeboren sich die Mühe machen und uns erklären, warum wir von unserem Weg verschleppt und an diesen feuchten und außergewöhnlich verschlossenen Ort gebracht wurden?«

Das Gesicht des Waldläufers war ernst. Er sagte: »Euer Volk brennt den Wald mit dem Roten-Ding-das-den-Wald-frisst nieder. Tiere sterben. Bäume verschwinden. Ihr wurdet beobachtet, und als ihr das Rote-Ding-das-den-Wald-frisst entfacht habt, wurdet ihr ergriffen.«

»Dann werdet ihr uns wieder gehen lassen?«, fragte Kennard.

Der Waldläufer machte langsam eine verneinende Geste. »Wir haben einen Schutz, und nur einen, gegen das Rote-Ding-das-den-Wald-frisst. Wann immer Angehörige eures Volkes ins Land der Himmelsmenschen kommen, verlassen sie es nicht wieder. Damit fürchten eure Leute sich stets davor, in unsere Welt einzudringen, und es besteht keine Gefahr, dass das Rote-Ding-das-den-Wald-frisst weitere unserer Städte vernichtet.«

Kennard rollte mit einer wütenden Geste den Ärmel zurück. Es waren immer noch scharlachrote Brandwunden darauf zu sehen. »Hört ...«, begann er, dann änderte er es unter Anstrengung um in: »Hört, Euer Hochwohlgeboren. Vor wenigen Tagen erst haben meine Familie und ich viele, viele Tage damit verbracht, ein Feuer zu löschen. *Mein* Volk brennt keine Wälder nieder. Wir ... wir sind auf der Flucht vor den bösen Leuten, die den Wald niederbrennen.«

»Warum habt ihr dann ein – ihr nennt es Feuer – entfacht?«

»Um unser Essen zu kochen.«

Das Gesicht des Waldläufers war ernst. »Und eure Art von ... von *Mensch*« – bei ihm klang dieses Wort unendlich verächtlich – »isst von unseren Brüdern-die-Leben-haben.«

»Gebräuche und Lebensweisen sind verschieden«, sagte Kennard gutmütig. »Aber wir werden eure Wälder nicht niederbrennen. Wir werden sogar versprechen, kein Feuer zu machen, solange wir in euren Wäldern sind, wenn ihr uns dann gehen lasst.«

»Ihr seid von der Feuer machenden Rasse. Wir werden euch nicht gehen lassen. Ich habe gesprochen.«

Er machte auf dem Absatz kehrt und ging hinaus. Hinter ihm verließen die Wachen das Gefängnis, dann wurde der Riegel wieder vorgeschoben.

»Und das«, sagte Kennard, »war *es* eindeutig.«

Er saß da, das Kinn auf die Hände gestützt, und starrte grimmig ins Leere.

Auch Larry fühlte sich verzweifelt. Offensichtlich würden die Waldläufer ihnen nichts tun. Ebenfalls offensichtlich aber war, dass sie wahrscheinlich hier in diesem Gefängnis sitzen würden – gut verpflegt, gut untergebracht, aber eingesperrt wie fremde und gefährliche Bestien –, bis die Hölle zufror, was die Waldläufer anbelangte.

Er stellte fest, dass er versuchte, in den Begriffen der Waldläufer zu denken. Wenn man auf die Wälder angewiesen war, um zu überleben, war Feuer die größte Gefahr – und für sie war Feuer eindeutig etwas Wildes, das niemals kontrolliert werden konnte. Er erinnerte sich an ihr triumphierendes Verhalten, als sie Kennards kleines Kochfeuer gelöscht hatten.

Er sagte nachdenklich: »Du hast immer noch Feuerstein und Zunder, nicht?«

Kennard begriff sofort. »Richtig! Wir können uns einen Weg mit Flammen hinausbrennen, und keiner wird wagen, uns nahe zu kommen.«

Plötzlich wurde sein Gesicht ernst. »Nein. Die Gefahr besteht, dass ihre Stadt Feuer fangen kann. Wir würden ein ganzes Dorf harmloser Geschöpfe auslöschen.«

Und Larry folgte seinem Gedanken. Es war besser, bis in

alle Ewigkeit hier im Gefängnis zu sitzen – immerhin wurden sie bestens verpflegt und freundlich behandelt –, als das Risiko einzugehen, das ganze Dorf dieser völlig harmlosen Wesen zu zerstören. Wesen, die nicht einmal ein Kaninchen fürs Essen töteten. Früher oder später würden sie einen Ausweg finden. Bis dahin würden sie es nicht riskieren, den Waldläufern zu schaden, die ihnen auch nichts getan hatten.

Ihre Gedanken wurden unterbrochen, als ihre Wache eintrat, die noch schlimmer hinkte, und das Tablett mit dem Essen brachte – Nüsse, Honig und etwas, das wie Vogeleier aussah. Larry verzog das Gesicht. Rohe Eier? Nun, er nahm an, dass sie für die Waldläufer eine Delikatesse darstellten und sie ihren Gefangenen zumindest das Beste servierten. Aber ein gekochtes Ei wäre eine angenehmere Mahlzeit gewesen.

Kennard fragte den Waldläufer mittels Zeichensprache, wie er sich das Bein verletzt hatte. Der Waldläufer sprang in eine kauernde Stellung und reckte bedrohlich den Kopf nach vorne, und er sah tatsächlich fast so aus wie das große Raubtier, das er darzustellen versuchte. Er machte eine brutale krallenschlagende Geste; er fiel auf den moosbewachsenen Boden der Hütte, richtete sich halb auf und imitierte große Schmerzen: dann zeigte er die hässliche, eiternde Wunde. Larry wurde bei dem Anblick übel; der Schenkel war auf fast doppelte Größe angeschwollen, grünlicher Eiter floss heraus. Der Waldläufer machte eine stoische Geste, zappelte wie ein Mann, der festgehalten wird, deutete auf das Feuersteinmesser, hoppelte wie ein Einbeiniger herum, faltete die Hände, schloss die Augen und hielt wie ein Toter den Atem an. Er nahm das Tablett und hinkte hinaus.

Kennard schüttelte mit mitleidiger Miene den Kopf. »Ich nehme an, du hast das alles verstanden? Es bedeutet, dass sie sein Bein amputieren müssen, sonst wird er sterben.«

»Und das ist verdammt unnötig!«, sagte Larry nachdrücklich. »Er braucht lediglich Antibiotika und Sterilisierung der Wunde ...« Plötzlich fuhr er auf.

»Kennard! Den Topf, in dem sie den Honig gebracht haben, hast du den noch?«

»Ja.«

»Ich kann mit Zunder und Feuerstein kein Feuer machen. Aber kannst du eines machen? Ein kleines, in dem Topf? Um ein Messer zu sterilisieren und Wasser heiß zu machen?«

»Was hast du ...«

»Ich habe eine Idee«, presste Larry zwischen den Zähnen hervor, »und die könnte funktionieren.« Er nahm das Erste-Hilfe-Kästchen aus der Tasche. »Ich habe antiseptischen Puder dabei und Antibiotika ebenfalls. Nicht viel. Aber wahrscheinlich genug, wenn man bedenkt, dass dieser Bursche einen solchen Klauenhieb überlebt hat und immer noch herumspaziert. Er muss eine Konstitution haben wie ... wie einer dieser Bäume ringsum, um das durchzustehen.«

»Larry, wenn wir ein Feuer anmachen, werden sie uns möglicherweise umbringen!«

»Darum lassen wir es zugedeckt in dem Topf. Der alte Mann machte einen intelligenten Eindruck – derjenige, der Darkovanisch gesprochen hat. Wenn wir ihm zeigen, dass es unmöglich aus dem Topf heraus kann ...«

Kennard begriff. »Zandrus Hölle, das könnte funktionieren, Larry! Aber, bei den Göttern, bist du denn als Wundheiler bei deinem Volk ausgebildet, so wie mein Vetter Dyan Ardais?«

»Nein. Dieses Wissen ist aber unter Jungen meines Alters ebenso normal wie ....« Er suchte verzweifelt nach einem Vergleich, und Kennard, der seinen Gedankengängen wie üblich folgte, sagte: »Wie die Kenntnis des Schwertkampfs bei uns?«

Larry nickte. Dann begann er damit, Anweisungen zu erteilen: »Wenn der Bursche schreit, dann haben sie uns, und wir werden keine Chance mehr bekommen, unsere Arbeit zu beenden. Du und ich werden auf ihn springen und verhindern, dass er auch nur einen Ton von sich gibt. Dann sitzt du auf ihm, während ich sein Bein behandle. Wir haben nur eine einzige Chance zu verhindern, dass er schreit – also verpatze sie nicht.«

Am Abend waren ihre Vorbereitungen abgeschlossen. Das Licht war unzureichend, und Larry hatte Bedenken, aber der Widerschein aus dem Topf half ein wenig. Sie warteten atemlos. War ihr Aufseher abgelöst worden? War er an den Folgen der schrecklichen Verletzung gestorben? Nein, nach einer Weile hörten sie seinen charakteristisch hinkenden Schritt. Die Tür ging auf.

Er sah den Topf und das Feuer. Er öffnete den Mund, um zu schreien.

Aber der Schrei drang nie über seine Lippen. Kennard legte ihm den Arm um die Kehle und knebelte ihn mit einem behelfsmäßigen Knebel, einem Streifen Stoff, den sie von Larrys Hemd abgerissen hatten. Larry war etwas mulmig zu Mute. Er wusste, was getan werden musste, aber er hatte noch niemals zuvor etwas auch nur entfernt Ähnliches getan. Er hielt das Messer ins Feuer, bis es rot glühend war, dann ließ er es etwas abkühlen, biss die Zähne zusammen und machte einen langen Schnitt an der schwärenden Wunde.

Auf der Stelle floss ein Schwall grünlicher, stinkender Flüssigkeit aus dem Bein heraus. Larry wischte ihn ab. Es hatte den Anschein, als wollte der Strom des übel riechenden Eiters gar nicht enden, und es war ein ekelhaftes Geschäft, aber schließlich war der Eiter mit Blut vermischt, und er konnte sauberes Fleisch darunter sehen.

Er spülte die Wunde wiederholt mit heißem Wasser aus dem zweiten Topf aus; als sie so sauber war, wie er sie machen konnte, streute er antibiotischen Puder hinein, bedeckte sie mit dem saubersten Tuch, das er hatte – einem Stück Mull, das im Kästchen gewesen war –, und nahm dem Mann den Knebel aus dem Mund.

Der Mann hatte schon lange aufgehört, sich zu bewegen. Nun lag er verblüfft und fassungslos da und blinzelte auf sein Bein hinab, wo nun nur noch eine saubere Wunde zu sehen war. Plötzlich stand er auf, verbeugte sich ein halbes dutzend Mal vor den beiden Jungen und ging wieder hinaus.

Larry ließ sich erschöpft zu Boden sinken. Er überlegte sich, ob das, was er getan hatte, wirklich ihr Leben gefährden konnte. Die Gebräuche der Waldläufer waren so verschieden von ihren, dass man wirklich nicht sagen konnte, ob sie dies als ebenso schlimme Tat wie das Töten eines Hasens ansehen würden.

Nach einer Weile richtete er sich, Kennards Drängen folgend, auf und aß eine Kleinigkeit. Er brauchte es – auch wenn er das Gefühl hatte, dass dies möglicherweise seine letzte Mahlzeit sein könnte. Sie nährten das winzige Feuer mit trockenen Reben und Blättern, die sie auf dem Boden zusammensuchten, und rösteten die Pilze darüber. Eine Weile fühlten sie sich fast beschwingt. Viel später hörten sie Schritte und sahen sich an, aber es war nicht nötig, Worte zu wechseln.

Nun entschied es sich. Tod oder Leben?

Kennard sagte nichts, aber er griff stumm nach Larrys Hand. Er umklammerte sie und rückte dichter an ihn heran, bis sie sich mit beiden Armen umfingen und festhielten. So unvertraut ihm diese Geste war, Larry wusste, es war nicht nur eine Freundschaftsbezeugung, sondern drückte auch Hingabe und Zärtlichkeit aus. Er war etwas verlegen, sagte aber mit leiser Stimme: »Wenn sie schlechte Nachrichten bringen, dann tut es mir schrecklich Leid, dass ich dich mit hineingezogen habe – aber es war verdammt schön, dein Freund zu sein.«

Einen Augenblick bevor sich die Tür öffnete, hatte Larry eine plötzliche, blitzartige Eingebung, und er sah den Obersten der Waldläufer, dessen Gesicht ernst war, aber er war allein, und das bedeutete nicht sofortigen Tod.

Der Waldläufer sagte: »Ich habe gesehen, was ihr mit Rhhomi gemacht habt. Ich kann nicht glauben, dass Ihr böse Menschen seid. Und doch seid ihr von der Art, die Feuer macht« Er setzte sich mit ernster Würde. »Niemand ist so jung, dass er nicht lehren, oder so alt, dass er nicht lernen kann. Kann ich von euch lernen, seltsame Menschen?«

Kennard versicherte rasch: »Wir haben bereits versprochen, dass wir keinem Angehörigen Eures Volkes ein Leid zufügen wollen, Ehrwürdiger.«

»Ja.« Aber es war Larry, den der Anführer der Waldläufer ansah. Er sagte, anscheinend ärgerlich: »Bei meinem Volk ist mein Titel ›Ältester‹, und was ist Alter, wenn nicht Weisheit? Habt Ihr Weisheit für mich, Sohn eines seltsamen Landes?«

Larry griff hinter sich nach dem Honigtopf, in dem sich immer noch ein wenig Glut befand. Der Älteste schreckte zurück, beherrschte sich aber mit einiger Anstrengung. Larry bemühte sich, einfachstes Darkovanisch zu sprechen, schließlich war ihm die Sprache ebenso fremd wie diesem fremden Geschöpf.

»Hier ist es harmlos«, sagte er, nach Worten suchend. »Seht Ihr, die Wände des Tongefäßes sorgen dafür, dass es harmlos ist, so dass es nichts verbrennen kann. Wenn Ihr es mit trockenen Blättern und Zweigen nährt, wird es Euch dienen und Euch nicht schaden.«

Der Älteste streckte die Hand aus, beherrschte seine offensichtliche Furcht und berührte den Topf. Er sagte: »Dann kann es Diener sein, nicht nur Herr? Und ein Messer, das in diesem Feuer rein gemacht wurde, kann heilen?«

»Ja«, sagte Larry, der die ganze Theorie von Krankheitserregern über den Haufen warf. »Und eine Wunde, die mit sehr heißem Wasser ausgewaschen wurde, wird besser heilen als eine schmutzige Wunde.«

Der Älteste stand auf und hielt den Feuertopf in der Hand. Er sagte ernst: »So habt Dank für dieses Geschenk, das mein Volk heilt. Und als Zeichen dafür steht ihr in unseren Wäldern unter unserem Schutz. Tragt dies« – er hielt ihnen zwei Gebinde aus gelben Blumen hin – »und keiner unseres Volkes wird euch etwas tun. Aber entfacht keine Roten-Flammen-die-unsere-Wälder-fressen, solange ihr euch in diesem Waldstrich befindet.«

Larry, der spürte, dass der Älteste zu ihm gesprochen hatte, sagte feierlich: »Ich gebe Euch mein Wort.«

Der Älteste öffnete die Tür der Hütte.

»Ihr seid frei und könnt gehen.«

Linkisch setzten sie sich die Kronen aus gelben Blüten auf die Köpfe. Die Waldläufer wichen zurück, als der Älteste aus der Hütte kam und den Topf mit dem Feuer trug. Er sagte feierlich, während er ihn einer Frau gab: »Ich gebe dir dies in deine Hände. Du und deine Töchter und die Töchter deiner Töchter sind dafür verantwortlich, dass es genährt wird und nicht entkommen kann.«

Die Szene hatte etwas so Todernstes und Feierliches an sich, dass Larry aus irgendeinem Grund – wahrscheinlich nur aus Erleichterung – kichern wollte. Aber er wahrte die ernste Miene, während sie zum Rand des Dorfes der Waldläufer geführt wurden, wo man ihnen eine lange Leiter zeigte, die sie hinabklettern konnten, und nach einer Weile setzten sie mit grenzenloser Erleichterung endlich wieder die Füße auf festen Boden.

10

Den ganzen Tag schritten sie durch den Wald. Hin und wieder nahmen sie aus den Augenwinkeln eine Bewegung wahr, aber sie sahen nie eine Spur der Waldläufer. In dieser Nacht hörten sie, als sie schliefen, Geräusche über sich, aber nun waren sie furchtlos, denn sie wussten, dass die gelben Kronen sie im Land der Waldläufer beschützen würden.

Bisher hatte keiner von ihnen etwas zu ihrer Freilassung gesagt. Zwischen ihnen bestand keine Notwendigkeit zu Worten mehr. Aber als sie am zweiten Tag – einem Tag, der bewölkt und sonnenlos war und Regen verhieß – ihr Mahl aus Beeren und den seltsamen Pilzen einnahmen, die die Waldläufer ihnen gezeigt hatten, sagte Kennard schließlich etwas.

»Du weißt natürlich, dass Feuer ausbrechen werden. Häuser werden niederbrennen. Vielleicht sogar ein Waldbrand. Sie sind keine Menschen.«

»Da bin ich nicht so sicher«, sagte Larry nachdenklich. »Unter Terranern würden sie zumindest humanoid genannt werden. Sie haben eine Kultur.«

»Aber war es sicher, ihnen das Feuer zu geben? Ich hätte es nie gewagt«, sagte Kennard. »Und wenn wir dort gestorben wären. Seit mehr Jahrhunderten, als ich zählen kann, leben Menschen und Nichtmenschen auf Darkover in einem Gleichgewichtszustand. Und nun, da die Waldläufer Feuer benutzen ...« Er zuckte hilflos die Achseln, und nun begann Larry die Folgen seiner Tat abzusehen. »Trotzdem«, sagte er störrisch, »werden sie lernen. Sie werden Fehler machen, aber sie werden lernen. Ihre Töpferei wird sich verbessern, wenn sie brennen können. Möglicherweise werden sie lernen zu kochen. Sie werden wachsen und sich entwickeln. Nichts bleibt statisch«, sagte er. Er wiederholte eine terranische Regel: »Eine Zivilisation verändert sich – oder sie stirbt.«

Kennards Gesicht wurde plötzlich wütend, und Larry, der zum ersten Mal bemerkte, dass sie einander trotz aller Freundschaft doch fremd waren, erkannte auch noch etwas anderes: dass Kennard eifersüchtig war. Er war der Retter gewesen, der Führer. Und doch hatte Larry sie gerettet, wo Kennard aufgegeben hatte, weil er Veränderungen fürchtete. Larry hatte die Führung übernommen und Kennard den zweiten Platz.

»Das ist die terranische Denkweise«, sagte Kennard mürrisch. »Veränderung. Zum Besseren und Schlechteren, aber Veränderung. Ganz egal, wie gut etwas ist – verändert es, nur damit es verändert ist.«

Larry, dessen Weisheit wuchs, sagte nichts. Es war, das wusste er, ein tieferer Konflikt, den sie mit Worten allein niemals lösen konnten; eine ganze Zivilisation, die auf Expansion und Wachstum basierte, prallte auf eine, die ganz auf Traditionen beruhte. Er wollte sagen: »Jedenfalls leben wir noch«, hielt sich aber zurück. Kennard hatte ihm das Leben viele Male gerettet. Es war unnötig anzudeuten, dass er damit begonnen hatte, diese Schuld allmählich abzutragen.

An diesem Abend erreichten sie den Rand des Regenwaldes der Waldläufer und sahen wieder die offenen Hügel vor sich – kahle, weglose Berge, unerforscht, felsig, mit niederem Gestrüpp und Büschen bewachsen, dazwischen Büschel kargen Grases. Vor ihnen lag das Gebirge – und dahinter ...

»Dort ist der Pass«, sagte Kennard, »und jenseits davon befindet sich Hasturs Land, das Gebiet von Burg Hastur. Wir sind der Heimat nahe.« Er klang hoffnungsvoll, fast freudig, aber Larry hörte das Zittern seiner Stimme. Vor ihnen lagen noch Meilen von Schluchten und Klüften, ohne Wege oder Pfade, und dann kam der hohe Gebirgspass. Der Tag war trübe und ohne Sonne, die Berge lagen im Schatten, aber selbst auf diese Entfernung konnte Larry sehen, dass Schnee auf ihren Gipfeln lag.

»Wie weit?«

»Etwa vier Tagesreisen, wenn es sich um Steppe oder Wald handeln würde«, sagte Kennard. »Oder eine Tagesreise auf einem schnellen Pferd, wenn ein Pferd dieses infernalische Gelände durchqueren könnte.«

Er stand stirnrunzelnd da und starrte in das Labyrinth der Schluchten hinab. »Das Schlimmste ist, die Sonne verbirgt sich hinter den Wolken, und ich kann kaum den Pfad berechnen, den wir einschlagen müssen. Von hier bis zum Pass müssen wir uns immer westlich halten. Aber wenn die Sonne nicht sichtbar ist ...« Er kniete sich nieder, und Larry überlegte, ob er betete, sah dann aber, dass er die schwachen Schatten untersuchte, welche das Licht der verhüllten Sonne warf. Schließlich sagte er: »Solange wir den Berggipfel sehen können, müssen wir nur darauf zugehen, nehme ich an.« Er erhob sich. »Fangen wir am besten gleich an.«

Er machte sich auf den Weg in eine der Schluchten hinab. Larry, der ihn um sein Selbstvertrauen beneidete, stolperte hinterher. Er war müde, die Füße taten ihm weh, und er hatte Hunger, aber er wollte nicht weniger männlich als Kennard sein.

Diesen Tag und den ganzen nächsten stolperten sie die dornigen, felsigen Hänge der kahlen Vorgebirge entlang. Sie liefen nicht Gefahr zu verhungern, denn die Büsche, so dornig sie waren, hingen voll von Beeren und reifen Nüssen. An diesem Abend fing Kennard ein paar kleine Vögel, die ihre Annäherung furchtlos abwarteten. Sie hatten das Land der Waldmenschen hinter sich gelassen, daher wagten sie es, ein Feuer zu machen, und Larry schien es, als habe ihm noch kein Festmahl so gut geschmeckt wie das Fleisch dieser Vögel, das sie über ihrem kleinen Feuer brieten, halb roh und ohne Salz verspeisten. Kennard sagte, als sie kameradschaftlich beieinander saßen und Knochen abnagten: »Dieses Land ist ein Paradies für Jäger. Die Vögel haben keine Angst.«

»Und sie schmecken ausgezeichnet«, sagte Larry, der einen Knochen entzweibrach und das saftige Mark heraussaugte.

»Es könnte sogar sein, dass wir auf eine Jagdgesellschaft stoßen«, meinte Kennard hoffnungsvoll. »Vielleicht jagen ein paar Männer von Hasturs Land jenseits der Berge hier – wo das Wild so zahlreich lebt.«

Aber sie beide wagten nicht, die Bedeutung seiner Worte laut auszusprechen. Wenn niemand hier jagte, wo es so reichlich Wild gab, dann musste der Pass, der vor ihnen lag, in der Tat schrecklich sein.

Der dritte Tag war noch bewölkter als der vorherige, und Kennard blieb häufig stehen, um die immer schwächeren Schatten zu betrachten und die Stellung der Sonne abzuschätzen. Das Land stieg an; die Hänge waren steiler und schwerer zu erklimmen. An diesem Abend setzte leichter Nieselregen ein, und nicht einmal dem geschickten Kennard gelang es, ein Feuer zu entfachen. Sie aßen kaltes gebratenes Fleisch vom Vortag, dazu Früchte, und sie schliefen eng aneinander geschmiegt, um sich zu wärmen.

Den ganzen nächsten Tag über fiel Regen, dünn und blass, und das purpurne Licht ließ nicht erkennen, wo die Sonne stand oder wie die Schatten fielen. Larry, der sah, wie Kennard noch nervöser und unsteter wurde, konnte seine Befürchtungen nicht mehr verbergen. Er sagte: »Kennard, wir haben uns verirrt. Ich weiß, dass wir den falschen Weg eingeschlagen haben. Schau her, das Land fällt ab, wir müssen aber aufwärts gehen, wenn wir die Berge erreichen wollen.«

»Ich weiß, dass wir abwärts gehen, Dummkopf«, schnappte

Kennard. »In eine Schlucht. Auf der anderen Seite steigt das Land noch höher an, siehst du das denn nicht?«

»Bei diesem Regen kann ich überhaupt nichts sehen«, sagte Larry aufrichtig, »und ich glaube, du kannst es auch nicht.«

Kennard drehte sich plötzlich wütend zu ihm um. »Ich nehme an, du könntest das auch besser!«

»Das habe ich nicht gesagt!«, protestierte Larry, aber Kennard bemühte sich verzweifelt, einen Schatten zu finden. Es schien völlig hoffnungslos zu sein. Sie waren nicht einmal sicher, welche Tageszeit herrschte, so dass auch die Stellung der Sonne keine Hilfe gewesen wäre, hätten sie einen Schatten sehen können; dieses feuchte, dunkle Nieseln machte keinen Unterschied zwischen frühem Morgen und Abenddämmerung.

Er hörte Kennard fast verzweifelt murmeln: »Wenn ich nur diesen Gebirgszug sehen könnte!«

Es war das erste Mal, dass sich der darkovanische Junge verzweifelt anhörte, und Larry spürte, dass er ihn beruhigen und trösten musste. Er sagte: »Kennard, so schlimm ist es nicht. Wir werden hier nicht verhungern. Früher oder später wird die Sonne scheinen, oder der Regen wird aufhören und der Pass vor uns deutlich zu sehen sein. Dann wird uns jeder der kleineren Hügel den richtigen Weg zeigen. Warum suchen wir keinen geschützten Platz und warten das Ende des Regensturms ab?«

Er hatte nicht mit sofortiger Zustimmung gerechnet, aber auch nicht mit der kalten Wut, mit der der darkovanische Junge sich nach ihm umdrehte.

»Du verdammter, Unsinn schwatzender Narr«, brüllte er, »was glaubst du denn, würde ich tun, wenn es nur um mich ginge? Meinst du denn, ich hätte nicht Verstand genug, das zu tun, was jeder Zehnjährige, der sich gerade eben selbst die Schuhe binden kann, auch tun würde? Aber mit dir ...«

»Ich verstehe nicht …«

»Das weiß ich«, brüllte Kennard. »Du verstehst ja nie etwas, du verdammter … *Terraner!*« Zum ersten Mal seit Beginn ihrer Freundschaft war das Wort beleidigend gemeint. Larry spürte, wie er ebenfalls wütend wurde. Kennard hatte ihm das Leben gerettet – dennoch gab es eine Linie, die er einfach nicht überschreiten durfte.

»Wenn ich so wenig Verstand habe …«

»Hör zu«, sagte Kennard mit unterdrückter Wut, »mein Vater gab den terranischen Lords sein Wort für deine Sicherheit. Glaubst du, du kannst einfach so verschwinden? Bei euch verdammten Terranern, die niemals einen Mann sein eigenes Leben leben und seinen eigenen Tod sterben lassen können? Nein, verdammt. Du hast mein Volk besucht, und du bist verschwunden und möglicherweise tot – glaubst du, die Terraner würden jemals glauben, dass es ein Unfall war und nicht ein lange geschmiedeter Plan? Ihr kopfblinden Terraner, ohne Telepathie, um zu sehen, wann ein Mann die Wahrheit spricht, so dass die stammelnden, blinden Narren deines Volkes es wagen – *wagen!* –, daran zu zweifeln, dass mein Vater, ein Lord des Comyn und der Sieben Domänen, die Wahrheit gesagt hat?

Es stimmt, ich habe dich meiner Ehre wegen gerettet und weil wir einander Freundschaft geschworen haben. Aber auch, weil die verdammten Terraner, wenn ich dich nicht sicher und wohlbehalten zurückbringe, überall herumschnüffeln und nachforschen und Rachegedanken hegen werden!« Er verstummte. Er musste es, weil ihm nach diesem Ausbruch völlig der Atem fehlte. Sein Gesicht war rot vor Wut, die Augen funkelten, und Larry spürte die Wut des anderen in einem Augenblick der Panik als etwas Mörderisches, Tödliches. Er erkannte plötzlich, dass er dem Tod in diesem Augenblick sehr nahe war. Die Wut eines entfesselten Telepathen – der zu jung war, um seine Gabe zu kontrollieren – brach mit Urgewalt über Larry herein. Sie rollte wie eine Brandung über ihn hinweg. Sie zwang ihn mit physischer Wucht auf die Knie.

Er beugte sich unter ihr. Und so plötzlich, wie sie gekommen war, wurde Larry klar, dass er die Kraft hatte, sich ihr entgegenzustellen. Er hob den Blick ernst zu Kennard und sagte: »Hör zu, mein Freund« – (er benutzte das Wort *Bredu*) – »das habe ich nicht gewusst. Ich habe die Gesetze meines Volkes nicht gemacht, ebenso wenig wie du dafür verantwortlich bist, dass die Banditen unsere Jagdgesellschaft überfallen haben.« Und er war selbst über die Ruhe überrascht, mit der er sich dem tobenden Wutansturm stellte.

Langsam wurde Kennard ruhiger. Larry spürte die roten Ausläufer von Kennards Wut zurückweichen, bis der darkovanische Junge schließlich wieder ruhig vor ihm stand, nur ein verängstigtes Kind. Er entschuldigte sich nicht, aber damit rechnete Larry auch nicht. Er sagte einfach: »Du siehst also, es ist alles eine Zeitfrage, Lerrys.« Die darkovanische Form seines Namens war, wie Larry wusste, eine milde Form der Entschuldigung. »Und so wie dir an deinem Volk gelegen ist, ist mir an meinem Vater gelegen. Heute ist der erste Tag der Regenzeit. Ich hatte gehofft, inzwischen schon durch die Hügel und über den Pass gelangt zu sein. Die Waldläufer haben uns aufgehalten, andernfalls wären wir nun schon in Sicherheit und auf dem Weg zu meinem Vater. Wenn ich den Sternstein noch hätte ...« Er verstummte und zuckte die Achseln. »Nun, so ist das Gesetz der Comyn.« Er atmete tief durch. »Nun, welche Richtung, hast du gesagt, hältst du für Westen?«

»Ich habe nichts gesagt«, meinte Larry aufrichtig. Erst viel später wurde Larry klar, was er getan hatte. Er hatte dem entfesselten Zorn eines Alton und Telepathen gegenübergestanden und war unverletzt geblieben. Später erinnerte er sich daran und begann jedes Mal zu zittern, aber im Augenblick war er damit zufrieden, dass Kennard sich wieder beruhigt hatte.

»Aber«, sagte er, »es ist sinnlos, im Kreis zu gehen. Diese Täler sehen für mich alle gleich aus. Wenn wir einen Kompass hätten ...« Er verstummte. Er begann hastig in seinen Taschen zu suchen. Sein Messer. Die Banditen hatten es ihm nicht weggenommen, weil die Klinge abgebrochen war. Die Waldläufer hatten es nicht einmal gesehen. Als Waffe war es wertlos. Er hatte es nicht einmal dazu benutzen können, Kennard beim Putzen und Ausnehmen der Vögel zu helfen, die er gefangen hatte.

Aber es hatte eine magnetische Klinge!

Und wenn man eine magnetische Klinge richtig anwendete, konnte sie einen behelfsmäßigen Kompass abgeben ...

Beim ersten Durchsuchen seiner Taschen fand er es nicht, dann erinnerte er sich daran, dass er es nach ihrer Gefangennahme durch die Waldläufer im Erste-Hilfe-Kästchen versteckt hatte, da er befürchtete, sie könnten jedes Werkzeug, egal wie klein, als Waffe ansehen. Er nahm es heraus und brach die magnetisierte Klinge an einem Stein ab, dann erprobte er sie am Metall der abgebrochenen Hauptklinge. Sie hatte ihren Magnetismus behalten. Wenn er sich nur erinnern könnte, wie es gemacht wurde. Es war eine Fußnote in einem der Mathematiklehrbücher seiner Kindheit gewesen, die er halb vergessen hatte. Derweil sah Kennard ihm zu, als fürchte er, er sei übergeschnappt, während er mit einem Stück Schnur experimentierte und schließlich, als er Kennards langes Haar betrachtete, verlangte: »Gib mir eines von deinen Haaren.«

»Hast du den Verstand verloren?«

»Nein«, sagte Larry. »Ich glaube, ich habe ihn endlich *wieder gefunden.* Ich hätte gleich daran denken müssen. Wenn ich eine Peilung hätte machen können, als die Sonne schien und der Pass noch gut sichtbar war, dann wüsste ich ...«

Ohne den Kopf zu heben, nahm er das Haar, das Kennard ihm zögernd reichte, als sei er einem Wahnsinnigen zu Willen.

Er knotete das Haar um die magnetisierte Klinge und wartete. Die Klinge war leicht und winzig, kaum größer als die Nadeln, die die ersten Kompasse gehabt hatten. Sie schwang ein paar Augenblicke wild hin und her, dann verharrte sie ...

»Was für ein abergläubischer Unfug«, begann Kennard, verstummte dann aber. »Du musst etwas vorhaben«, räumte er ein. »Aber was ...«

Larry begann ihm die Theorie zu erklären, nach der der magnetische Kompass funktionierte. Kennard unterbrach ihn.

»Jeder weiß, dass eine bestimmte Art von Metall – ein Magnet, wie du es nennst – andere Metalle anzieht. Aber wie kann uns das weiterhelfen?«

Einen Augenblick verzweifelte Larry fast. Er hatte den Stand der darkovanischen Technologie vergessen, und wie sollte er nun in aller Kürze die beiden magnetischen Pole eines Planeten erklären, die Theorie des magnetischen Kompasses, der stets zum tatsächlichen Pol zeigte, wie man mit einem Kompass die Richtung bestimmte und ihr folgte? Er begann damit, aber er hatte schon Schwierigkeiten, das einen Planeten umgebende Magnetfeld zu erklären. Zunächst einmal fehlte ihm das erforderliche darkovanische Vokabular – wenn es ein technisches Vokabular dieser Art überhaupt gab, was er bezweifelte. Er kam sich vor wie der Anführer der Waldläufer, der Feuer das Rote-Ding-das-den-Wald-frisst genannt hatte. Ihm erging es ebenso, als er versuchte, Eisen und magnetische Felder zu erklären. Schließlich gab er auf und hielt den improvisierten Kompass in einer Hand.

Er sagte: »Kennard, ich kann es dir ebenso wenig erklären, wie du mir erklären kannst, wie du das blaue Juwel zerstört hast – oder wie eure Psi-Talente Wolken über den Himmel jagen konnten, um einen Brand zu löschen. Aber ich habe mitgeholfen, erinnerst du dich? Und hat es funktioniert? Schlimmer als jetzt kann es nicht mehr werden, oder? Und die terranischen Schiffe finden ihren Weg durch das Weltall mit Hilfe dieser ... dieser Wissenschaft. Bist du also wenigstens bereit, es zu versuchen?«

Kennard schwieg einen Augenblick, dann sagte er: »Ich denke, du hast Recht. Schlimmer kann es nicht mehr kommen.«

Larry kniete nieder und zeichnete eine improvisierte Karte auf den Boden, die das abbildete, was er noch von dem fernen Gebirgszug, den sie gesehen hatten, in Erinnerung hatte. »Hier ist der Berg, und hier ist der Rand des Waldes der Waldläufer. Wie weit waren wir gekommen, bevor du den Sichtkontakt verloren hast und nicht mehr genau wusstest, wohin wir gingen?«

Zögernd zeichnete Kennard unter viel Stirnrunzeln und Überlegen einen ungefähren Weg.

»Und das war genau vor – wie lange ist es her? Versuch, dich so genau wie möglich zu erinnern, Kennard; vor wie vielen Meilen warst du dir nicht mehr ganz sicher?«

Kennard deutete mit dem Finger auf die improvisierte Karte.

»Wir sind also fünf Wegstunden von diesem Punkt entfernt.« Er zog einen Kreis um den Punkt, den Kennard als ihre letzte sichere Position genannt hatte. »Innerhalb dieses Kreises könnten wir überall sein, aber wenn wir jetzt immer nach Westen gehen, müssen wir auf die Berge treffen – wir können sie gar nicht verfehlen.« Er wagte nicht daran zu denken, was dann vor ihnen lag. Kennard betrachtete sie als die letzte Hürde, aber die Reise mit den Banditen durch die schrecklichen Schluchten und Berge – verschnürt wie ein Bündel – hatte ihm eine Furcht vor den darkovanischen Bergen eingeflößt, die er sein ganzes Leben lang nicht mehr loswerden sollte.

»Wenn es funktioniert«, sagte Kennard skeptisch, bat aber

gleichzeitig mit einem Blick um Verzeihung. »Was muss ich zuerst tun? Gibt es ein bestimmtes Ritual für die Anwendung dieses ... Amuletts?«

Larry drängte gewaltsam ein fast hysterisches Lachen zurück. Stattdessen sagte er ernst: »Überkreuze einfach nur deine Finger, damit es funktioniert.« Dann befragte er Kennard nach Störeinflüssen, den darkovanischen Jahreszeiten, Sonnenauf- und -untergang. Darkover, das wusste er aufgrund der extremen Klimaverhältnisse, musste ein Planet mit einer stark geneigten Achse sein, und er würde abschätzen müssen, wie weit nördlich oder südlich vom wirklichen Westen die Sonne in diesen Breiten um diese Jahreszeit unterging. Wie dankbar er dem Lehrer war, der ihm das Buch über darkovanische Geografie ausgeliehen hatte – andernfalls hätte er möglicherweise nicht einmal mit Bestimmtheit gewusst, ob sie sich in der nördlichen oder südlichen Hemisphäre befanden. Er erschrak angesichts der Vorstellung, dass er Kennard den Äquator erklären musste.

Ein oder zwei Grad würden nichts ausmachen – bei einer hunderte von Meilen langen Gebirgskette, die sie selbst dann nicht verfehlen konnten, wenn sie es versucht hätten –, aber je näher sie dem Pass selbst kamen, desto früher würden sie zu Hause sein. Und um so früher würde Kennards Vater seine Schwierigkeiten los sein. Er wunderte sich selbst darüber, wie viel ihm daran lag.

Der Kompass würde sich einpendeln, erkannte er, wenn er ihn frei schwingen ließ, ohne die Hand zu bewegen. Sie würden nur eine grobe Messung vornehmen, der ermittelten Richtung folgen und sie alle paar Meilen überprüfen müssen.

Wieder einmal, erkannte er, hatte er die Führung dieser Expedition übernommen, und Kennard war widerstrebend gezwungen, das hinzunehmen. Das machte ihm zu schaffen, und er wusste, dass es Kennard nicht gefallen würde. Er hoffte nur, dass es nicht zu einem neuerlichen Ausbruch von Wut führen würde.

Er stand auf und betrachtete das Durcheinander ihrer improvisierten Karte. Er war kalt und fror, aber er bemühte sich, ein Selbstvertrauen auszustrahlen, das er in Wirklichkeit überhaupt nicht empfand.

»Nun, wenn wir es riskieren wollen«, sagte er. »Westen ist in dieser Richtung. Gehen wir also. Wenn du bereit bist, ich bin es auch.«

Sie kamen langsam und mühsam voran, stolperten in Tälern und Schluchten, hielten alle paar Stunden an, um den Kompass schwingen zu lassen und darauf zu warten, dass er sich einpendelte und in eine Richtung zeigte, wobei sie jedes Mal wieder ihre improvisierte Karte in den Sand malten. Schließlich zeichnete Larry sie auf eine herausgerissene Seite seines Notizbuches. Der Regen fiel weiter, gnadenlos, dunstiges Nieseln, das schließlich schlimmer zu sein schien als der heftigste Guss. Sein Arm, derjenige, den ihm die Banditen auf den Rücken gebunden hatten, fühlte sich taub und wund zugleich an, aber er konnte nichts anderes tun, als die Zähne zusammenzubeißen und an etwas anderes zu denken. In dieser Nacht wühlten sie sich buchstäblich in einen Haufen abgefallener Blätter hinein, ein vergeblicher Versuch, wenigstens den größten Teil des Regens abzuhalten. Ihre Kleidung war nass. Ihre Haut war nass. Ihre Stiefel und Socken waren nass. Das Essen, das sie zu sich nahmen, war nass – Beeren, Nüsse, Obst und eine Art Wurzel, die Ähnlichkeit mit rohen Kartoffeln hatte. Kennard hätte mühelos ein kleines Tier fangen können, aber sie stimmten schweigend darin überein, dass selbst nasse und saure Beeren besser waren als rohes Fleisch. Und Kennard schwor, dass um diese Jahreszeit, bei diesem Nieselregen, nicht einmal ein *Kyrri* genug Funken schlagen konnte, um ein Feuer zu entfachen.

Aber gegen Abend des nächsten Tages – Larry hatte längst jedes Zeitgefühl verloren, nichts existierte mehr, abgesehen vom Dahintrotten durch nasse Täler und Hänge hinauf, meistens durch Dornenbüsche – blieb Kennard stehen und drehte sich zu ihm um.

»Ich muss mich bei dir entschuldigen. Dein Spielzeug funktioniert, das weiß ich jetzt.«

»Wie?«, fragte Larry, der beinahe so erschöpft war, dass es ihm einerlei war.

»Die Luft ist dünner und der Regen kälter. Fällt dir das Atmen nicht schwerer? Wir müssen mittlerweile sehr rasch dem Gebirge zustreben – allein in den letzten Stunden müssen es einige hundert Meter Höhenunterschied gewesen sein, die wir überwunden haben. Ist dir nicht aufgefallen, dass das westliche Ende jener neuen Vertiefung höher und schwieriger zu überwinden war?«

Larry hatte das für eine durch seine Übermüdung hervorgerufene Täuschung gehalten, aber nun, da Kennard es bestätigte, sah er, dass sich die Landschaft tatsächlich verändert hatte. Sie war karger; die Beeren und Nüsse und Pilze waren seltener geworden und saureren Arten gewichen.

»Wir befinden uns bereits in den Bergen«, sagte Kennard, »und das heißt, dass wir heute Abend besser Rast machen und so viele Vorräte suchen, wie wir tragen können. Abgesehen von Schnee und Eis und ein paar wilden Vögeln, die in Bergritzen nisten und von den Beeren leben – die für Menschen giftig sind –, gibt es nichts dort oben.«

Larry wusste, mit Hilfe der terranischen Wissenschaft hatte er sie ein paarmal aus der Klemme geführt, aber ohne Kennards Erfahrung in der Wildnis wären sie schon häufig verloren gewesen.

Nahrung war alles andere als leicht zu finden; sie verbrachten Stunden damit, genug für ein spärliches Abendessen und eine Reserve zu sammeln, die für ein paar karge Mahlzeiten reichen würde, und im Verlauf des folgenden Tages verschwand die Vegetation fast völlig. Dennoch war Kennard in fast jubelnder Stimmung. Wenn sie sich tatsächlich bereits so weit in den Bergen befanden, dann mussten sie sich dem Pass nähern. An diesem Abend klärten sich – wie ein unvermutetes Geschenk – eine Weile Nebel und Dunst, und sie sahen den hohen Gipfel und den darunter liegenden Pass, der sich, im Licht der abendlichen Sonne purpurn und violett schimmernd, keine zehn Meilen entfernt ihren Augen darbot. Das kurze Aufleuchten der Sonne dauerte gerade lange genug, dass Larry die improvisierte Kompasskarte überprüfen und verbessern konnte, woraufhin er den Pass einmal genau anpeilte und eine Route festlegte. Danach notierte er jede Abweichung, zu der Hindernisse und Felsvorsprünge zwangen, und konnte sie korrigieren. Nun gingen sie nicht mehr nur ungefähr auf ihr Ziel zu, sondern direkt.

Aber das Klettern fiel ihm nun schwerer und schwerer, ungeachtet des Auftriebs, den ihm Kennards Anerkennung verschafft hatte. Es gab steile Hänge, die sie auf allen vieren emporkriechen mussten, wobei sie auf den schlüpfrigen Flächen verzweifelt nach einem Halt suchten; und einmal mussten sie sich einen zwei Zoll breiten Sims unterhalb einer überhängenden Klippe entlangtasten, wobei Larry vor Entsetzen blass wurde und schwitzte. Kennard überwand all diese Hindernisse mühelos und gewöhnte sich wieder einiges an arrogantem Führergebaren an, und das verdross Larry. Verdammt, es war schließlich nicht seine Schuld, dass er nicht im Klettern ausgebildet war, und auch die Tatsache, dass ihm in diesen Höhen schwindlig wurde, machte ihn nicht automatisch zum passiv Folgenden. Er knirschte mit den Zähnen und schwor sich, dass er überallhin folgen würde, wohin Kennard ging – auch wenn es schien, dass Kennard häufig einfachere Wege hätte wählen können und versuchte, die Führerrolle bei ihrer Expedition dadurch wieder an sich zu reißen, indem er seine Überlegenheit im Klettern demonstrierte.

In dieser Nacht gingen ihre Vorräte zu Ende; sie schliefen hungrig, kalt und nass an einem vereisten Hang, der etwas weniger steil als der Rest zu sein schien – oder besser, Kennard schlief; Larry fiel selbst das Atmen schwer. Der Morgen dämmerte, und lange bevor es richtig hell war, regte sich Kennard. Er sagte: »Ich weiß, dass du nicht schläfst. Wir könnten ebenso gut weitergehen. Wenn wir Glück haben, erreichen wir den Pass noch vor dem Nachmittag.« In der Morgendämmerung konnte Larry das Gesicht seines Freundes nicht sehen, aber das war auch nicht nötig. Seine Gefühle waren so offensichtlich für ihn, als befände er sich direkt in Kennards Gedanken: *Auf der anderen Seite des Passes gibt es Nahrung, bewohntes Land, Wärme und Menschen, die wir um Hilfe bitten können. Aber der Pass selbst wird eine schwierige Prüfung sein. Selbst mit ein paar erfahrenen Bergführern würde ich ihn nur ungern überqueren. Wenn es nicht schneit, könnten wir durchkommen – wenn der Schnee nicht bereits zu tief liegt. Kann der terranische Junge das aushalten? Er ist bereits völlig erschöpft. Wenn er jetzt aufgibt ...*

Und die Verzweiflung dieser Gedanken überwältigte Larry plötzlich. Kennard dachte: *Wenn er jetzt aufgibt, dann bin ich alleine ... und alles war umsonst ...*

Larry fragte sich, ob er sich das alles einbildete, ob die Höhe und die Strapazen seinen Verstand angriffen. Dieses geistige Mitempfinden beunruhigte ihn, und gleichzeitig machte es ihn verlegen. Er versuchte verzweifelt, sein Denken davor zu verschließen, aber Kennards Verzweiflung durchdrang alle seine Barrieren:

Kann Larry es aushalten? Wird er es schaffen? Habe ich Kraft genug für uns beide?

Schweigend und grimmig schwor Larry sich, wenn einer von ihnen aufgeben würde, dann würde er es nicht sein. Er fror, ihm war kalt, hungrig und nass, aber, verdammt, er würde es diesem arroganten darkovanischen Aristokraten schon zeigen!

Verdammt! Er hatte es satt, ständig mitgeschleppt und wie eine Bürde, wie der Schwächere behandelt zu werden!

Terraner als Schwächlinge? Waren nicht die Terraner die Ersten gewesen, die das All durchquert hatten? Hatten sie nicht den blinden Sprung in den Weltraum gewagt, Jahre vor dem Sternenantrieb, waren sie nicht jahrelang durch das Dunkel gereist, wobei immer wieder Schiffe verschwanden, von denen man nie mehr etwas hörte, und hatte die Rasse von Terra nicht dennoch alle bewohnten Welten besiedelt? Kennard konnte auf seine Fähigkeiten und sein darkovanisches Erbe stolz sein. Aber auch die Terraner hatten allen Grund, stolz zu sein! In gewisser Weise hatten sie ihre eigene Arroganz, und die war ebenso berechtigt wie die Arroganz der Darkovaner.

Er hatte hier stets angenommen, dass er irgendwie unterlegen und minderwertig war, denn als Fremder auf Darkover, in der darkovanischen Gesellschaft, war er eine Last für Kennard. Angenommen es war umgekehrt? Kennard wusste nicht, wie ein Kompass funktionierte. Den Antrieb eines Raumschiffes oder eines Geländewagens würde er fassungslos anstarren!

Aber selbst wenn er hier im Gebirge starb, würde er Kennard zeigen, dass ein Terraner überallhin folgen konnte, wohin ein Darkovaner ging. Und dann, wenn sie zu *seiner* Welt zurückkehrten, würde er Kennard herausfordern, ihm eine Weile in die Welt der Terraner zu folgen – um herauszufinden, ob ein Darkovaner auch dorthin folgen konnte, wohin ein Terraner ging!

Er stand auf, lächelte matt, kehrte das Innerste seiner Taschen nach außen, um noch eine Brotkrume zu finden – er fand keine –, und sagte dann: »Je früher, desto besser.«

Die Hügel wurden immer steiler, und der Schnee unter ihren Füßen blieb konstant; sie waren sehr vorsichtig, damit sie nicht abrutschten, denn das konnte einen fatalen Absturz zur Folge haben. Sein verletzter Arm war taub, und zweimal entglitt er einem Halt, aber er weigerte sich stolz, Kennards Hilfe anzunehmen.

»Ich schaffe es«, sagte er gepresst.

Sie kamen zu einer schrecklichen Stelle, wo vom Frost geborstene Felsen einen Steilhang übersäten, ohne dass ein Weg zu erkennen gewesen wäre. Kennard, der vorausging, setzte vorsichtig den Fuß darauf, und er begann unter ihm zu bröckeln, Geröll, weiß mit Schnee vermischt, fiel wie ein winziger Erdrutsch nach unten. Er stolperte und wirbelte über dem Rand des Abgrunds, aber bevor er fallen konnte, eilte Larry herbei, der seine Angst gespürt hatte, als er den Fuß aufsetzte, packte ihn und hielt ihn fest – das Gewicht des älteren Jungen riss seinen verletzten Arm beinahe aus dem Gelenk –, bis der ältere Junge das Gleichgewicht wiedererlangt hatte. Sie klammerten sich keuchend aneinander, Kennard aus Angst und Erleichterung, Larry vor Schmerzen und Angst – etwas hatte in der verletzten Schulter geknackst, und sein Arm hing steif und unbeweglich an der Seite, Schmerzenswogen durchliefen ihn, wenn er auch nur einen Finger bewegte.

Schließlich strich sich Kennard über die Stirn. »Zandrus Hölle, ich dachte, es wäre um mich geschehen. Du ...« Er bemerkte Larrys Bewegungslosigkeit. »Was ist denn los?«

»Mein Arm«, brachte Larry zitternd hervor.

Kennard berührte ihn mit behutsamen Fingern und pfiff durch die Zähne. Er strich mit der Fingerspitze darüber, sein Ausdruck war konzentriert und besorgt. Larry spürte ein seltsames, schmerzhaftes Brennen in dem Knochen, als Kennard darüber strich; dann packte Kennard plötzlich den Arm ohne Vorwarnung und versetzte ihm einen unerwarteten und schmerzhaften Ruck. Larry schrie vor Schmerzen auf; er konnte nicht anders. Aber als der Schmerz nachließ, wurde ihm klar, was Kennard getan hatte.

Kennard nickte. »Ich musste das verdammte Ding wieder einrenken, bevor die Muskeln drumherum steif wurden. Sonst hätte es drei Männer erfordert, dich festzuhalten, wenn sie ihn später wieder eingerenkt hätten«, sagte er.

»Woher hast du gewusst ...?«

»Tiefensondierung«, sagte Kennard kurz. »Ich kann es nicht immer und auch nicht lange. Aber ich ...« Er zögerte, beendete den Satz dann nicht. Larry hörte ihn dennoch: *Ich war es dir schuldig. Aber, verdammt, jetzt sind wir beide erschöpft.*

»Und wir haben immer noch diese teuflische Ebene zu überwinden«, sagte er laut. Er begann den Gürtel zu öffnen und zog kurz an dem Larrys. Larry sah ihm neugierig zu, wie er sie zusammenband und die Enden um ihre Handgelenke knüpfte.

»Zu dumm, dass du die linke Hand nicht gebrauchen kannst«, sagte er ungeduldig. »Zu dumm, dass sie herausgefunden haben, dass du Linkshänder bist. Nun, gehen wir. Lass mich führen. Dies ist eine schreckliche Stelle für deinen ersten Unterricht im Bergsteigen, aber so ist es nun einmal. Du solltest jedenfalls folgende Dinge stets bedenken: Bewege niemals einen Fuß, ohne dass du mit dem anderen und beiden Händen sicheren Halt hast. Und dasselbe gilt auch für beide Hände.« Auch diesmal war sein unausgesprochener Satz für Larry mühelos verständlich: *Unser beider Leben liegt in seinen Händen, weil er der Schwächere ist.*

Den Rest seines Lebens erinnerte Larry sich an die schrecklichen anderthalb Stunden, die sie brauchten, um die geröllübersäte Ebene zu überwinden. Es gab Stellen, wo die gering-

11

In einem Augenblick blinder Panik wirbelte Larry herum und rannte los. Die Schnelligkeit, mit der der Banshee die Veränderung von Richtung und Bewegung wahrnahm, erfüllte ihn erneut mit Schrecken, aber in diesem Sekundenbruchteil der Bewegungslosigkeit verspürte er neue Hoffnung. Kennard war ebenfalls losgelaufen und stolperte in blinder Panik umher. Larry sprang ihn an und zwang ihn mit aller Gewalt in den Schnee nieder.

»Stell dich tot«, flüsterte er drängend. »Er nimmt Bewegung und Wärme wahr. Bleib bewegungslos liegen!«

Da Kennard nicht hörte und sich bemühte, aus seinem Griff zu entkommen, flüsterte er entschuldigend: »Tut mir Leid, Kumpel«, holte mit der Faust aus und schlug Kennard heftig gegen das Kinn. Der Körper - erschöpft, ausgelaugt, schutzlos - sank in eine Schneeverwehung und blieb liegen, zu verblüfft, um mehr zu tun, als Larry hasserfüllt anzustarren. Larry ließ sich ebenfalls fallen und blieb regungslos liegen, ohne einen Muskel zu bewegen.

Der Vogel verharrte mitten in der Bewegung und bewegte den blinden Kopf verwirrt von einer Seite zur anderen. Einen Augenblick lang schwang er vorwärts und rückwärts, sein watschelnder Gang und die flatternden Schwingen verliehen ihm das Aussehen eines unförmigen dicken Mannes mit Mantel. Dann hob er den Kopf und stieß wieder seinen lähmenden, grässlichen Schrei aus, mit dem er die vermeintliche Beute aufspüren wollte.

Das ist es, dachte Larry, der den Impuls bekämpfte, sich mit den Händen die Ohren zuzuhalten. Lebewesen hören diesen schrecklichen Ruf, und sie laufen weg, und dann nimmt diese

Bestie ihre Bewegungen wahr! So etwas wie das elektrostatische Feld der *Kyrri* – nur nimmt es ihre Bewegungen und ihren Geruch wahr.

In dieser Schneeverwehung ...

Sehr langsam suchte er in seiner Tasche nach dem Erste-Hilfe-Kästchen; da er befürchtete, jede hastige Bewegung könnte den grässlichen Vogel wieder auf sie aufmerksam machen, bewegte er sich immer nur millimeterweise. Es war fast leer, aber es enthielt noch so viel von dem stark riechenden Antiseptikum, dass sie nicht wie etwas Lebendes riechen würden – oder, dachte er grimmig, wie etwas, das gut schmeckte.

»Kennard«, flüsterte er, »kannst du mich hören? Bewege jetzt keinen Muskel. Aber wenn ich dieses Fläschchen hier verschütte, dann tauchst du so schnell wie möglich in diese Schneeverwehung, und dort gräbst du dich ein, als ob dein Leben davon abhinge!« *Wahrscheinlich tut es das,* dachte er.

»Jetzt!«

Der Geruch der Chemikalien war durchdringend und scharf; der Banshee, der seinen phosphoreszierenden Kopf gegen den Wind bewegte, vollführte seltsam würgende Bewegungen des Missfallens. Er drehte sich um und stolperte davon, und in diesem Augenblick begannen Larry und Kennard sich wie von Sinnen in die Schneeverwehung einzugraben, wobei sie Schnee hinter sich warfen und über ihre Körper schütteten.

Vorerst waren sie in Sicherheit – aber wie wollten sie über den Pass gelangen?

Dann erinnerte er sich an Kennards frühere Bemerkungen über die Banshees. Es waren Nachtvögel, die im grellen Sonnenlicht ungeschickt und linkisch waren. Die Phosphoreszenz ihrer Köpfe bewies, dass sie keine Geschöpfe der Sonne waren.

Wenn sie die Nacht überstehen konnten ...

Wenn sie nicht erfroren ...

Wenn nicht ein anderer Banshee ihre Wärme durch die Schneeverwehung spürte ...

Wenn die Sonne morgen hell genug schien, um den großen Vogel außer Gefecht zu setzen ...

Wenn all diese Dinge eintraten, dann konnten sie auch diese Hürde überwinden.

Wenn nicht ...

Plötzlich erweckten all diese Wenns, die wie Kennards Angst auf ihn eindrangen, kalte Wut in ihm. Verdammt, es musste einen Weg hindurch geben! Und Kennard schien aufgegeben zu haben, er lag bewegungslos im Schnee und schien bereit, einfach auf den Tod zu warten.

Aber sie waren nicht so weit gekommen, um hier zu sterben. Verdammt, er würde sie über den Pass bringen, und wenn er sich mit bloßen Händen durch den Schnee hindurchgraben musste!

Der Banshee schien verschwunden zu sein; vorsichtig hob er den Kopf ein wenig aus dem Schnee heraus. Mit einem raschen Blick sah er sich um. Er sah zum Pass über ihnen. Weniger als dreißig Meter. Wenn sie irgendwie durch den Schnee kriechen könnten ...

Er schüttelte drängend Kennards Schulter. Der darkovanische Junge bewegte sich nicht. Dieses letzte Grauen hatte seine Belastungsfähigkeit eindeutig überbeansprucht. Er sagte: »Wieder genau dort, wo wir waren, als wir Cyrillons Burg verließen ...«

Larrys Wut explodierte. »Nachdem du mich durch das halbe Land in die Sicherheit geschleppt hast, möchtest du in Sichtweite des Ziels aufgeben, dich hinlegen und sterben?«

»Die Banshees ...«

»Oh, soll doch dein eigener Gott Zandru die Banshees holen! Wir werden an ihnen vorbeikommen oder auch nicht, aber wir werden es wenigstens *versuchen!* Ihr Darkovaner –

ihr seid so stolz auf eure Tapferkeit, wenn es um individuelle Tapferkeit geht! Solange ihr Helden sein könnt ...« Er stachelte Kennard wissentlich mit seinen Worten an. »Du warst so tapfer, wie du nur sein konntest! Als es darum ging, mich damit zu erniedrigen! Aber nun, wo du *mit mir* arbeiten müsstest, gibst du einfach auf! Und Valdir glaubt, er kann mit seinen Leuten alles vollbringen? Verdammt – sein eigener Sohn kann nicht still sein und zuhören und mit jemandem zusammenarbeiten! Er möchte der einzelgängerische Held sein, und wenn das nicht geht, dann legt er sich einfach hin und will sterben!«

Kennard schluckte. Seine Augen sprühten Feuer, und Larry wappnete sich gegen ein neuerliches Aufflackern dieser schrecklichen Wut der Altons, aber sie wurde gezügelt, bevor sie einsetzen konnte. Kennard ballte die Fäuste, aber er presste seine Worte grimmig zwischen den Zähnen hervor.

»Eines Tages werde ich dich dafür umbringen – aber zuvor möchte ich sehen, ob ein Terraner einen Alton auf seiner eigenen Welt führen kann. Versuch es.«

»Das gefällt mir schon viel besser«, sagte Larry bewusst jovial, um Kennards gekränkten Stolz noch weiter zu verletzen. »Wenn wir schon sterben sollen, dann können wir auch bei dem Versuch sterben, *etwas dagegen zu unternehmen!* Zum Teufel damit, ehrenvoll zu sterben! Soll das verfluchte Biest um sein Abendessen kämpfen, wenn es das will!«

Kennard legte die Hand ans Messer. »Es wird einen Kampf bekommen ...«

Larry packte ihn am Handgelenk. »Nein! Es nimmt Wärme und Bewegungen wahr. Zum Teufel mit dir und deinem Heldenmut! Wir brauchen gesunden Menschenverstand. Verdammt, ich weiß, dass du tapfer bist, versuch einmal, auch ein wenig Verstand zu zeigen!«

Kennard erstarrte. »Schon gut. Ich habe gesagt, dass ich deiner Führung folgen werde. Was soll ich tun?«

Larry dachte blitzschnell nach. Er hatte Kennard aus seiner Verzweiflung herausgelockt, aber nun musste er ihm etwas bieten. Wenn er die Führung übernehmen sollte, dann musste er es auch tun – und zwar verdammt schnell.

Die Banshees spürten Wärme und Bewegung.

Daher mussten sie etwas wie die *Kyrri* haben; und man konnte sie nur mit Kälte und Bewegungslosigkeit überlisten. Aber sie würden erfrieren, während die Bestie einfach abwarten konnte. Oder ...

Er hatte eine Idee.

»Hör zu! Du läufst in eine Richtung, ich in die andere ...«

Kennard sagte: »Das Schicksal entscheiden lassen, wer sterben soll? Das akzeptiere ich. Welchen von uns er nimmt – der andere ist frei?«

»*Nein,* Idiot!« Daran hatte Larry nicht einmal gedacht. Es war ein nobles darkovanisches Konzept, aber es schien unnötig. »Wir schaffen es beide – oder keiner! Nein, ich denke daran, das verdammte Ding zu *verwirren.* Ich bewege mich. Es folgt mir. Dann stelle ich mich in einer Schneeverwehung tot – und während es versucht, mich wieder wahrzunehmen, fängst du an loszulaufen. Anderswohin. Es wird sich in *diese* Richtung bewegen. Dann erstarrst du, und ich bewege mich wieder. Vielleicht können wir es verwirren und dazu bringen, so lange hin und her zu laufen, dass wir den Pass überqueren können.«

Kennard sah ihn mit zunehmender Aufregung an. »Das könnte funktionieren!«

»Gut. Dann sei bereit. Still!«

Larry sprang auf und begann zu laufen. Er sah den riesigen Vogel auf sich zurasen. Er rief Kennard zu, dann tauchte er in eine Schneeverwehung, schaufelte sich hastig hinein und blieb totenstill liegen. Er wagte nicht, sich zu bewegen und kaum zu atmen.

Er spürte den großen Vogel mehr verweilen, als dass er ihn sah. Er drehte sich verwirrt um. Wie konnte die Beute nur *dort* hingelangen? Kennard rannte etwa zwanzig Meter auf den Pass zu, rief und erstarrte. Larry sprang wieder auf. Diesmal versuchte er zu weit zu laufen, er spürte den üblen Atem des Wesens im Nacken und rechnete jeden Augenblick mit dem tödlichen Hieb des Schnabels. Er warf sich in den Schnee und grub sich ein und lag still. Das Sirenengeheul des verwirrten Vogels schwoll an und erfüllte die Luft mit seinem Schrecken verbreitenden Hall, und Larry dachte: *O Gott, lass Kennard nicht wieder in Panik geraten ...*

Er hob vorsichtig den Kopf, sah Kennard sich fallen lassen, sprang wieder auf und lief los. Der Vogel warf sich herum, begann zurückzulaufen, begann unerwartet zu heulen und rannte wie von Sinnen im Kreis herum, wobei er den hässlichen Kopf von einer Seite zur anderen warf.

Das Heulen des Banshees erstarb zu einem leisen Wimmern, das Geschöpf fiel zuckend auf den Rücken.

Larry rief Kennard zu: »Komm! Lauf!« Er erinnerte sich an seine Psychologiekurse. Tiere, besonders sehr dumme Tiere, konnten, wenn sie sich einer Situation gegenübersahen, die außerhalb ihrer Erfahrung lag und mit der sie nicht fertig wurden, völlig zusammenbrechen. Der Banshee lag im Schnee und erlitt einen gründlichen Nervenzusammenbruch.

Sie rannten keuchend und schnaufend los. Plötzlich schienen die Wolken dünner zu werden und zu steigen, und die blasse darkovanische Morgensonne brach durch.

Larry schleppte sich erschöpft zum Scheitelpunkt des Passes. Dort blieb er keuchend liegen, Kennard an seiner Seite.

Vor ihnen lag ein Weg nach unten, und weit, weit entfernt gab es einen grünen Landstrich mit Häusern und Schornsteinen, aus denen Rauch herausquoll, baumbewachsene Hügel und grüne Blätter.

Erschöpft, ausgehungert und müde standen sie da und ergötzten sich am Anblick des fruchtbaren Landes tief unten. Kennard streckte die Hand aus. Weit entfernt, kaum noch zu erkennen, ragte eine graue Festung empor.

»Schloss Hastur – und wir haben gewonnen!«

»Noch nicht«, sagte Larry warnend. »Es ist noch ein weiter Weg. Und wir machen uns besser schnell auf den Weg, solange die Sonne noch hell genug ist, die Geschwister und Eltern und Tanten dieses großen Burschen fern zu halten!«

»Du hast Recht«, sagte Kennard ernüchtert, und sie folgten dem schmalen Pfad, ohne daran denken zu wollen, wie er entstanden war. Aber die Sonne schien hell, und vorerst waren sie in Sicherheit.

Nun hatte Larry Zeit, daran zu denken, wie erschöpft er war. Seine verletzte Schulter brannte teuflisch. Seine Füße waren abwechselnd heiß und kalt – er hatte sicher Erfrierungen – und seine Finger waren vom Graben im Schnee weiß und kalt. Er saugte daran und schlug sie zusammen, wobei er sich bemühte, vor Schmerzen nicht laut zu stöhnen, als der Blutkreislauf wieder in Gang kam. Aber er hielt mit Kennard Schritt. Er hatte die Führung übernommen – und die würde er nicht mehr abgeben!

Die Hänge an dieser Seite waren dicht bewaldet, aber die Wälder bestanden weitgehend aus Koniferen – und immer noch keine Spur von etwas Essbarem. Weiter unten fanden sie einen Apfelbaum mit Äpfeln, die nach einem Sturm runzlig und feucht, aber dennoch genießbar waren. Sie füllten sich die Taschen und setzten sich nebeneinander zum Essen nieder. Larry dachte an die friedliche Zeit, die in Wirklichkeit erst wenige Tage zurücklag, als sie so essend beisammensaßen, vor dem Waldbrand. Er schien Jahre gelebt und tiefe Hügel und Täler durchquert zu haben – im tatsächlichen wie im übertragenen Sinne!

Kennard sah ihn stirnrunzelnd an, und Larry dachte daran, dass sie am Pass böse Worte gewechselt hatten.

Kennard sagte: »Nun, da wir außer Gefahr sind – du hast Dinge zu mir gesagt, die ich nicht verzeihen kann. Wir sind *Bredin,* aber ich werde sie dir dennoch in den Hals zurückschieben.«

O nein, nicht schon wieder!

»Vergiss es«, sagte er. »Ich habe versucht, unser beider Leben zu retten. Ich hatte keine Zeit, taktvoll zu sein.«

Kennard ist böse, weil ich unser Leben gerettet habe, als er es nicht konnte. Er möchte das auf darkovanische Weise aus der Welt schaffen – mit einem Kampf. Larry sagte laut: »Ich werde nicht mit dir kämpfen, Ken. Du hast mir zu oft das Leben gerettet. Ich werde dich ebenso wenig schlagen wie ... wie meinen Vater.«

Kennard sah ihn zitternd vor Wut an. »Feigling!«

Larry biss gleichgültig in den Apfel. Er war sauer. Er sagte: »Es macht mir nichts aus, wenn du mich beschimpfst. Nur zu, wenn du dich dann besser fühlst.« Dann fügte er sanfter hinzu: »Und was würde es beweisen, davon abgesehen, dass du stärker bist als ich? Daran habe ich niemals auch nur einen Augenblick gezweifelt. Wir müssen immer noch miteinander auskommen – warum sollten wir es mit einem Kampf beenden, als wären wir nicht Freunde, sondern Feinde, nach allem, was wir durchgemacht haben?« Er benutzte bewusst wieder das Wort *Bredin.* Er streckte die Hand aus. »Wenn ich etwas gesagt habe, das dich verletzt hat, dann tut es mir Leid. Auch du hast mich ein- oder zweimal verletzt, daher sind wir auch nach deinem Kodex quitt. Schütteln wir einander die Hände, und vergessen wir es.«

Kennard zögerte, und einen ängstlichen, bitteren Augenblick lang fürchtete Larry, er würde die Geste zurückweisen, und Larry wünschte fast, sie wären beide am Pass gestorben.

Sie standen einander so nahe, als wäre ihr Denken eins, und nun ausgeschlossen zu sein – das tat höllisch weh.

Dann lächelte Kennard wie die Sonne, die durch Wolken bricht. Er streckte beide Arme aus und hielt Larry damit fest.

»Iss noch einen Apfel«, sagte er nur. Aber mehr war auch nicht nötig.

12

Der Weg hinab war hart und mühsam. Aber da die Bedrohung der Banshees hinter ihnen lag und Larrys Kletterkünste sich verbesserten, ging der Abstieg besser als der Aufstieg vonstatten. Erschöpft und halb verhungert, empfand Larry doch mehr als Erleichterung über ihre derzeitige Situation – zu Unrecht, denn sie hatten immer noch einen meilenlangen Weg durch unzugängliche Wälder zurückzulegen. Sie hatten ihr Ziel vom Pass aus gesehen, aber es war weit entfernt.

Und dennoch wuchs sein Optimismus immer mehr, wie eine Woge, wie ...

Wie seine Angst, als sie von den Waldmenschen belauert worden waren, ohne dass er es gewusst hatte!

Was für ein Sonderling bin ich? Wie habe ich das bekommen? Ich bin kein Telepath. Und man kann es nicht lernen.

Dennoch empfand er steigende Hoffnung – wie eine große Freude. Die Wälder schienen irgendwie grüner zu sein, der Himmel schien malvefarbener zu strahlen, die rote Sonne leuchtender über ihnen zu glühen. Konnte das die Erleichterung über ihr Entkommen sein? Oder ...

»Kennard, meinst du, wir werden eine Jagdgesellschaft treffen, die in diesen Wäldern unterwegs ist?«

Kennard, der sich in den Wäldern auskannte, kicherte. »Wer soll hier schon jagen – und wonach? Hier scheint es keine Spur von Wild zu geben, wenngleich wir später vielleicht Beeren und Früchte finden könnten. Du siehst verdammt optimistisch aus«, fügte er mürrisch hinzu.

Er ist wütend, weil ich ihm überlegen war, aber er wird darüber hinwegkommen.

Sie kamen zu einem Felsvorsprung und sahen in ein grünes Tal hinab, das so schön war, dass seine strahlende Schönheit Larry mit einem fast ekstatischen Hochgefühl erfüllte. Überall sangen Vögel, unten verlief ein Bach. Und dann hörte man deutlich eine singende Stimme – die Stimme eines Menschen.

Nach einem weiteren Augenblick erschien eine hoch gewachsene Gestalt zwischen den Bäumen. Sie sang in einer musikalischen, unbekannten Sprache.

Kennard stand halb bezaubert da. Er flüsterte: »Ein *Chieri*!«

Menschlich?

Das Wesen war tatsächlich menschlich im Aussehen, auch wenn es groß und von so zierlicher Erscheinung war, dass dieser Eindruck wieder relativiert wurde. Er? War das Wesen eine Frau? Die Stimme war klar und hoch gewesen, wie die einer Frau. Es trug ein langes Gewand aus einem seidenähnlichen Stoff. Langes helles Haar fiel über die schmalen Schultern. Die winkende Hand war weiß und fast durchscheinend im Sonnenschein, und die Knochen des Gesichts hatten eine elfenhafte, zierliche Schönheit.

Um den Kopf des elfenhaften Wesens herum flog ein ganzer Schwarm von Vögeln, deren melodiöse Stimmen in die des *Chieri* einfielen. Plötzlich sah der *Chieri* nach oben und rief mit lauter Stimme: »Ihr da, ihr ungehobelten Trampler! Geht, bevor ihr meine Vögel verscheucht, sonst spreche ich einen bösen Zauber über euch!«

Kennard trat nach vorne und hob die Hände zu einer Geste der Unterwerfung und des Respekts. Larry erinnerte sich des Respekts, den der darkovanische Junge Lorill Hastur gegenüber an den Tag gelegt hatte. Dies war mehr als Respekt, es war Unterwürfigkeit.

»Kind der Anmut«, sagte er kaum hörbar, »wir wollen dir und deinen Vögeln nichts tun. Wir haben uns verirrt und sind verzweifelt. Mein Freund ist verletzt. Wenn Ihr uns schon nicht helfen könnt, so verschont uns wenigstens mit Euren bösen Zaubersprüchen!«

Das elfengleiche Gesicht wurde weicher. Indem er die zierlichen Hände hob, ließ der *Chieri* die Vögel frei. Dann winkte ihnen das Wesen zu, aber als sie begannen, müde den Hang hinabzustolpern, kam es ihnen leichtfüßig entgegen.

»Ihr seid verletzt! Ihr habt Schnittwunden und Blutergüsse. Ihr seid hungrig. Seid ihr über diesen schrecklichen, von bösen Wesen bewachten Pass gekommen?«

»All das«, sagte Kennard leise. »Und wir haben das ganze Land zwischen der Burg des Cyrillon des Trailles und hier durchquert.«

»Wer seid ihr?«

»Ich bin ein Comyn«, sagte Kennard mit seinem letzten Rest von Würde, »von den Sieben Domänen. Dies ... dies ist mein Freund und *Bredu*. Gewähre uns Unterkunft – oder tu uns wenigstens nichts zuleide!«

Das Gesicht des *Chieri* war sanft. »Verzeiht mir. Manchmal kommen böse Geschöpfe vom Pass herab, verseuchen die klaren Gewässer und erschrecken meine Vögel. Glücklicherweise fürchten sie mich, aber ich sehe sie nicht immer. Aber ihr ...« Der *Chieri* sah sie an, ein klarer, durchdringender Blick, und sagte: »Ihr wollt uns nichts tun.«

Der Blick zog Larry in seinen Bann. Kennard flüsterte: »Seid Ihr ein mächtiger *Leronis*?«

»Ich bin ein *Chieri*. Bist du nun klüger, Sohn des Alton?«

»Du kennst meinen Namen?«

»Ich kenne deinen Namen, Kennard, Sohn des Valdir, und den deines Freundes. Und doch habe ich keine deiner Comyn-Kräfte. Aber ihr seid müde, und dein Freund hat Schmerzen, also keine weiteren Worte mehr. Könnt ihr einen steilen Pfad emporgehen?« Der *Chieri* schien fast zerknirscht zu sein. »Ich muss mich schützen, in diesem Land.«

Larry richtete sich auf und sagte: »Ich kann hingehen, wohin ich muss.«

Kennard sagte: »Du gewährst uns Gnade, Kind des Lichts. Gesegnet war der Lord Carthon, als er an den Quellen von Reuel Kierestelli begegnete.«

»Ist diese Geschichte immer noch bekannt?« Das fremde, elfenhafte Gesicht des *Chieri* drückte Belustigung aus. »Aber für alte Geschichten und Legenden ist später noch Zeit, Sohn der Sieben Domänen. Keine Worte mehr. Kommt.«

Der *Chieri* drehte sich um und ging aufwärts. Es war ein langer Weg, und Larry war erschöpft, bevor sie den Gipfel erreichten, und sein schmerzender Arm schien abfallen zu wollen. Am Ende trug Kennard ihn beinahe. Aber selbst Kennard war zu erschöpft, um mehr zu tun, und so kam der *Chieri* zwischen sie und stützte sie beide. So zierlich und fast zerbrechlich das Wesen wirkte, seine Kraft war unglaublich.

Sie erreichten einen flachen, von Hecken gesäumten Platz, und durch eine Tür aus gewobenen Zweigen betraten sie den seltsamsten Raum, den sie je gesehen hatten.

Der Boden bestand aus Erde, nicht Lehm oder von der Sonne getrocknetem Ton, sondern dicht mit Gras und Moos bewachsen, in dem eine Grille zirpte. Es fühlte sich warm und wohlriechend unter ihren Füßen an.

Der *Chieri* beugte sich hinab, streifte die Sandalen ab, und auf sein Zeichen hin zogen die Jungen ihre feuchten Stiefel und Socken ebenfalls aus. Das Gras fühlte sich für ihre schmerzenden Füße herrlich an.

Die Wände bestanden aus geflochtenen Gräsern und Efeu, das mit Stofflagen abgeschirmt war, die zwar Licht durchließen, durch die man aber nicht hindurchsehen konnte. Im Dachgeflecht blühten große, trompetenförmige Blüten, die dem ganzen Ort eine Aura des Wachstums und Lebens verliehen. Es roch süß und angenehm. Eine offene Tür an der rückwärtigen Wand führte in einen Garten, wo ein Springbrunnen in einer Steinfassung plätscherte und daraus in einem schmalen Rinnsal weiterlief. In einer Einfassung aus gebranntem Ton flackerte ein Feuer, darüber befand sich ein Stativ aus Metall, auf dem ein dampfender Kessel ruhte, aus dem es angenehm nach warmem Essen roch. Die Augen der Jungen begannen zu tränen. Möbel gab es wenig, abgesehen von einer Bank oder zwei und Regalen, und in einer Ecke stand ein Webstuhl.

Als sie eintraten, hob der *Chieri* beide Hände und sagte mit seiner klaren Stimme: »Tretet ein in einer guten Stunde, und möge nichts euch in diesen Wänden wehtun.« Nachdem das getan war, wandte er sich an Larry und sagte: »Ihr seid verletzt und habt Schmerzen und flieht vor bösen Dingen. Ich habe eure Gedanken am Pass gespürt. Aber ich werde keine weiteren Fragen stellen, bis ihr gegessen habt und ausgeruht seid.«

Er trat zu dem Topf, und Kennard, der sich erschöpft ins Gras sinken ließ, sagte: »Wer seid Ihr, Kind der Anmut?«

»Du kannst mich Narad-zinie nennen«, sagte der *Chieri*, »was mein Name bei deinem Volk ist. Mein eigener wäre für eure Ohren seltsam und zu lang.« Er nahm silberne Tassen von einem Regal, schlicht, aber wunderschön gearbeitet, und goss ihnen etwas zu trinken ein. Er reichte jedem eine Tasse. Larry kostete, es schmeckte köstlich. Ein starker Wein. Er zögerte einen Augenblick, dann gewannen Erschöpfung und Durst die Oberhand; er trank das Gefäß leer. Das Gefühl der Erschöpfung fiel fast auf der Stelle von ihm ab, und er sah aufmerksam zu, wie der *Chieri* den Kessel vom Feuer nahm.

»Brei ist eine zu magere Kost für fußkranke Wanderer«, sagte er. »Daher werde ich euch noch ein paar Kuchen zubereiten. Aber kein Wein mehr, bis ihr gegessen habt!« Er sah zur Quelle hinaus. »Inzwischen ...« Larry schämte sich plötzlich seiner zerrissenen und schmutzigen Kleidung und ging hinaus, um sich im Wasser den Kopf und das Gesicht zu waschen. Kennard folgte ihm.

Als Larry zurückkam, backte so etwas wie Pfannkuchen auf einem flachen Blech über dem Feuer. Sie rochen so gut, dass ihm das Wasser im Mund zusammenlief. Der *Chieri* servierte ihnen das Essen auf flachen, kostbar geschnitzten Tellern, und es gab Schüsseln mit Brei dazu, dann die flachen Pfannkuchen, die flauschig und weich waren, Schüsseln mit heißer Milch, Honig und etwas, das wie Käse schmeckte. Der Geruch von allem war seltsam durchdringend, aber die Jungen waren zu erschöpft, sich daran zu stören: Sie aßen alles, was sie bekommen hatten, worauf der *Chieri* ihnen weitere Pfannkuchen und Honig brachte. Endlich gesättigt, lehnten sie sich zurück und sahen sich um, und Larrys erste Worte waren seltsam irrelevant.

»Die Waldläufer könnten so etwas entwickeln statt dem, was du fürchtest, Kennard.«

Der *Chieri* antwortete an Kennards Stelle. »In fernen Zeiten standen die Waldläufer uns nahe, aber dann verließen wir die Bäume und machten Feuer, und sie hatten Angst davor, und so trennten sich unsere Wege. Sie sind unsere jüngeren Brüder, deren Weisheit langsamer wächst. Aber es ist wahrhaftig Zeit für das gewesen, was dieses Kind zweier Welten getan hat.«

Larry sah auf in das wunderschöne, fremde Gesicht. »Ihr ... Ihr wisst das alles?«

»Die Kräfte der Comyn sind die Kräfte der *Chieri*, kleiner Bruder«, sagte der *Chieri*. Er streckte seinen langen Körper auf dem grünen Moos aus. »Ich nehme an, ihr habt keine Geduld für lange Geschichten, daher werde ich nur das eine sagen – die *Chieri* lebten auf Darkover, lange bevor die Terraner kamen, um uns immer tiefer und tiefer in die Wälder zu treiben.«

Kennard sagte: »Aber ich bin kein Terraner!« Larry spürte seinen verblüfften Zorn. »Larry ist der Terraner!«

Der *Chieri* lächelte. »Ich vergaß«, sagte er, »dass das Vergehen eines Lebens nichts weiter als ein Schlaf für meinesgleichen ist. Ihr beide seid Kinder Terras. Ich war hier, einer der jüngsten meines Volkes, als das erste Schiff von Terra hier ankam, ein verirrtes Schiff, und euer Volk gezwungen war, hier zu bleiben. Die Zeit kam, da vergaßen sie ihre Herkunft; aber der Name, den sie dieser Welt gaben – Darkover –, reflektiert wahrhaftig ihre Sprache und ihre Bräuche.«

Es war eine seltsame Geschichte, die er erzählte, und Larry und Kennard, die entspannt dalagen, hörten fast ungläubig zu, was er zu berichten hatte.

Das terranische Schiff war eines der ersten Sternenschiffe gewesen, das den Weltraum durchquert hatte. Die Mannschaft, ein paar hundert Männer und Frauen, war gezwungen gewesen zu bleiben, und nach einem dutzend Generationen – für das Volk der *Chieri* nur eine kurze Zeit – hatten sie sich fast über den ganzen Planeten ausgebreitet gehabt.

»Da ist die Geschichte, von der ihr gesprochen habt«, sagte der *Chieri*, »von Lord Carthon – einem Angehörigen deines Volkes, Kennard –, der eine Frau meines Volkes traf, Kierestelli; und sie liebte ihn und gebar ihm einen Sohn, und dann starb sie, aber das Blut war vermischt worden. Und dieser Sohn, Hastur, liebte eine Frau deines Volkes, Cassilda, und durch diese Verschmelzung in ihren sieben Söhnen entstanden die Sieben Domänen, auf die du so stolz bist.«

Gezielte Zucht, um die neuen telepathischen Fähigkeiten zu verstärken, hatte zu sieben reinen Ablegern der Telepathie geführt, jeder mit einer eigenen Domäne oder Familie und jeder mit einer eigenen Art von *Laran* oder Psi-Begabung.

»Die Hasturs. Die Aillards. Die Ridenows. Die Elhalyns. Die Altons – dein Clan, junger Kennard. Und die Aldarans.«

»Die Aldarans«, sagte Kennard bitter, »wurden von den Comyn verbannt – und sie verkauften unsere Welt an die Terraner.«

Das wunderschöne Gesicht des *Chieri* war seltsam. »Du meinst, als die Terraner erneut kamen, zum zweiten Mal, waren die Aldarans die Ersten, die die lange vergessenen Brüder willkommen hießen und zu ihrem Volk einluden, welches seine Herkunft vergessen hatte. Vielleicht hatten die Aldarans ihr terranisches Erbe niemals vergessen. Aber was dich anbelangt, kleiner Sohn von Darkover und Terra« – er sah Larry mit großer Zärtlichkeit an –, »du bist müde, du solltest schlafen. Doch ich weiß sehr genau, dass du in großer Eile bist. In diesem Augenblick« – sein Gesicht nahm einen abwesenden Ausdruck an –»muss Valdir Alton sich vor den neuen Terranern wegen deines Schicksals verantworten. Den neuen Terranern, die ebenfalls vergessen haben, dass diese Menschen von Darkover ihre Brüder sind. Wie alle Völker Brüder sind, auch wenn wir das allzu oft vergessen. Und weil ihr beide meinem Volk angehört, werde ich euch helfen – wenngleich ich mich gerne ausführlicher mit euch unterhalten würde. Denn ich bin alt und gehöre einer aussterbenden Rasse an. Unsere Frauen gebären keine Kinder mehr, und eines Tages werden die *Chieri* nicht mehr als eine Erinnerung sein und nur noch im Blut ihrer Eroberer fortleben.« Er seufzte. »Wunderschön waren unsere Wälder in jenen Tagen. Und doch kommen Zeit und Veränderung über alle Menschen und alle Welten, und du tust recht daran, wenn du voll Ehrfurcht von Kierestelli sprichst und Cassilda gesegnet nennst, die als Erste Blut mit Blut verschmolz und so dafür sorgte, dass die *Chieri* im Blut weiterleben, selbst wenn die Erinnerung an sie schwindet. Aber ich bin alt – ich rede zu viel. Ich sollte lieber handeln.«

Er stand auf. Er verzauberte sie beide mit seinen seltsamen

grauen Augen – Augen, die denen von Lord Hastur glichen, erkannte Larry –, bis nichts anderes mehr blieb als diese grauen Augen, der Raum wirbelte und zurückwich ...

Grelles Licht tat ihren Augen weh. Gelbes Licht. Sie standen auf einem gekachelten Boden in einem hellen Raum, der den Raumhafen von Darkover überblickte, und vor ihnen standen mit allen Anzeichen von Zorn – Valdir Alton, Kommandant Reade und Larrys Vater.

13

Sie hatten geschlafen. Sie waren ausgeruht, hatten gegessen und waren neu eingekleidet worden. Diesmal hatte Kennard Kleidung von Larry bekommen. Wieder saßen sie vor Valdir Alton und Wade Montray und Kommandant Reade, denen sie ihre Abenteuer schilderten.

Schließlich sagte Valdir mit ernstem Gesicht: »Ich habe vom Volk der *Chieri* gehört, aber ich wusste nicht, dass noch Angehörige leben, auch nicht in den tiefsten Wäldern. Und was du mir von diesem gemeinsamen Erbe erzählst, ist seltsam und beunruhigend«, fügte er hinzu, und sein Blick begegnete dem aus Wade Montrays verwirrten Augen. »Doch der alte *Chieri* sprach eine Wahrheit, die ich bereits kannte. Zeit und Veränderung kommen über alle Welten, auch über unsere. Und wenn unsere Söhne gemeinsam und in Freundschaft die Berge überqueren konnten – und keiner konnte alleine überleben, beide brauchten einander –, dann gilt dasselbe vielleicht auch für unsere Welten.«

»Vater«, sage Kennard ernst, »ich habe mich auf dem Rückweg zu etwas entschlossen. Bitte sei nicht böse; es ist etwas, das ich tun muss. Mit deiner Zustimmung werde ich es gleich tun, ohne deine Zustimmung, wenn ich alt genug bin. Ich werde mit einem Schiff nach Terra reisen und alles lernen, was sie mir in ihren Schulen beibringen können. Und nach mir werden andere folgen.«

Valdir Alton sah ihn an, aber schließlich nickte er.

»Du bist ein Mann und kannst frei entscheiden«, sagte er, »und vielleicht ist deine Entscheidung weise. Das kann nur die Zeit uns sagen. Und du, Lerrys ...«, sagte er, da Larry den Kopf gehoben hatte, um etwas zu sagen.

»Ich möchte Eure Sprachen und Eure Geschichte lernen, Sir. Es wäre närrisch, hier zu leben und sie nicht zu lernen. Nicht nur für mich – für alle Terraner, die hierher kommen.«

Wieder nickte Valdir ernst. »Dann sollst du es als ein Sohn in meinem Hause tun«, sagte er. »Du und mein Sohn, ihr seid *Bredin* – unser Haus ist eures.«

»Eines Tages«, sagte Reade, »wird eine Schule erbaut werden, in der die Söhne beider Welten voneinander lernen können.« Er sah die beiden Jungen verschmitzt an und sagte: »Ich ernenne euch beide zu Sonderbeauftragten des Büros für terranisch-darkovanische Beziehungen. Beeilt euch und beendet eure interplanetarische Ausbildung, Jungs.«

»Noch etwas«, sagte Valdir. »Ich glaube, wir müssen von den Terranern etwas über solche Dinge wie Waldbrände lernen und wie man mit Banditen und Banshees fertig wird. Und dann müssen wir dieses Wissen auf unsere Weise anwenden.« Er sah Wade Montray unverwandt an und sagte: »Verzeiht mir meine Einmischung, aber ich bin ein Alton, und ich denke, Ihr solltet Eurem Sohn jetzt sagen, warum der *Chieri* sie beide als Angehörige seiner Rasse ansprechen konnte.«

Wade Montray stand vor seinem Sohn. »Du bist erwachsen«, sagte er. »Du bist ein Mann.« Dann befeuchtete er sich die Lippen.

»Larry, du bist auf Darkover geboren worden«, sagte er. »Von einer Frau aus der hohen darkovanischen Kaste der Aldarans, die ihrem Volk meinetwegen entsagte und mit nach Terra kam. Ich habe jahrelang nicht gewagt, dich zurückzubringen. Ich wollte nicht, dass du zwischen zwei Welten entzweigerissen wirst, wie es mir erging. Ich habe versucht, dich von Darkover fern zu halten, aber der Ruf war zu laut. Wie er auch für mich zu laut gewesen ist.« Sein Gesicht arbeitete. »So wirst auch du zwischen zwei fremden Welten hin- und hergerissen werden – wie ich einst ...«

»Aber«, sagte Larry leise und streckte seinem Vater die Hand hin, »die Darkovaner sind keine Fremden. Einst waren sie Erdenmenschen. Und Erdenmenschen sind mit den Darkovanern verwandt, auch jene, die nicht das Blut der *Chieri* in sich haben. Der Ruf ist nicht der ferner Welten, sondern der von Blutsbrüdern, die einander wieder verstehen möchten. Es wird nicht leicht sein. Aber ...« – seine Augen suchten die Kennards – »... ein Anfang ist gemacht.«

Wade Montray nickte langsam und schmerzlich, und Valdir Alton tat plötzlich etwas, was noch kein darkovanischer Aristokrat getan hatte. Linkisch, da ihm die Geste unvertraut war, hielt er Wade Montray die Hand hin, und die beiden Männer schüttelten einander die Hände, während Kommandant Reade strahlte.

Sie hatten wahrhaftig einen Anfang gemacht. Schwierigkeiten würden auftreten – aber jede Veränderung bringt Schwierigkeiten mit sich. Aber es war ein Anfang, und – wie beim Feuer, das sie den Waldläufern gebracht hatten – die Vorteile würden die Nachteile aufwiegen.

Der erste Schritt war getan.

Larry und Kennard würden den nächsten tun.

Und nach ihnen tausende.

Die Bruderwelten waren endlich wieder vereint.

Darkover bei Knaur

Eine Liste aller Darkover-Romane in chronologischer Reihenfolge

Die Entdeckung des Planeten: Ein vom Kurs abgekommenes und in einen noch unbekannten Sektor des Weltraums verschlagenes terranisches Siedlerschiff muss auf dem Planeten Cottman IV notlanden; die Besatzung nennt ihre neue Heimat Darkover.

Die Landung

Das Zeitalter des Chaos: 1000 Jahre sind seit der Landung auf dem Planeten vergangen. Die Nachfahren der Siedler haben jedes Wissen über ihre Herkunft verloren und leben in einer mittelalterlichen Welt.

Herrin der Stürme
Herrin der Falken

Die Zeit der hundert Königreiche: Das Land ist in unzählige kleine Königreiche geteilt, deren Herrscher sich erbittert bekämpfen. Furchtbare Waffen verwüsten den Planeten – und nur ein Mann kann Darkover den Frieden bringen ...

Die Zeit der hundert Königreiche
Die Erben von Hammerfell

Die Entsagenden: Frauen haben auf Darkover nur wenig Rechte – es sei denn, sie werden zu Entsagenden, zu Frauen, die bewusst auf den Schutz durch einen Mann verzichten und selbstbewusst ihr eigenes Leben führen.

Die zerbrochene Kette
Gildenhaus Thendara
Die schwarze Schwesternschaft

Die Wiederentdeckung: Das Terranische Imperium entdeckt den Planeten Darkover wieder und meldet Rechte auf ihn als ehemalige Kolonie an. Gleichzeitig wächst auf Darkover aber auch die Unzufriedenheit

Knaur

Ein Darkover-Roman

mit den althergebrachten Traditionen. Ein Bürgerkrieg scheint unausweichlich, als sich eine der Domänen mit den Terranern verbünden will ...

An den Feuern von Hastur
Das Zauberschwert
Der verbotene Turm
Die Kräfte der Comyn
Sturmwind

Nach den Comyn: Obwohl die Terraner mittlerweile einen festen Raumhafen auf dem Planeten eingerichtet haben, bleibt Darkover weitestgehend vom restlichen Universum abgeschnitten. Der Kampf zwischen Alt und Neu, zwischen Tradition und Aufbruch führt zu immer neuen Kämpfen und Auseinandersetzungen.

Die blutige Sonne
Hasturs Erbe
Retter des Planeten
Sharras Exil
Die Weltenzerstörer

Der Marguerida-Alton-Zyklus: Eigentlich denkt Margaret Alton, sie würde den Planet ihrer Eltern zum ersten Mal betreten, als sie nach Darkover kommt. Bald schon aber häufen sich die Beweise dafür, dass ihre Erinnerungen manipuliert wurden ...

Asharas Rückkehr
Die Schattenmatrix
Der Sohn des Verräters

Anthologien: Die Darkover-Anthologien wurden von Marion Zimmer Bradley gemeinsam mit dem amerikanischen Fanclub, den »Friends of Darkover«, herausgegeben. Die Kurzgeschichten beschäftigen sich mit neuen oder auch bekannten (Neben-)Figuren des Zyklus, schlagen Brücken zwischen den einzelnen Romanen oder vertiefen die große Geschichte des Planeten und seiner Bewohner weiter.

Der Preis des Bewahrers

Schwert des Chaos
Rote Sonne
Die vier Monde
Die Freien Amazonen
Die Schwesternschaft des Schwertes
Planet der blutigen Sonne
Die Domänen
Die andere Seite des Spiegels
Die Türme

Knaur

Ein Darkover-Roman

DAVID DRAKE

DAS REICH DER INSELN

Band 1: Gefährten des Sturms

Band 2: Der Thron von Malkar

Band 3: Die Erben des Carus

Band 4: Die Königin der Dämonen

Band 5: Die Geisterbrücke

Band 6: Die Diener des Drachen

KATHARINE KERR

DIE CHRONIKEN VON DEVERRY

Band 1: Der Wanderer von Deverry

Band 2: Die Ausgestoßenen von Deverry

Band 3: Dämmerung über Deverry

Band 4: Der Magier von Deverry

Band 5: Zeit der Verbannung

Band 6: Zeit der Omen

Band 7: Zeit des Dunkels

Band 8: Zeit des Feuers

Band 9: Der rote Drache

Band 10: Der schwarze Rabe

Band 11: Die Feuerechse

Band 12: Die silberne Brut

Excalibur

bei

Knaur

JOHN MARCO

DAS IMPERIUM VON NAR

Band 1: Die Jäger des Tharn
Band 2: Die Paladine des Dunkels
Band 3: Die Armee der Raben
Band 4: Das Banner der Rache
Band 5: Die Heiligen des Schwertes
Band 6: Der Thron aus Stahl

KRISTINE KATHRYN RUSCH

DIE BÜCHER DER FEY

Band 1: Die Felsenwächter

Band 2: Das Schattenportal

Band 3: Der Thron der Seherin

Band 4: Die Nebelfestung

Band 5: Der Schattenprinz

Band 6: Die Erben der Macht

Band 7: Die Augen des Roca

Band 8: Im Zeichen der Schwerter

Band 9: Die roten Klippen

Band 10: Das Seelenglas

Excalibur

bei

Knaur